如何閱讀一首詩詞

——五種詩詞的最佳讀法

馬大勇 著

目　　錄

第二章　古今融通

第三章　雅俗融通

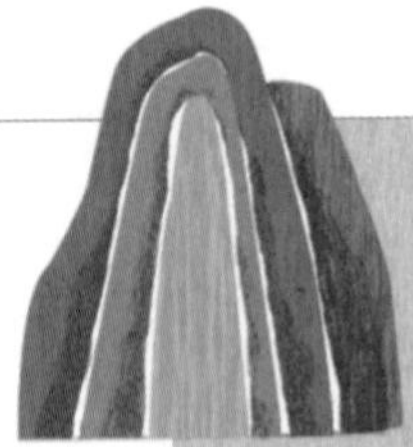

第四章 情理融通

第五章 知行融通

「讀」與「解」：寫在前面的話

本書是在我給吉林大學文學院匡亞明文史實驗班及吉林大學中國古代文學專業碩士研究生開設的系列課程基礎上整理而成的。雖然本書的標題是談古典詩詞的讀解與寫作，但實際上，我講述的範圍比詩詞要寬一些，其中會涉及不少中國古代文學鑑賞、研究的基本理念和思路。只不過因為我治學重心在詩詞史，所以更多以古典詩詞作為切入點而已。

我們先解題，分別說說「讀」、「解」二字。

／千手千眼的「讀」

「讀」是一件最平常、最簡單的事情。「人生識字憂患始」[1]，我們從「看圖識字」就開始了「讀」的行為，一直到頭童齒豁、白髮蒼蒼也不會停歇，那麼，「讀」其實貫穿了我們的一生。這是從歷時性的角度來講；如果從功能性的角度講，不管是「看圖識字」的幼稚閱讀，還是消遣娛樂性質的閱讀，或者是學術的、專業性質的閱讀，「讀」也無所不在，無孔不入，盡忠竭力，始終不渝。「讀」對我們的價值之巨大，不言而喻。

儘管只是一個「讀」字，細分起來，其形態則是千手千眼、變幻無窮。粗略來看，有兩大類：

第一大類是同一閱讀主體對應多個閱讀對象，也就是說同一個人讀不同的書，他／她的感受會有很大的差異性。清末民初人丁治棠的《仕隱齋涉筆》云：「同一讀書之句，各有境界不同」，都有什麼「不同境界」呢？他說：「草堂夜雨讀陰符，何等沉雄」，「陰符」即《陰符經》，代指兵家之書[2]。草堂夜雨，戰陣殺伐，內心激昂澎湃，這是一種境界；「梧桐陰雨讀離騷，何等淒清」，這是落寞不平的淒涼感；「江亭月白誦南華，何等空明」，「南華」是《南華經》的簡稱，即《莊子》，在明月江亭誦讀《莊子》，心境必定飄逸空靈；「狼虎中間讀道經，何等荒涼」，「道經」是泛指，曠野之中，狼嚎虎叫，手邊一部道經，那是何等的荒涼境界；「紅袖添香夜讀書，何等綺麗」，「紅袖」這一句我們最熟悉，它出自清代女詩人席佩蘭的筆下，是寫給她的老師、大才子袁枚的[3]，這誠然是很美的一種讀書境界，但也可能是最讀不進去書的一種境界，這是玩笑話。上面這些說法確實證明了「同一讀書之句，各有境界不同」的道理。

第二大類，不同的閱讀主體在面對同一閱讀對象的時候，境界的差異會更大。魯迅有一段名言：「一部《紅樓夢》，單是命意，就因讀者的眼光而有種種：經學家看見《易》，道學家看見淫，才子看見纏綿，革命家看見排滿，流言家看見宮闈秘事[4]」。幾乎所有名著在被閱讀的過程中都出現過這種「多向闡釋」的情況。

舉幾個例子。《水滸傳》的主題是什麼？我們現在說它是江湖之書、俠義之書、英雄之書，但是古代不這樣看，很多人把它讀成「誨盜之書」。明清兩代的禁書單裡，《水滸傳》不排在第一也排在第二。到二十世紀七〇年代「評水滸」，毛澤東講了一句名言：「《水滸》好，好就好在投降」。我小學的時候第一次讀《水滸傳》，文革時期出版的一百二十回本，第一頁就是這句大號黑體字的〈最高指示〉。依據「最高指示」，當時及此後很長一段時間，我們都把《水滸》主題確認為農民階級反抗地主階級的一場階級鬥爭。實際上水泊梁山一百單八將有幾個是農民呢？純粹的農民我看只有三個：那就是阮氏三雄，他們是漁民。「菜園子」張青不是農民，他的主業是開酒店，賣人肉包子。還有一個疑似農民的，九尾龜陶宗旺，因為他用的武器是一把鐵鍬。一百多人，才三、四個農民，硬說這是農民起義，恐怕說不過去吧？但這也是一種讀法。

再說《西遊記》。有人說作者是張揚佛教的，但書裡有那麼多諷刺佛教的橋段。最典型的情節就是取經團到了西天以後，在主管批示的情況下，阿難、迦葉二尊者還要向唐僧索賄。孫悟空一氣之下告到佛祖那裡，沒想到佛祖說：「索賄是我們的正常程序呀！他們前些日子到舍衛國趙長老家念一遍經，收了三斗三升米粒黃金，我還說錢收少了，讓我們後代子孫都沒錢花呢！」最後弄得唐僧沒辦法，把紫金鉢盂送出去才取回了真經。這顯然不是張揚佛教的意思。

有人說，《西遊記》是對陽明心學的「小說版」演繹，取經就是從「放心」到「收心」的過程。這是比較有學理性的一個看法，但爭議也不小。最奇怪的看法是什麼呢？是說《西遊記》張揚道教。我們的閱讀體會是，小說中的道教人物幾乎沒有一個是正面形象，包括太上老君、太白金星，都是帶有小丑意味的人物。孫悟空在取經路上打死的妖精中道士最多，但是居然有人給《西遊記》起了個別名叫《西遊證道書》，認為它闡揚了「金丹大道[5]」。這未免匪夷所思，但也在明清時期相當盛行。

／笑中有淚的《鹿鼎記》

再比如我講得比較多的金庸小說。幾十年來，金庸小說的讀者覆蓋了所有華人區，乃至世界各個角落，說「有井水飲處皆讀金庸」也不過分。金庸讀者裡有最頂尖的學術泰斗，也有無數的販夫走卒、引車賣漿者流，大家的讀法顯然是很不一樣的。

以我自己的體會來說，金庸筆下最好的小說是《鹿鼎記》，我稱之為金庸小說「形而下的極致」。在這部小說裡，金庸以二十世紀中國最優秀作家之一的身分，表達了他對中國歷史、中國社會、中國政治運行的獨特思考。

《鹿鼎記》是一部喜劇性的小說，我們看的時候會一直發出會心的微笑，甚至是哈哈大笑，但是那笑容後面是眼淚，歡樂後面是心酸，調侃後面是有著相當沉痛的情懷的。書中對於中國政治、歷史的觀察、表達，對於國民性的描寫，其深刻程度簡直比得上魯迅的《阿Q正傳》，書中的一些小情節，甚至一、兩句話都能帶給人很大的觸動。

我們知道，韋小寶曾經出過國。因為他要躲避神龍教教主洪安通的追殺，尋求俄羅斯公主蘇菲亞的庇護。跟著蘇菲亞來到莫斯科，在郊外就被軍隊包圍了，因為俄羅斯國內發生政變，皇太后害怕蘇菲亞威脅到小沙皇的地位，把她關押起來，並且放出話，要關押到新皇登基五十年。蘇菲亞公主不寒而慄，每天在冷宮裡又是扯頭髮，又是摔東西，大發雷霆。韋小寶過來勸她：「公主不要發火，我告訴你個辦法，咱們就可以鹹魚翻身。看押咱們的有二十營火槍手，你去跟他們演講，讓他們起來攻打莫斯科，這樣我們就有了翻身的機會。」

一聽這話，蘇菲亞的鼻子都快氣歪了：「我現在是囚犯，不是公主呀！我去演講，人家二十營火槍手憑什麼聽我的呀？」韋小寶說：「不要緊，我教你五字真言。你只要把這五個字講明白，火槍手就一定能幫你造反。」這五個字是什麼呀？就是——「搶錢搶女人」。蘇菲亞公主悟性不錯，領會了五字真言的意思，出去跟火槍手們演講去了：「你們各位都是俄羅斯的勇士，為國家立下那麼多的功勞，可是你們沒有錢花，沒有美酒喝，沒有美女陪你，這公不公平？」所有的火槍手都說：「不公平！」「好！如果你們幫我攻打莫斯科，我批准你們隨便找一個富翁跟他比武。他們有錢，但是武功肯定不是你們的對手，只要你們贏了，他的房子、美酒、美女都是你們的。你願不願意幹呢？」

聽了這話，所有的火槍手歡喜雀躍，調轉槍口攻打莫斯科去了。蘇菲亞公主因此鹹魚翻身，從囚犯當上了實際掌握俄羅斯大權的攝政女王。她欣喜若狂，抱著韋小寶一頓狂吻：「中國小孩兒，你怎麼能想出這麼好的主意呢？你可真是太聰明了！」

我們知道韋小寶，那是渾身骨頭加一塊兒都沒有四兩沉的人，給他一點陽光他就燦爛。只要別人誇獎一星半點兒，他馬上就飄飄然，但是唯一淡定的就是這一次。他淡淡地說，「這有什麼？我們中國，從來這樣」。請大家注意這八個字：「我們中國，從來這樣」。中國歷史原來就是在「搶錢搶女人」這五字真言底下向前運行的！韋小寶文化水準非常低，自己名字都認不全，他關於中國歷史的這個印象是從哪兒得來的呢？那是因為他小時候在揚州街頭多聽了幾部書、多看了幾齣戲而已。他接受的只是中國文化的最皮毛、最表層，居然就可以幫人家安邦定國、謀朝篡位，可見中國文化多麼博大精深！金庸的描寫顯然是非常調侃的，而「我們中國，從來這樣」這八個字又包含著多少辛酸淚水！這就是為什麼我們說《鹿鼎記》並不是一部喜劇之書，喜劇背後有辛酸，幽默背後有眼淚。

金庸的另一部傑出之作是《天龍八部》。我以為，這部大書是金庸筆下「形而上的極致」，它的主題是八個字——「無人不冤，有情皆孽」，以這樣的佛教理念籠蓋全書[6]。什麼是「無人不冤，有情皆孽」？說得好懂一點，就是神秘的、不可捉摸、也不能抵抗的命運之手。男主角蕭峰是金庸筆下最完美的形象，人格、心術、襟懷、武功全都超一流，但在命運之手面前，蕭峰的驚采絕豔顯得非常渺小，完全被玩弄於股掌之中，並最終成為「被毀滅的那個有價值的東西[7]」，演出伊底帕斯式的命運悲劇。段譽的命運無疑是一齣喜劇，然而站在命運的高度上看，其實喜劇和悲劇並沒有區別，那都是命運翻手為雲覆手為雨的結果。我這樣的解讀或許有些消極，但我相信，這是人生的真相之一，而且，跟別人的解讀肯定是不大一樣的[8]。

學術一點兒講，這都是接受美學的問題。我們舉這些例子並不高深，只是想說明閱讀行為中的「多向闡釋」現象是相當普遍存在的。這是值得關注的一大類情況。

還有一個「性之所近」的問題也普遍存在：我們身邊有很多這樣的人，他們讀某一類的文學作品會很興奮、很投入，對另外一類則始終不「感冒」，接不通那根絃。其實古人也是如此，清人史承謙的《青梅軒詩話》記載了這麼一件有意思的事：他的朋友儲龍光是個不錯的詞人，在河南碰到一位文人同道，跟人家講詞如何如何好。那位雖然也是文人，但聽了完全沒感覺，反問他一句：「詞何以佳」？儲龍光就舉例子說：《花間集》中牛希濟的〈生查子〉有兩句很有名：「記得綠羅裙，處處憐芳草」，這兩句就特別美。一個女孩子跟自己的情人告別的時候，叮囑他要記得自己今天穿的綠羅裙，以後出門看到芳草就會聯想到我這條裙子，你都會憐愛那些芳草、憐愛我。情感很悱惻，意味很深長，筆法很含蓄，這不是好詞嗎？那位老兄聽他說了好半天，撓撓腦袋說：「某終不解也」，儲龍光只好一笑而已。這就是典型的「性之所近」。

我們姑且排除這種特殊的情況，假設你喜歡詩詞，有興趣、有熱情去讀，那麼，讀到什麼程度可以說「讀懂」了呢？我們來說說「解」的問題。

要說「解」，還要先排除一種情況，那就是「不解」，有些詩詞作品是沒有唯一正解的。董仲舒《春秋繁露》曰：「詩無達詁」，這裡的「詩」指的是《詩經》，把它的範圍放大，這種情況就更普遍了。

我舉幾個例子。第一個是李商隱的〈錦瑟〉。所謂「一篇〈錦瑟〉解人難」，關於這首詩的主題我們至少有四、五種有影響的說法：「悼亡說」是最盛行的說法，也有人說是戀情詩，愛情沒錯，但對方沒死，還有人認為是披著愛情的外衣，寄託了夾在牛李黨爭之間、動輒得咎的政治處境。一千多年了，還沒有哪一種說法能夠一統天下，形成共識，恐怕再過一千年也還是如此。只有一種情況能解決問題，那就是我們找到了李商隱的日記，他明確記載這首詩到底說了什麼，但這機率實在小到不能再小了，看來這場「主題官司」會一直打下去。

第二個例子，清代大詩人吳偉業的〈清涼山贊佛詩〉。吳偉業大家可能不太熟悉，提到他最有名的作品〈圓圓曲〉或許我們會有印象。《鹿鼎記》男主角韋小寶目不識丁，不可能愛聽詩歌，但是他這輩子聽過一首敘事長詩，那就是吳偉業的〈圓圓曲〉。陳圓圓以絕世容光，加上無比曼妙的歌喉，吸引韋小寶把這首詩聽完了。

吳偉業的〈清涼山贊佛詩〉比〈圓圓曲〉名氣小多了，這組詩只是寫了一些佛教的義理和場景，沒有太多的文學價值，但這組藝術上的平平之作卻引起了後人非常多的爭論。很多人認為，這不是簡單的遊歷、佛禪作品，而是影射了清宮四大疑案之首的「順治出家」。正史當然說清世祖愛新覺羅．福臨是在順治十八年（一六六一）壽終正寢了，但野史中異說很多，《鹿鼎記》中不就吸收了順治皇帝出家的說法嗎？〈清涼山贊佛詩〉是否有所影射呢？這個筆墨官司到現在也沒有打明白，吳偉業這組詩恐怕也不一定能找到「達詁」了[9]。

第三個例子，「近代文學開山」龔自珍（號定盦）的《己亥雜詩》三百多首組詩是其生平傑作，也是中國詩歌史上罕見的傑作，其中的「我勸天公重抖擻，不拘一格降人才」、「落紅不是無情物，化作春泥更護花」等我們都熟悉。引起後人爭議最多的不是這些名作，而是這首我們不熟悉的詩：「空山徙倚倦遊身，夢見城西閬苑春。一騎傳箋朱邸晚，臨風遞與縞衣人」。這首詩寫什麼呢？龔自珍有自注云：「憶宣武門內太平湖之丁香花」，據此，這應該是一首詠物詩。但很多人認為不是，這幾個字的注釋引起了後人的很多疑惑與爭論，從而形成了從晚清開始一直爭論到現在的「丁香花」公案。

什麼叫「丁香花」公案呢？很多人認為龔自珍寫的這個丁香花有所影射，它指向的是清代最出色的滿族女詞人顧春（道號太清）。所謂「男中成容若，女中太清春」，顧春是與納蘭性德並稱的，文學地位很高。她的社會地位更不一般，是貝勒奕繪的側福晉。奕繪也是風雅中人，仰慕龔自珍的絕世才情，經常請這位偶像到府裡做客，與顧春頗有接觸。據說時間久了，就產生一些曖昧情事，這種情況文言會說得很典雅：「因有越禮之舉」。究竟「越」到什麼程度，我們不知道，反正是有一些不清不楚吧。後來東窗事發，「越禮之舉」被奕繪發現，龔自珍才在己亥年倉皇南下。

我們看龔自珍的《己亥雜詩》，這一年他的行跡的確有些不正常。他離京非常倉皇，隨身只帶了兒子，還有一車書，家眷都留在京城。往南走了一段時間，又折回來接家眷。到了北京城北的通州，他停下了，讓兒子進城把家眷接出來。凡此種種，自然啟人疑竇，很多人大肆渲染「丁香花」公案不是沒有來由的。特別是第二年，龔自珍南行到江蘇，暴卒在丹陽書院，有人就說是奕繪派人刺殺的，也有人說是買通了妓女下毒毒死的。

我們這裡不說龔自珍的結局，單說「丁香花」公案，一批大學者在這上面聚訟紛紜。一位是明清史大家孟森，他有一篇〈丁香花考〉，洋洋灑灑，考證精詳，他認為「丁香花」公案純屬子虛烏有。龔自珍倉皇南下，是因為政見過於犀利得罪了權貴，而不是因為這個桃色事件；另一位與他頗有同異的學者叫蘇雪林[10]。我們知道，魯迅有句名言叫做「我一個都不饒恕」，蘇雪林應該是他最「不饒恕」的人之一。民國時期，年輕的蘇雪林對魯迅就抨擊得相當激烈。後來去了臺灣，蘇雪林仍然不遺餘力地咒罵魯迅。她一八九七年出生，一九九九年去世，九十多歲還在寫文章，每次必提到魯迅，提到魯迅必沒有一句好話。她是攻擊魯迅時間最長的人，這個記錄不會有人打破了。蘇雪林也是很有名的古典文學專家，她雖否認龔顧之間存在曖昧情事，但對於孟森的結論提出諸多反對意見，以為龔自珍之死是因為奕繪之子「糊塗昏亂地」聽信了捕風捉影之謠言，才尋仇使其南下，又令人暗殺之。錢穆在《中國近三百年學術史》中指出龔氏行跡「倉皇可疑……必有甚不得已者」，蕭一山《清代通史》說「貝勒尋仇……恐亦有不利於定盦之意，故定盦之倉皇出都與迎眷而趑趄不前，皆非無因」，這兩位是持謹慎的懷疑態度的[11]。到底真相如何呢？這樁公案應該還會持續爭論下去。

我們上面舉的幾個例子都能說明，有一部分古典詩歌是沒有「達詁」的，也就是「讀不懂」的。讀懂和讀不懂是相對的，但某種意義上來說，讀不懂並不是壞事，文學藝術的魅力有時候恰恰在於這種一加一不等於二的不確定性。

／四個層次與五個融通

「讀不懂」的情況說完，我們再說什麼叫「讀懂」，也就是「解」。我覺得「解」可以分成四個層次：

第一個層次，也是最基本的層次，把詩詞的字句、典故等基礎知識讀懂，掃清閱讀障礙。

第二個層次，詩歌與別的文體相比自有其特殊性，它是一種具有音樂美和建築美的文體，所以，要體察到其中的音樂美、建築美，領會詩歌的平仄、押韻、對仗等技術環節的功能與美感。讀懂平仄，最重要的是解決入聲字的問題。要通過長時間的閱讀或者對入聲字表的機械記憶弄清楚哪些字是入聲字。

押韻的問題比較複雜。由於古今音的變化，古代韻部和現代語的韻部已經差異很大。用哪一個合適呢？是《平水韻》、《詞林正韻》，還是《中華新韻》？這一直是爭議很大的問題，沒有絕對一致的標準，言人人殊，我在第五個「融通」裡再詳細說。

總之，平仄、押韻為基礎構成「韻律」，最能體現詩詞的音樂美。我講宋詞的時候，開宗明義，先給出宋詞兩大特性：第一，宋詞是音樂文學；第二，宋詞是通俗文學。這兩大特性結合起來，我們就能得出結論：宋詞就是宋代的流行歌曲。我們現在流行歌曲裡有的，宋詞裡都有。比如說，現在流行歌曲愛情題材最多，宋詞也是這樣；現在流行歌曲裡有單相思、暗戀、第三者、婚外情，宋詞裡一樣不少；現在我們唱「你是電你是光，你是唯一的神話」、「你是我的、小呀小蘋果，怎麼愛你都不嫌多」，宋詞裡也都有，只不過表達方式不一樣而已。

詩詞的建築美體現在它的整齊對稱或參差錯落，這裡最重要的修辭手段是對仗。對仗是古代文人的基本功，可以說，無對仗即無詩詞。對仗工夫我們可以不大具備，但不能不懂，不能不關注。這是第二個層次的讀懂。

這兩個層次都是就文本而言的，達到了這兩個層次，可以說，文本內部就沒有什麼問題了。但我們不能只就文本來談文本，還需要瞭解文本的外部環境。外部環境主要包括兩個方面：一個是背景、本事。背景、本事性質略同，也有區別。時代的、歷史的、文化的、學術的「大元素」謂之背景；促發作品產生的具體事件、場景之類「小元素」謂之本事。

另一個方面是流變。我們擁有三千年的詩歌長河，每一篇作品都有自己的上游和下游。它的出現受到了誰的影響？它出現後又影響了誰？這些來龍去脈是我們必須要考慮的。在這個意義上說，我們只具有「文學史意識」還不夠，還需要進步到「文體史」意識。諸如詩史、詞史、散曲史、戲劇史、賦史、小說史、散文史……乃至更邊緣化的對聯史、詩鐘史、集句史、回文史等等，只有到了這個層面來觀察思考，我們才能劃定每一篇詩詞作品的準確座標，從而真正看清它的「三生三世」，欣賞它的「十里桃花」，那麼，這就做到了第三層次的「解」。

至此，文本內部、外部都搞清楚了，是不是就算完全讀懂了呢？是，也不是。在這個層次之上，還應該有一種跟技術、跟學理無關的「讀懂」。我始終認為，讀詩是一個審美的過程，也是心靈對撞、強烈激蕩的過程。我們讀詩不應該只讀到技術、學問，還要能夠讀到其中的情感和美感，體察到其中的感悟和道理，從而與古人穿越時空，神交冥漠，並且滋養你的人生、有助益於你的人生，這才是最高層次的「讀懂」。到了這個境界，讀詩就不再是讀詩，而是上升成為一種生命方式，一種活法。

依據這樣的認識，我來講五個「融通」，有五對範疇要把它聯繫起來，結合起來。第一個是針對「背景」和「本事」的「內外融通」；第二個是針對「流變」的「古今融通」；第三個是針對審美寬度的「雅俗融通」；第四個是針對最高層次的「情理融通」；最後一個是針對詩詞寫作的「知行融通」。

開場白說罷，現在我們「書歸正傳」，且聽我細細道來。

1 蘇軾〈石蒼舒醉墨堂〉。

2 《陰符經》又稱《黃帝陰符經》、《太公陰符經》，近代學者多認為其成書於南北朝。其內容各家看法叢雜，或認為談道家修養方法，或認為縱橫家之書；或認為兵家之書。比較來說，以第一種看法為多。此處不詳辨，僅取「兵家」與「沉雄」對應關係而已。

3 見席佩蘭《天真閣集》附《長真閣集》卷三之〈壽簡齋先生〉，原句為「綠衣捧硯催題卷，紅袖添香伴讀書」。

4 《魯迅全集．集外集拾遺補編．〈絳洞花主〉小引》。

5 《西遊證道書》初刊於康熙二年（一六六三），是《西遊記》流傳過程中的重要版本之一，其全稱為《新鐫出像古本西遊證道書》，箋評者是明末清初的汪象旭、黃太鴻。

6 陳世驤語，見《天龍八部》附錄。

7 魯迅〈再論雷峰塔的倒掉〉：「悲劇將人生的有價值的東西毀滅給人看，喜劇將那無價值的撕破給人看」。

8 詳請參見拙著《江湖夜雨讀金庸》，遼寧人民出版社，二〇二〇年版。

9 近日首都師範大學鄧小軍教授出版《董小宛入清宮與順治出家考》，以為董小宛入清宮與順治出家確有其事，爭議仍舊不少。

10 蘇雪林本名蘇小梅，後改名蘇梅，字雪林，以字行，筆名瑞奴、瑞廬、小妹、綠漪、靈芬、老梅等甚多。安徽太平（今黃山市黃山區）人，先後執教滬江大學、安徽大學、武漢大學、臺灣師範大學、成功大學等，平生著作四十餘部，涵蓋小說、散文、戲劇、文藝批評，在中國古代文學和現當代文學研究中成績卓著。

11 參見樊克政《龔自珍年譜考略》附錄六〈關於龔自珍己亥離京與辛丑暴卒的原因問題〉，商務印書館，二〇〇四年版。

第一章

內外融通

內外融通第一

讀其書，想其人

／「吃雞蛋不必認識母雞論」

「內外融通」的「內」指的是文本，「外」指的是背景、本事。我們要把文本和它發生的背景、本事聯繫起來進行考察。

我們知道，西方文學批評中有一個非常出名的流派叫「新批評」。簡單來說，「新批評」強調要最大限度地關注文本。他們有一個著名的說法：「當作者在自己的創作文本劃上最後一個標點符號的時候，這個文本已經和作者沒有任何關係了。究竟是誰寫下了這個文本，是一個人或者是一條狗都不重要。」其實這樣的批評方法我們也有。比如錢鍾書就有過一個著名的「吃雞蛋不必認識母雞論」。據說在一次社交場合，有一個貴婦人，平時喜歡讀錢鍾書的《圍城》，就想透過別人介紹，要認識一下《圍城》的作者。錢鍾書用一句很委婉的「錢氏幽默」拒絕了邀請。他說：「如果你吃了一個雞蛋覺得味道很好的話，你何必要認識那隻下蛋的母雞呢？」

「新批評」也好，「吃雞蛋不必認識母雞論」也好，都強調最大程度關注文本。這一點很重要，有它充分的合理性。很多年前，大學中文系普遍有「中國文學作品選」這門課，現在開這門課的學校越來越少，我們都是在講文學史。基本觀點、條條框框都很清楚，一看學生的試卷，似乎無所不精。其實再問一點感性的東西：你讀過這個詩人作家的什麼作品？讀過多少？他的集子看了嗎？看了幾遍？恐怕很多人在面對這樣問題的時候都會「No Comment」。

／〈春日〉並不寫春天

強調關注文本並不錯，但要想真正讀懂一篇作品，只關注文本是遠遠不夠的。我們經過多年來對西方文藝理論的嘗試、淘汰和選擇，最後還是覺得，中國傳統文學批評中是有很多合理的東西的。其中之一，用西方文學批評術語來表達，可以稱之為「社會—歷史批評」，就是要把文本放到它的社會環境和歷史空間當中去進行價值判斷。這種「社會—歷史批評」在中國文學批評史上淵源很早，那就是孟子的名言「知人論世，以意逆志」。這八個字仍然是我們讀解古典作品最有力、最有效的武器。所謂「頌其詩，讀其書，不知其人，可乎」，孟子的反問值得我們思考和記取。

先講一個通俗的的例子，朱熹的〈春日〉：

勝日尋芳泗水濱，無邊光景一時新。
等閒識得東風面，萬紫千紅總是春。

這首詩家喻戶曉，我稱之為學齡前級別的詩，也就是幼兒園時代就會背誦的詩，但它的主題是什麼呢？我小時候學這首詩，老師說這首詩是寫朱熹尋春踏青，看見春光爛漫，萬紫千紅，於是有感而發，表達了對祖國大好河山的熱愛。我們的語文課在對付這種詩的時候常常找不到主題，一般都會加上一句「抒發了對祖國大好河山的熱愛」。從小學、中學一直到大學，幾乎所有人都在講這是一首寫春天的詩，對不對呢？

我們看第一句：「勝日尋芳泗水濱」。這首詩相當淺近，唯一需要注釋的就是「泗水」。我們查一下相關文獻，泗水發源於魯中山地新泰南部太平頂山西麓，西南流經泗水、曲阜、兗州、鄒城、任城、微山等縣市。古代的泗河為淮河的大支流，流經山東、安徽、江蘇三省，流向從東往西，是全國最大的倒流河。《論語》云：「子在川上曰：『逝者如斯夫，不舍晝夜』」，這個「川」就是指泗水。查到這些資訊以後我們就覺得很有意思了，說朱熹春天要去踏青，他去哪兒不好，為什麼非要到一個自己沒有去過的地方踏青呢？朱熹是南宋時人，南宋只有半壁江山，它和北方的金國「劃淮而治」，淮河以北都是金國的地面。朱熹要踏青，為什麼不在自己的家鄉江西或者自己講學的福建，而要到淮河以北的泗水呢？為了謹慎起見，我們再查一查，朱熹有沒有到過淮河以北呢？《朱文公年譜》記載得很清楚，朱熹連短暫的出差都沒有到過淮河以北。那麼，這首詩應該怎麼解釋呢？

其實，這是一首朱熹講自己治學體會的詩。泗水作為一個文化符號，我們現代人已經比較陌生了。在古典時代，讀過幾天書的人都知道泗水代表著什麼。孔子家門口有兩條河，一條叫洙水，一條叫泗水，清代崔述所著《洙泗考信錄》就是辯證孔子生平事蹟的。所以，詩中的「泗水」指的是孔子為代表的儒家聖賢。「勝日尋芳泗水濱」就是說到這些聖人的著作當中去尋找精神養分和動力。找到精神養分以後，「無邊光景一時新」，自己的眼前打開了一片非常開朗的世界。朱熹感慨說「等閒識得東風面」——只要你學到了聖人思想的精髓，「萬紫千紅總是春」——人生的一切茫然、困惑都會消散無蹤，從而變得充實絢爛。原來，這是一首談治學體會的詩！與他同樣著名的〈觀書有感〉，也就是「半畝方塘一鑑開，天光雲影共徘徊。問渠那得清如許，為有源頭活水來」主旨是相似的。

這裡需要思考的是，我們靠什麼得到了這首詩的「正解」呢？像「新批評」那樣，只關注文本，不管作者是一個人或一條狗顯然不行，必須「內外融通」才能解決問題。

再來看一個大家不熟悉的例子，出自我的博士導師、蘇州大學教授嚴迪昌先生。嚴先生一九九九年在《古典文學知識》發表了一篇小文章，叫〈心態與生態——也談怎樣讀古詩〉。這篇小文章在嚴先生諸多卓越的學術成果裡顯得很不起眼，他有《清詩史》、《清詞史》等很多廣為人知的論著，論學文章也有很多比這個看起來更厚重的東西。但我覺得，在這篇小文章裡，嚴先生表達了很重要的觀點，甚至是貫穿他一生的學術理念，所以格外值得珍視。

在這篇文章中，嚴先生說：「最近我在看馬曰琯的《沙河逸老小稿》」——我們對這一句需要加個注解：馬曰琯的弟弟叫馬曰璐，這兩個人我們肯定都相當陌生，但是在清代乾隆朝的揚州，馬氏兄弟可以說是聲名赫赫。他們之所以有名是因為有兩大特點：第一，他們是大鹽商，富甲一郡。揚州是豪富鹽商的聚居區，馬氏兄弟是可以排在前幾名的；其次，兄弟倆又很風雅，他們在揚州有一處非常漂亮的園林別墅，叫做「小玲瓏山館」，那是當時江南地區最負盛名的文化沙龍之一，無數文人在此盤桓。時間短的住上十天二十天，三、五個月，時間長的也有一住數年，甚至數十年的。比如說乾隆文壇盟主之一、大詩人、大詞人厲鶚就在小玲瓏山館一住數十年，一切生活用度都由馬氏兄弟供應。

對於這種商人創辦文藝沙龍、結交文人的行為，長期以來都免不了四個字的評價——附庸風雅。但是馬氏兄弟不然，他們不僅好尚風雅、障護風雅，而且自身也是風雅中人，創作水準並不低，很多詩詞作品是很耐人咀嚼的。

嚴先生提到，《沙河逸老小稿》卷四有一首〈哭姚薏田〉，這是一首悼念朋友的詩。姚薏田（一六九六～一七四九），名世鈺，薏田是他的號，浙江湖州人，像厲鶚一樣，他也是高才沉淪，在馬氏小玲瓏山館一住多年，乾隆十四年被庸醫所誤而病逝[12]。

我們先來看一下這首詩的大概意思：「廿年交契夙心親，一病如何遽殞身」——姚薏田是自己的老朋友了，兩個人交情很深，姚薏田一病不起，讓人痛心而且意外；「造物忌名從古是，醫家查脈幾時真」——這兩句是說姚氏為庸醫所誤，以致病逝；「沉憂早結離鄉恨，弱質難回辟穀春」——姚氏早年離鄉漂泊，支離憔悴，體質積弱，這一次回春無術。「留得清風在苕霅，蓮花莊上哭才人」——尾聯重申悼念之情，「苕」、「霅」是浙江的兩條著名河流，這裡指代姚薏田的家鄉。

客觀地說，這首詩水準不高，題材也很尋常，乍看起來，無非是馬曰琯對姚薏田這位落魄文人抱有真摯的友情而已，而姚薏田也無非是乾隆「盛世」中並不罕見的命運淹蹇的一介寒士。但嚴先生非常敏銳地注意到了一個我們難以察覺的問題——那就是第五句「沉憂早結離鄉恨」。姚薏田有什麼「沉憂」，為什麼要「早結離鄉恨」，「揚漂」數十載，最後客死異鄉呢？這裡面究竟有什麼不為人知的隱秘呢？

帶著這樣的疑問進一步追索，嚴先生就像大偵探白羅或者福爾摩斯那樣，講起了這首平凡小詩背後埋藏的令人驚悚的詭譎風雲。

我們要從「康雍乾盛世」的大型案獄說起。康熙五十二年（一七一三），清聖祖玄燁審辦了翰林院編修戴名世為主角的「《南山集》案」，戴名世被處斬，打開了「盛世系列大案」的大門[13]。到了雍正朝，在世宗胤禛的「出奇料理」之下，湧現了一批匪夷所思、令人啼笑皆非的「大案要案」。

／「名教罪人」與「維民所止」

比如說「名教罪人案」。雍正即位之初，最倚重的武將是年羹堯。在給年羹堯的聖旨中，什麼肉麻的、不倫不類的話都說得出口，什麼「朕對你的感情就是父子之情」啦，什麼「朕都不知道怎麼疼你」啦，可見對年羹堯確實信任有加，非同小可。但是隨著年羹堯尾大不掉，雍正開始對他百般疑忌，終於在雍正三年（一七二五）削奪他的官爵，列大罪九十二條，並賜自盡。

雍正剪除年羹堯在政壇引起軒然大波，所謂「不是兔死狗烹，也有兔死狗烹的議論[14]」，大量政敵虎視眈眈，要借這件事情來做文章。那麼，雍正就迫切需要進一步製造輿論，打壓反對派的聲音，於是他盯住了錢名世。

錢名世（一六六〇～一七三〇）是江蘇武進人，有「江左才子」之美譽[15]。康熙四十二年（一七〇三）考中一甲第三名進士，也就是俗稱的探花，長期任職翰林院。錢名世與年羹堯鄉試同年，交情頗好。雍正二年，年羹堯平定青海叛亂，錢名世賦詩八首歌功頌德，有「分陝旌旗周召伯，從天鼓角漢將軍」、「鐘鼎名勒山河誓，番藏宜刊第二碑」之句。錢名世在第二句詩後特意加注解說：「公（年羹堯）調兵取藏，宜勒一碑，附於先帝『平藏碑』之後」。

這樣的詩，一方面是文人拍馬、「趁熱灶」的常見情形，當時寫詩作文歌頌這位炙手可熱的年大將軍的何止千百人！另一方面，也有同年朋友間的吹捧因素，都沒有什麼出奇的。但現在年羹堯倒臺，雍正「卯上」了錢名世，給他加上了「曲盡諂媚，頌揚奸惡」的罪名。按說以這樣的罪名殺了錢名世也不為過，但雍正自有「出奇料理」。他沒殺錢名世，反而親筆賜了錢名世一塊匾額，上寫四個大字：「名教罪人」，要求掛在錢名世武進老家的門上。每月初一十五，常州知府、武進知縣要到他家門前檢查該牌匾是否懸掛。

表面上看，錢名世撿了一條命，還算幸運，但士可殺而不可辱，這四個字掛上，或許比一刀殺了還來得痛苦。錢名世經此重創，沒過幾年就驚悸而死。問題是，雍正還不止於此。他頒下聖旨，錢名世出京那天，在京科舉出身的三百八十五位官員要集體為他送行，還不能空手，每個人要帶來一份特殊的禮物，那就是聲討錢名世的詩，舉行一場「批判錢名世詩歌大獎賽」，寫好的有賞，寫不好要受罰。這就開了後代「大批判、大辯論、大字報」的先聲了。歷史學有句名言：「太陽底下無新事」，很多事情其實都能找到歷史淵源的。

這場詩歌大獎賽最終奪得特等獎的是詹事府詹事陳萬策，他有兩句詩深受雍正欣賞：「名世已同名世罪，亮工不異亮工奸」。這兩句詩寫得並不好啊，為什麼能得特等獎呢？這裡面大有奧妙。

出句裡第一個「名世」指的是錢名世，第二個「名世」指的是戴名世。這一句就是說：錢名世的罪過與戴名世的罪過是一樣重的；對句裡第一個「亮工」指的還是錢名世，他的字是亮工。說來也巧，年羹堯的字也是亮工。這句就是說：錢名世的奸惡程度與年羹堯是一樣的。詩不怎麼樣，但站在政治批判的角度可以說是妙手偶得、渾然天成。雍正皇帝大加讚賞，當即把特等獎頒給了這位陳詹事。

也有寫的不好而受罰的：余甸、徐學柄、吳廷熙、莊松承、孫兆奎、王時濟等六人作詩「浮泛不切」，原作發還重做；比較嚴重的是侍讀學士陳邦彥、陳邦直「謬誤舛錯」、翰林項維聰「文理不通」，被革職回鄉。最倒楣的則數翰林院侍讀吳孝登，他「作詩謬妄」，被發配寧古塔為軍奴。這些詩由雍正審核通過後，交付錢名世，由錢名世出資刻成專集（請注意，不是國家出資，而是罰錢名世的款！）題為《名教罪人詩》，刊行全國。這就是所謂的「名教罪人案」。

這樣的奇案還有一宗，而且與姚世鈺的境遇關聯比較密切，那就是「維民所止案」。這個案子的主角叫查嗣庭，他是浙江海寧人，有一個同輩兄弟叫查嗣璉，就是我們比較熟悉的清代大詩人查慎行。海寧查家人口不多，但從康熙朝開始就成為聞名天下的書香仕宦世族。當時有兩句口號叫做「一門七進士，叔侄五翰林」，說的就是他家。當時還流傳著一個美談：康熙皇帝有一次傳旨，要太監去找查翰林來。太監問：「皇上要傳老查翰林還是小查翰林？」老查翰林就是查慎行，小查翰林是他的侄子查昇，叔侄同在翰林院。康熙皇帝說：「要找煙波釣徒查翰林」。因為查慎行的詩中有一句「臣本煙波一釣徒」，這是清代詩歌史上的佳話。

這樣一個在文化、在官場上春風得意的家族，到雍正前期受到了沉重的打擊。據說查嗣庭在禮部侍郎任上外放江西擔任鄉試主考，出了一道作文題叫〈維民所止〉，這是用的《詩經．商頌．玄鳥》篇的詩句，本來沒有任何問題。但東北有句俗話：「不怕沒好事，就怕沒好人」，有些告密者心理是極度陰暗的。有人突發奇想，告了查嗣庭一個刁狀，說這道題居心叵測。因為「維」字就是把「雍」字去了頭，「止」字就是把「正」字去了頭。這一狀告得真是五毒入心哪！雍正皇帝雷霆震怒，下令抄查嗣庭的家。這一抄家，又抄出來東西了：查嗣庭的日記。都說記日記是好習慣，有什麼好？趕上這種非正常年代，日記就是罪狀。

厚厚一本日記，看來看去，別的都沒問題，但四貝勒入繼大統、也就是康熙逝世雍正登基這一天有點不對勁兒。這一天的日記查嗣庭也寫得很平常，開頭是「某年某月某日，天氣晴，西北風三～四級」，後邊如實記述：「先帝龍馭上賓，四皇子入繼大統」。到這兒都沒毛病，最後加了兩字的感嘆語：「大奇」！

這兩字誰看了也受不了，太討厭了！雍正皇帝當時應該臉都綠了：「我入繼大統你覺得奇怪，誰當皇上你覺得不奇怪呢？」我們可能聽說過，據說皇位本來是傳給十四皇子的，胤禛派了輕功高手，飛簷走壁，在「正大光明」匾額後取出遺詔，把「十四皇子」填了一橫一鉤，改成了「于四皇子」。其實這當然是不可能的，「皇子」二字後面一定有名字的，再說傳位遺詔不光是漢字，還有滿蒙文字，怎麼可能改呢？但是當時這種說法就甚囂塵上，對雍正非常不利。雍正把查嗣庭下了監獄，還沒來得及宣判，查嗣庭就瘐死獄中。

這起「維民所止」案有很多版本，也有一些捕風捉影的傳說成分，這裡我們不做考證。有一點是可以肯定的：不管過程如何，查嗣庭確實受到了懲處。為什麼要懲處他呢？可能不是因為考題，也不是因為日記，雍正皇帝沒有那麼糊塗，他懲處查嗣庭目的是打擊另外一位權臣隆科多。因為查嗣庭是隆科多的人。要動隆科多，必先剪除其羽翼。查嗣庭之獄結案後沒幾個月，隆科多就因為私藏皇室宗譜罪付審，永遠圈禁，第二年死於禁所。

政治鬥爭從來都是很血腥的，那也罷了，沒想到，雍正這一次又拿出了「出奇料理」。他遷怒於浙江全省的讀書人，說這些年來浙江發生了不少大案，這並不是偶然的，是浙江的士風出了問題，應該停浙江省鄉會試兩科，六年不許參加舉人、進士考試。往浙江省派觀風使，什麼時候士風好了再行恢復。這真是豈有此理！此案之後，告訐之風盛行。所謂「避席畏聞文字獄，著書只為稻粱謀」（龔自珍〈詠史〉），在這時候就已經出現了，人人戰戰兢兢、如履薄冰，浙江家破人亡的名門望族不在少數，姚世鈺所在的湖州姚氏家族就是其中一個。

「定了風波越坎坷」

與姚氏家族關係更加密切的是轟動朝野的「呂留良案」。所謂「呂留良案」發生在呂留良死後四十餘年的雍正六年（一七二八）。當時有位湖南的讀書人曾靜，派他的學生張熙到西安，直接投書於川陝總督岳鍾琪，策動其起兵反清。為什麼找岳鍾琪呢？是因為他們平時關係很好？還是岳鍾琪平時有抗清的思想？都不是。他們的主要理論依據是岳鍾琪姓「岳」，是岳飛的後代。當年的岳飛是抗金的，所以今天的岳鍾琪也應該起來抗清，這未免天真到不近人情的程度了，我覺得這師徒倆精神不是很正常。

但是，岳鍾琪不能一笑置之，他倒不擔心區區幾個文人能掀起什麼大波瀾，問題在於這麼敏感的政治事件自己必須要擺脫干係，否則皇帝稍存疑忌，後果就不堪設想。

岳鍾琪老奸巨猾，假意回應曾靜的建議，把他所有的話都套出來，然後把他逮捕，解送到京城。

這樣的驚天大案沒什麼好說的，誰來審判都是主犯淩遲，株連九族，但雍正思路很不一樣。他竟然沒有殺掉曾靜，而且親自動筆對曾靜的理論逐條批駁，要求曾靜到全國各地去演講，表示懺悔。這就成了清代的一部奇書——《大義覺迷錄》。

雍正沒殺曾靜，但對影響了曾靜思想的、已經去世數十年的呂留良則大開殺戒。他對呂留良和他的長子呂葆中銼棺露屍，把他們的屍體從墳墓中刨出來再殺一遍，把他的次子呂毅中斬立決，其餘的呂家人「法外開恩」，流放到寧古塔與披甲人為奴[16]。呂留良很多朋友、弟子、再傳弟子也受到連累，其中有一個人叫王豫，在江南文壇聲譽很高，因為受到呂案的牽連，被關押多年，出獄後不久就去世了。這個王豫正是姚世鈺的親姐夫，姚氏家族遭到的沉重打擊也就可以想像。

我們在上面講了雍正朝的幾起驚心動魄的大案，目的是跟大家說明姚世鈺為什麼會有「沉憂」，為什麼懷抱「沉憂」早年離鄉，浪蕩湖海，最後客死揚州。「沉憂早結離鄉恨」七個字後面是隱藏著一篇大文章的，這不是通常的落魄江湖的寒士生態，背後牽扯出的是「康雍乾盛世」的詭譎風雲。

嚴先生提醒我們把這些歷史背景都鉤沉出來以後，還提供了更多的證據，得出更精切的結論。比如，我們看看馬曰璐的〈定風波‧聽姚薏田談往事〉：

> 往事驚心叫斷鴻，燭殘香灺小窗風。噩夢醒來曾幾日，愁述，山陽笛韻並成空。

遺卷賴收零落後，牢愁不畔盛名中。聽到夜分唯掩泣，蕭寂，一天清露下梧桐。

再看另一首〈見薏田手跡有感〉：

定了風波越坎坷，即看浩劫歷恆河。東野亡來吟興懶，腸斷，偶批遺墨淚痕多。
宿草身名歸寂寞，殘陽神采付煙蘿。不忍頻開好藏弃，休語，才人無命可如何。

什麼叫做「往事驚心叫斷鴻」？什麼是「噩夢醒來曾幾日」？什麼是「定了風波越坎坷」？使他們「聽到夜分唯掩泣」的又是什麼？嚴先生說：

（讀到這些）深感「邗江雅集」等詠物詠古、節令吟唱只是他們「玩物」的現象之一種，而上引詩詞以及一大批相關的頗為曲隱的作品則是未喪志的心態與抑鬱沉慨的生活、生存的原生狀態的表呈。這是文字大獄疊興、酷網高張的年代，如果說「邗江雅集」吟風弄月乃是白日生態，那麼，「聽到夜分唯掩泣」則是夜半生態。對這種心態與生態，今人並不陌生，經歷過來的人生體驗是足能助益對雍乾時期才士的審視的。輕率地說他們「附庸風雅」，說他們「閒逸淡散」，說他們「與現實遠離」，說他們的詩「格局氣象不宏闊」等等，豈是公道的判詞？不覺得太隔膜？

……

姚世鈺也好，厲鶚也好，陳章也好，這群浙西寒士布衣們十幾年以至幾十年往來於揚州、杭州間，有的在廣陵每逗留數年不去，該有多少個夜半長談、往事驚心呵！由此豈不又足能證實小玲瓏山館並非僅供清客鑑古之地嗎？

至此，嚴先生得出兩點結論：第一，首先能夠看到姚薏田那種敢哭敢歌、稜角不盡被黑暗長夜磨圓的真面目；第二，故老相傳的所謂「附庸風雅」之說其實是對廣陵鹽商集群當中高明之士在清代文學史、書畫藝術史，乃至文化史上巨大作用的無視！

這樣一首平平之作能夠鉤沉出這麼多的東西，此之謂「小題大做」，入木三分。「社會—歷史批評」應該怎樣運用，嚴先生舉這個例子足以為我們開示津梁。千萬不能因為它稍顯冷僻就有畏難情緒，甚至忽略它的價值。

看山是山，看水是水

我們在上一講中特別提醒「知人論世」（也就是「社會—歷史批評」）的重要性，在讀解作品的時候要隨時準備把作品和它所在的歷史時空聯繫起來考察，同時也要提醒，「社會—歷史批評」的運用是有限度的，不能濫用，不能牽強附會，不能過度闡釋。

〈關雎〉的翻譯

舉幾個例子。第一個，人人都熟悉的《詩經．周南．關雎》：

關關雎鳩，在河之洲。窈窕淑女，君子好逑。
參差荇菜，左右流之。窈窕淑女，寤寐求之。

求之不得，寤寐思服。悠哉悠哉，輾轉反側。
參差荇菜，左右采之。窈窕淑女，琴瑟友之。
參差荇菜，左右芼之。窈窕淑女，鐘鼓樂之。

對這首「愛情詩之祖」的性質與主題，我們現在已經基本上沒有爭議。這是一首民歌，一個小夥子，愛上小姑娘，追求不到手，得了失眠症，簡單說就是這樣。現代人對這首詩的幾種「今譯」也都遵從這種共識。其實古詩是不能翻譯的，一旦翻譯，就把它特有的音樂美、建築美都搞沒了，只有一個例外，《詩經》可以翻譯，而且《詩經》的翻譯是一門學問。我們來看幾種，先看陳子展先生的譯文：

關關地唱和的雎鳩，正在大河的沙洲。幽閒深居的好閨女，是君子的好配偶！
參差不齊的荇絲菜，或左或右漂流它。幽閒深居的好閨女，醒呀睡呀追求她。
追求她不得，醒呀睡呀相思更切。老想喲！老想喲！翻來覆去可睡不著……

再看金開誠先生的譯文：

河邊水鳥鬧嚷嚷，雙雙對對小洲上。姑娘苗條人又好，正是哥兒好對象。
長短不齊水荇菜，一把一把左右採。姑娘苗條人又好，夢裡也要把她追。
追求不能如我願，睜眼閉眼想不斷。漫漫長夜過不完，翻來覆去把天看……

都翻譯得很有意思吧？我以為最好的還是李長之先生的版本：

關關叫著大水鷹，河裡小洲來停留。苗條善良小姑娘，正是人家好配偶。
水裡荇菜像飄帶，左邊搖來右邊擺。苗條善良小姑娘，睡裡夢裡叫人愛。
尋來尋去沒尋到，起來躺下睡不著。黑夜怎麼這麼長，翻來覆去到天亮……

特別是後兩節，真是渾然天成，深得民歌神髓。最有意思的是，還有一種倪海曙先生的蘇州話譯文，也很見神采。「水鴨勒軋朋友。阿姐身體一扭」、「困勒床浪發愁」、「咪哩嗎啦上轎」、「三班吹打洋號」，處處都是警句：

河裡有塊綠洲，水鴨勒軋朋友。阿姐身體一扭，阿哥跟勒後頭。

河裡長短水草，順水左右飄浮。為仔格位阿姐，日夜嘆氣搖頭。
實在無法接近，困勒床浪發愁。一夜賽過一年，眼淚好比屋漏。
河裡長短水草，總算用手採到。心裡格位阿姐，咪哩嗎啦上轎。
河裡長短水草，總算用手採到。今朝伲討阿姐，三班吹打洋號[17]。

這裡順便介紹了幾種〈關雎〉的譯文，可見對其主題已經形成高度共識，但歷史上是有不同說法的。漢儒說《詩經》的時候，就認為這首詩是為周文王所作，吟詠的是「后妃之德」。持此說法的不是路人甲、宋兵乙，而是〈詩大序〉的作者毛亨、毛萇，後來的兩位權威孔穎達、朱熹也都投了贊成票。從毛氏到朱子都犯了一個最大的錯誤：由於堅決站在經學立場上，從宣揚儒家思想出發，把普通的民歌牽扯到國家、歷史、政治層面上去。這就是濫用社會—歷史批評的典型例證[18]。

／酷吏解詩法

再來看中唐大詩人韋應物的名作〈滁州西澗〉：

獨憐幽草澗邊生，上有黃鸝深樹鳴。
春潮帶雨晚來急，野渡無人舟自橫。

這首詩寫什麼呢？跟前面講過的朱熹〈春日〉相比，這倒是一首真的寫「春日」的詩，只不過寫的不是明媚春光，而是野外澗邊、春雨綿綿的一個黃昏。但有人不這麼看，他們覺得這首詩句句都指向當時局勢。「獨憐幽草澗邊生」是哀嘆草野遺賢，不為朝廷所用；「上有黃鸝深樹鳴」是「小人在上之象」；「春潮帶雨晚來急」是說國家大勢岌岌可危，「野渡無人舟自橫」是說大唐朝已經陷入無政府狀態。

這麼解說我們是不能同意的。韋應物在這首詩裡有沒有一些寄託呢？可能有，但至多在若有若無、隱隱約約之間。詩人是不可能先做好了一個要諷喻的政治形勢的模組，再用自然意象一個一個去對照表達的。有創作經驗的人都能知道，這和詩歌的創作規律不相符，所以，這種解說也是牽強附會、過度闡釋的[19]。

跟韋應物這首詩情況類似的還有蘇軾的〈卜算子．黃州定惠院寓居作〉，也就是有名句「揀盡寒枝不肯棲，寂寞沙洲冷」那一首，也遭遇了類似的命運：

缺月掛疏桐，漏斷人初靜。誰見幽人獨往來，縹緲孤鴻影。
驚起卻回頭，有恨無人省。揀盡寒枝不肯棲，寂寞沙洲冷。

南宋詞學家鮦陽居士以逐句解讀的方式闡發詞中的「微言大義」：

「缺月」，刺明微也；「漏斷」，暗時也；「幽人」，不得志也；「獨往來」，無助也；「驚鴻」，賢人不安也。「回頭」，愛君不忘也；「無人省」，君不察也；「揀盡寒枝不肯棲」，不偷安於高位也；「寂寞吳江冷」，非所安也[20]。

這不是「讀解」詩詞，而是羅織鍛煉。這樣的人還是去做酷吏比較好，別來搞文學批評了。

證據鏈與無罪推定

再說一個例子，是我個人做《納蘭詞選》過程中的一點體會。清代詞我們一般都不大熟悉，我曾經說過，清詞研究殘山剩水，一片蕭條，但納蘭性德是一個「異數」，熱度高得很讓人意外。據說在一些地方甚至出現了納蘭主題沙龍，很多「女文青」背著漂亮的LV、愛馬仕小包，裡面放一本袖珍版的《納蘭詞》，隨時拿出來翻一翻。據說還有更過分的，準備到民政部門註冊跟納蘭性德的婚姻關係，以「遺孀」自居，真是光怪陸離，不可想像。我其實也很喜歡納蘭詞，但我這個人有點怪脾氣，什麼東西一熱我就想躲遠點，更樂意做一點冷門的工作，可還是不容易躲開。二〇〇九年，中華書局約我做一本小型的《納蘭詞選》，書出來第一版的名字叫《納蘭性德》，其實不大對勁。我寫的不是納蘭性德傳記，還是稱「詞選」比較準確。根據篇幅的要求，我在這本書裡選了納蘭一百一十八首詞，占其全部詞作的三分之一左右。

做選本有時候是很艱難的，特別是面對一個優秀的詩人、詞人的時候，那麼多好作品都應該選進來，可是篇幅有限，不得不割愛一部分。怎麼辦呢？跟「世界小姐大賽」或者「中國好聲音」一樣的程序：先「海選」，然後初賽、複賽，然後決賽，十進七，八進四，最後才定下來哪一篇入選。如此艱難PK的情況下，我選了這麼一首詞：

綠葉成陰春盡也，守宮偏護星星。留將顏色慰多情。分明千點淚，貯作玉壺冰。
獨臥文園方病渴，強拈紅豆酬卿。感卿珍重報流鶯。惜花須自愛，休只為花疼。

——〈臨江仙・謝餉櫻桃〉

按藝術水準來講，這首詞在納蘭性德的創作中至多是二流，可能選二百首都未必輪得上它。那我為什麼放棄了一些好詞而把它選進來呢？無他，有話可說而已。

先看詞題：〈謝餉櫻桃〉，也就是說，有人贈納蘭一些櫻桃，納蘭寫了這首詞表示感謝。誰送的櫻桃呢？有沒有可能分析出一點頭緒呢？我們一句一句讀，可以捕捉到一些資訊。

首句「綠葉成陰春盡也」，暗用了杜牧的「綠葉成陰子滿枝」句意，實際上已經點明了對方的女性身分。杜牧的詩題為〈悵詩〉，《全唐詩》有題注云：「牧佐宣城幕，遊湖州，刺史崔君張水戲，使州人畢觀，令牧閒行閱奇麗，得垂髫者十餘歲。後十四年，牧刺湖州，其人已嫁，生子矣，乃悵而為詩」，這是很著名的典故。詞從這以下一直都是對女性的口吻，特別是到了下片：「獨臥文園方病渴」用司馬相如典故，那是著名的風月人物；「強拈紅豆酬卿」，紅豆表相思，說得更明確了。煞拍「惜花須自愛，休只為花疼」兩句，更是帶有一種特殊的叮嚀與憐惜之情。

從文本來看，詞是寫給一個女孩子的應該沒問題了，但有沒有可能確定這個女孩子是誰呢？有人認為可以，那就是我們前面說過的蘇雪林。

蘇雪林在二十世紀三〇年代曾發表過一篇論文，叫做〈清代兩大男女詞人戀史之謎[21]〉。女詞人是顧春，男詞人就是納蘭性德。什麼「戀史之謎」呢？蘇雪林先生根據晚清蔣瑞藻所著《小說考證》引《海漚閒話》的記載，對這首詞的「本事」做了如下描述：納蘭性德有一個表妹，兩人互生情愫，後來此女被選入皇宮，宮門一入深似海，納蘭相思成狂，趁著一群喇嘛進宮做佛事的機會，化裝成喇嘛跟了進去。在皇宮裡看見了表妹，但因為宮禁森嚴，沒有機會說話，互相對了對眼光就悵惘分手了。

這事情聽起來有點傳奇，好像《還珠格格》裡的橋段。這也還在其次，關鍵是，它禁不禁得住推敲呢？

講到「破解學術公案」，我有這樣一個看法：「破解學術公案」，省略掉所有限定成分，那就是「破案」，這和司法機構偵破、判斷某個刑事案件的原則都是有共通性的。比如說「證據鏈原則」，人證、物證、旁證互相咬合，要形成一條完整的證據鏈。如果證據鏈充分，就可以在犯罪嫌疑人零口供的情況下定罪。與此相關的，還有一條原則叫做「孤證不立」，只有一個證據，沒有其他旁證，一般來說是不能作為可採信證據的。第三條，「無罪推定原則」。當證據不充分的時候，我們寧可相信他無罪，也不能把罪名強加給他。那麼，我們就可以應用這些偵察司法原則來破解納蘭這樁公案。

我們要注意，蘇雪林的「偵破結論」只有這一條孤證，沒有提供其他的任何旁證，那麼，在完全不能形成證據鏈的情況下，是不能作為事實採信的。蘇雪林認為包括這首〈臨江仙〉在內的很多愛情詞作都是寫給表妹的也就不成立。更加不可思議的是，她以納蘭詞用了幾處「謝娘」，就大膽做出判斷，說他這個表妹姓謝。這就不只是「膽大妄為」，而且「走火入魔」了。

一般來說，「謝娘」有兩種含義：一是指東晉才女謝道韞，也就是「詠絮才」；二是妓女的代稱。

不管是才女，還是妓女，納蘭用「謝娘」都是泛指，絕不可以坐實。如果按蘇先生的意思，晏幾道寫過「又踏楊花過謝橋」的句子，是不是他也有個姓謝的表妹呢？顯然，這是走火入魔的外行話。

儘管如此，蘇雪林的判斷有一點還是可取的，她沒有否認這首詞是寫給一個女孩子的，沒有想到，近些年來，這個基本判斷也出現了爭議。

／可以隨意「變性」嗎？

就納蘭詞研究的總體而言，趙秀亭、馮統一的《飲水詞箋校》堪稱水準最高的一本書，海內無與抗手，但恰恰是這本書對這首詞的解讀讓人無法苟同。二位先生提出一個看法：這首詞不是寫給一個女孩子的，而是寫給他的老師徐乾學的。

對清初歷史文化有一點瞭解的話，徐乾學的名字我們並不陌生。他是江蘇昆山人，大思想家顧炎武的親外甥，他是探花出身，弟弟徐元文中狀元，另一個弟弟徐秉義也是探花，世稱「同胞三鼎甲」。徐乾學跟納蘭性德有兩層關係：一，他是納蘭性德的父親明珠的得力幹將；二，他是納蘭性德中舉人時候的座師。趙、馮二位先生認為詞是寫給徐乾學的，而「櫻桃」也不是指實際的水果，那是與科舉有關。

櫻桃與科舉有什麼關係呢?趙、馮二位先生以他們豐富的學養提示我們:在唐朝,新科進士放榜的時候正是櫻桃成熟的季節,天子賜宴,請新科進士吃飯,時鮮水果都擺上櫻桃,所以有「櫻桃宴」之說,於是櫻桃就成了科舉史的一個著名意象。二位說,這是納蘭性德寫給徐乾學的,煞拍兩句「惜花須自愛,休只為花疼」是暗示徐乾學要自尊自愛,「慎用選士之權」。

二位先生的解說自有高明之處。比如說,考證櫻桃和科舉史的關係。此外,根據很多書證考證長者賜給少者東西為「餉」,這也很給人啟發。但是,這裡凸顯了學問,卻忽略了情理。我們要問:納蘭性德有什麼必要在勸諫自己老師的時候,將老師「變性」成一個女孩子,以如此纏綿,甚至輕薄調笑的口吻表達自己的想法呢?

詩詞創作中「變身」、「變性」現象是很常見的,〈離騷〉開始就已經有了,所謂「香草美人」是也。但也必須指出,「變身」、「變性」是有規定情境的,不能隨心所欲地亂變。什麼是「規定情境」呢?有一位中唐詩人叫朱慶餘,他的名作〈近試上張水部〉就是一個好例子。朱慶餘參加進士考試之前,把自己的詩集送給了著名詩人、水部員外郎(相當於現在的水利部副司長)張籍,希望他能點讚一下,給自己考中進士增加一點砝碼。在唐朝,這叫做「行卷」。

可能張司長比較忙,遲遲沒有答覆。眼看著考試快開始了,朱慶餘坐不住了。怎麼辦呢?直接問?那多不好意思呀!再說也不符合詩人的風雅身段。於是,朱慶餘寫了一首詩,目的是打聽張籍對自己詩集的印象，但在詩中，他把自己「變身」成為一個新嫁娘：

洞房昨夜停紅燭，待曉堂前拜舅姑。
妝罷低聲問夫婿，畫眉深淺入時無？

昨天晚上，新媳婦入了洞房，今天早上要拜見公婆了。妝畫得太濃了不行，公婆會覺得這個兒媳婦太妖豔；太淺了也不行，怕自己顯得醜。所以這位新媳婦才忐忑不安地問自己的夫婿：我的眉毛畫得怎麼樣？還合適嗎？大家看，這其實就是問張籍對自己的詩評價如何，但說得非常蘊藉，很見風度，很見才華。張籍收到這首詩，才想起自己的回覆晚了，於是回了一首詩：「越女新妝出鏡心，自知明豔更沉吟。齊紈未足時人貴，一曲菱歌敵萬金」，對朱慶餘大加讚賞。

其實張籍後來自己也「變身」過：中唐時期藩鎮割據，一位勢力很大的節度使李師道想拉攏張籍到自己手下做官。張籍不願意捲入這種危險的政治漩渦，也不好正面回絕，開罪這位李司令，只好化身成一個貞節女子，寫了一首著名的〈節婦吟〉表達心跡，其中有兩句千古流傳，那就是「還君明珠雙淚垂，恨不相逢未嫁時」，極其宛轉，但態度非常堅決。

在上面幾個例子中，我們都看到「變身」、「變性」的規定情境：有的是因為文人的風度，有的是因為現實的壓力。納蘭性德和徐乾學存在類似的必要性嗎？我看沒有。學生勸告老師，可以，也有很多委婉的方式。但把老師「變性」，而且以纏綿口吻如此勸說，這成體統嗎？納蘭會是這麼不懂體統的人嗎？我曾經開玩笑地說過：徐乾學可能是心胸比較開闊的老師，我這個老師是心胸狹隘的，要是我的學生寫給我一首這樣的詞規勸我如何如何，我一定勃然大怒，把他逐出門牆：你以後別說是我的學生！所以我說，趙、馮二位先生的學養比蘇雪林要好得多，但結論不過是五十步笑百步而已。

那麼，真相應該是什麼呢？幾種解釋中，首都師大張秉成先生的解釋最樸素，既沒有精妙的考證，也沒有華麗的聯想，他只是說這首詞是寫給朋友的。我認為中肯，只補充一點：是女性朋友。這個女性朋友是什麼身分？我們不能落實，但是可以推測。

在索隱派紅學那裡，納蘭性德是賈寶玉的原型，明珠的大學士府就是大觀園的原型。能否成立我們姑且不管，納蘭性德的生活狀態與賈寶玉很相似，這一點應該沒問題。我的意思是說，納蘭性德身邊也有襲人，也有晴雯，也有薛寶釵、林黛玉、史湘雲、妙玉。在他的日常生活中，每天都可能發生這樣的情況：有一個小丫鬟或者一個表姐、表妹、紅顏知己，送給他一盤櫻桃，納蘭懷著情愫寫一首詞答謝，叮囑她要珍惜自己、保重自己。這不是很常見的、每天都可能發生的事情嗎？所以，張秉成先生的說法好像最沒有「技術含量」，但是可能最接近真相。

《納蘭詞選》因為有篇幅的限制，我說得並不充分。後來又擴充了一些想法，寫成一篇幾千字的小文章，叫做〈看山是山，看水是水〉，發表在《文史知識》[22]。我們知道，這是宋代高僧青原行思的名言。他把修禪分成三境界：初等境界是「看山是山，看水是水」，中等境界是「看山不是山，看水不是水」，最高境界是「看山仍是山，看水仍是水」。我們讀解詩詞也有這樣的三境界，最高境界不是誰都能達到的，也不是哪首詩詞都需要的。如果不能做到「看山仍是山，看水仍是水」的高境界，我們也不必強求，非要「看山不是山，看水不是水」，掉進猜笨謎的陷阱裡頭去，還不如老老實實「看山就是山，看水就是水」，那也不失為讀解詩詞的正道。

內外融通第三

我未成名君未嫁

怎樣才能合理運用社會—歷史批評，做到內外融通呢？我覺得有兩扇門很重要：一扇叫做歷史之門，一扇叫做文化之門。

文學史是歷史的一個分支，不能離開歷史而談文學。那些古典詩歌文本的作者，他們是「歷史人」，也就是活在另一個時空的人，生活狀態和現代人有了很大差距。應該回到他們所在的時空，設身處地、帶著「理解之同情」體察他們的生存狀態，這才能讀懂他們的作品，看清他們的心靈世界。

／**「挾妓縱酒」與「風流韻事」**

一九九八年，我負笈吳門，師從嚴迪昌先生攻讀博士學位。當時我們上課是到嚴先生家裡，在書房喝著他的好茶，抽著他的好菸，天南海北地聊天，可以彙報讀書的進展、遇到的困惑，有時候嚴先生想起一個問題，就主動講一番。三年時間，就是在這樣的「閒談」中逐步長進的。

有一次，我們談了一個問題：為什麼古人「挾妓縱酒」之詩特多，但卻從沒有受到譴責，反而被當成風流韻事唱和傳寫呢？是不是古人的道德水準比我們低呢？

我們首先要考慮到，古人是歷史人，他們的生存狀態必然影響到他們的心態，也帶來不同的道德標準。古代交通不發達，通訊不發達，他們離家外出，就要受到這些因素的強烈制約。古代離開家幾十里，就要走上一、兩天；幾百里，來回一趟可能要幾個月；幾千里呢？肯定幾年看不見對方，甚至一輩子不再見面。通個信也很難，沒有電報電話，沒有微信視頻，只能是「馬上相逢無紙筆，憑君傳語報平安」（岑參〈逢入京使〉）。為什麼古人對「別離」那麼敏感，那麼撕心裂肺，以至於「別離」成為詩詞的母題之一？那正是因為跟我們不同的空間感受。

儘管說「父母在，不遠遊」，但後面還有一句「遊必有方」呢！古人也會出於各種各樣的需要和壓力離開故鄉，求學、科舉、做幕，當官……動輒經年，甚至幾年、十幾年。我看過一位清朝的廣東人的日記。他在廣東考中了舉人，要進京參加會試。會試第二年春天舉行，他前一年春天就從廣東出發了，一路上風調雨順，沒有遇到大的阻礙，一天走幾十里，一共走了八、九個月，冬天才到了北京城。租一所房子住了幾個月，熟悉一下風土人情，再交幾個朋友，明年三月份入闈考試。放榜一看，不出所料，沒考上。為什麼說不出所料呢？明清時代，三年舉行一次進士考試，一般來說，考生有五、六千人，錄取二、三百人。錄取率大概是百分之五左右。這位廣東老兄不出所料的落榜了，大家替他打算一下，怎麼辦呢？回廣東？一路上風調雨順還得走八、九個月，明年春天才能到家，待不上一年又得出發了，要趕下一次的會試了。看來，回家並不明智，這位廣東舉人就選擇在北京「漂」下去了。「北漂」不是現在才有的，什麼地方是都城就有什麼「漂」。唐朝叫「長漂」，北宋叫「汴漂」，南宋叫「杭漂」，元明清才叫「北漂」。

一個人長期漂泊在外，不能把家眷帶在身邊，必然要產生強烈的心理、生理需求，必然要通過挾妓縱酒的方式來宣洩，來獲得慰藉。所有人都面臨著這樣的處境，面對著同一種解決方式，自然會形成不同於現代人的道德標準。所以，並不是說古人的道德標準比我們低，那是因為歷史條件的局限而導致的。不體察到這一點，一味站在現代人的立場上去譴責古人玩弄女性、低級趣味，不能算錯，但是未免有點「站著說話不腰疼」的嫌疑。

／青樓文化與中國文學

「挾妓縱酒」並不是個低級趣味的無聊問題，往下延伸一點，就是文人與妓女的關係問題，就是青樓文化與中國文學的問題。我們可以簡單談兩點：

第一，「我未成名君未嫁，可能俱是不如人[23]」，無論落魄潦倒還是春風得意，文人與妓女的關係從來都是非常密切的，給文人帶來巨大慰藉的妓女一直都是他們濃墨重彩去書寫的對象。從南齊的名妓蘇小小，到唐代的薛濤，再到宋代的李師師、明代的「秦淮八豔」、晚清的賽金花……甚至可以說，他們形成了「雙生關係」或「鏡像關係」——有文人必有妓女，無妓女不成文人。我的好友姜紅雨在一篇文章裡寫到文人與妓女的關係，語語絕妙：

他們貌似走在雅和俗的兩個極端，實際上物極必反。衝開世俗的繩檢，剝去浮生的業障，他們在內心深處曲徑通幽。這註定了他們必然有志同道合之處……詩人們和妓女的關係、情份各有不同，但青樓女子們的影子總是像飛花一樣在唐詩的字裡行間飄過。詩人和妓女之間，到底是歡娛、旖旎、諧趣，還是傷感、沉淪、虛無？是流連歡場的人面桃花，還是相互慰藉的泛梗飄萍？是「相逢何必曾相識」還是「坐來雖近遠於天」？是醉生夢死，還是戀戀風塵……人散後，一彎新月涼如水，那一刻，有誰知道他們真實的想法？

我們看金庸成名作《書劍恩仇錄》中的一段，第十回〈煙騰火熾走豪俠，粉膩脂香羈至尊〉。這一回寫的是紅花會群雄綁架乾隆皇帝的故事，其中就描寫了一場「花國狀元大會」的「盛況」。「花國狀元大會」的程序是怎樣的呢？和珅說得很明白：

和珅……稟告：「奴才出去問過了，聽說今兒杭州全城名妓都在西湖上聚會，要點甚麼花國狀元，還有甚麼榜眼、探花、傳臚。」乾隆笑罵：「拿國家掄才大典來開玩笑，真是豈有此理！」和珅見皇上臉有笑容，走近一步，低聲道：「聽說錢塘四豔也都要去。」乾隆道：「甚麼錢塘四豔？」和珅道：「奴才剛才問了杭州本地人，說道是四個最出名的妓女。街上大家都在猜今年誰會點中花國狀元呢！」乾隆笑道：「國家的狀元由我來點。這花國狀元誰來點？難道還有個花國皇帝不成？」和珅道：「聽說是每個名妓坐一艘花舫，舫上陳列恩客報效的金銀錢鈔、珍寶首飾，看誰的花舫最華貴，誰收的纏頭之資最豐盛，再由杭州的風流名士品定名次。」

乾隆皇帝「微服私看」，來到選秀大會的現場。「錢塘四豔」果然名不虛傳，各極其美。過了半晌，采品檢點已畢，大家圍在評委會主任（書中稱為「會首」）座船四周，聽他公佈名次：

只聽得會首叫道：「現下采品以李雙亭李姑娘最多！」此言一出，各船轟動，有人鼓掌叫好，也有人低低咒罵。只聽一人喊道：「慢來，我贈卞文蓮姑娘黃金一百兩。」當即捧過金子。又有一個豪客叫道：「我贈吳嬋娟姑娘翡翠鐲一雙，明珠十顆。」眾人燈光下見翡翠鐲精光碧綠，明珠又大又圓，價值又遠在黃金百兩之上，都倒吸一口涼氣，看來今年的狀元非這位湖上嫦娥莫屬了。

評委會主任剛要宣佈這位湖上嫦娥獲得「花國狀元」稱號，遠處疾如風、快似電跑來一個人，口中高叫：「且慢——，我家老爺有一包東西要送給玉如意姑娘」！誰呀？正是和珅。送一包東西，還不明說是什麼，各位評委也覺得有點神秘，面面相覷。

誰是這次「花國狀元大會」的評委呢？在這裡金庸用了小說筆法，故弄狡獪，他把乾隆一朝最負盛名的大文人都組織到這個評委會裡頭來了。評委會主任是大詩人、當世第一風流才子袁枚。評委還有跟他齊名為「三大家」的另外兩位：大詩人、大史學家趙翼，大詩人、大戲劇家蔣士銓。還有乾隆朝的詩歌領袖、六十多歲才考中進士的老名士沈德潛，我們前面提到的詩壇盟主厲鶚，「揚州八怪」中最負盛名的鄭燮鄭板橋，還有一位特別有名——鐵嘴銅牙紀曉嵐！真是大咖雲集呀！

東西拿過來了，袁主任拆開一看，是三卷書畫，笑道：「這位看來還是雅人，不知送的是甚麼精品？」展開一看，第一幅，祝枝山的書法真跡；第二幅，唐伯虎的〈簪花仕女圖〉。這都是價值連城的寶貝呀，什麼珍珠翡翠都是比不了的。第三幅是什麼呢？還是一幅書法，寫著一首詩，沒有落款，只有「臨趙孟頫書」幾個字。鄭板橋是大書法家，心直口快，馬上說：「微有秀氣，筆力不足」！沈德潛是老江湖了，見多識廣，老成持重，趕緊捂住鄭板橋的嘴：「噓——這是今上御筆！」就這樣，玉如意得了這一屆的「花國狀元」。

這段場景當然是小說家言了，這些大文人不可能因為這件事情齊刷刷地聚在西湖邊上，但是這裡面有一種文化真實。當年各地舉行仿文人科舉的花國選秀活動是非常普遍的，評選程序也跟小說裡面描寫的如出一轍。這個情節充分說明了文人和妓女間那種「剪不斷，理還亂」的聯繫。

／古代選美靠文化

第二，文人至貴而妓女至賤，在妓女這個賤民階層內部，她們追慕仿擬的對象正是「至貴」的文人，劃分等級的標準並不是美貌和身材，而是文化修養的高低。比如說，白居易有一次在寫給朋友的信中有點洋洋得意地講，他昨天晚上出席了一個大型派對，聽到了兩個妓女的對話。一個妓女跟另一個妓女說：「妳不要不服氣，為什麼我的出場費會比妳高呢？那不是因為我的身材比妳好，我的相貌比妳漂亮，而是因為我能背誦白學士的〈長恨歌〉，而妳不能。」這說明青樓社會的價值觀都是向文人看齊的。直到晚清民國，上海的高級妓女還稱自己的居所為「書院」，大家稱這些高級妓女為「先生」，可見潛意識裡追慕的還是文人。

所以，青樓妓女的文化修養十分重要。凡是能作詩詞書畫的，與文人交往密切、能得到著名文士品題稱讚的，身價必高，聲名必增，被稱為「才女」、「才妓」，不僅顯赫於當時，甚且傳名於後世。從文化史來看，妓女這個「至賤」行當中出現了數量不菲、成就不低的女作家、女畫家、書法家。唐代四大女詩人有三位是妓女出身，一位是薛濤，魚玄機、李冶名義上是女道士，其實也是妓女。宋代有位妓女叫做琴操，留下一樁很有意思的故事。

有一次，杭州市舉行一場大型宴會，某副市長（古代稱「州倅」）興致勃勃，要演唱一首秦觀的〈滿庭芳〉：

山抹微雲，天連衰草，畫角聲斷譙門。暫停征棹，聊共引離尊。多少蓬萊舊事，空回首、煙靄紛紛。斜陽外，寒鴉數點，流水繞孤村。

銷魂。當此際，香囊暗解，羅帶輕分。謾贏得青樓、薄倖名存。此去何時見也，襟袖上、空惹啼痕。傷情處，高城望斷，燈火已黃昏。

詞本來是這樣的，結果這位副市長開頭唱成了「山抹微雲，天連衰草，畫角聲斷斜陽」。詞唱錯了還不大要緊，關鍵是把韻唱錯了。琴操馬上站出來說：「大人，你唱錯了，是『譙門』，不是『斜陽』啊！」副市長很有風度，笑著說：「你能接著我錯的這句把詞唱完嗎？」琴操於是曼聲唱道：

山抹微雲，天連衰草，畫角聲斷斜陽。暫停征轡，聊共飲離觴。多少蓬萊舊侶，頻回首、煙靄茫茫。孤村裡，寒鴉萬點，流水繞低牆。

魂傷。當此際，輕分羅帶，暗解香囊。謾贏得青樓、薄倖名狂。此去何時見也，襟袖上、空有餘香。傷情處，長城望斷，燈火已昏黃。

琴操的才華如此敏捷，難怪蘇東坡也對她相當欣賞，千年之下，猶傳芳名。再往後看，「秦淮八豔」中的柳如是、李香君、顧媚、董小宛、陳圓圓、卞玉京等等，也都有著非同一般的文藝才華，從而與著名文人陳子龍、錢謙益、龔鼎孳、冒辟疆、侯方域、吳偉業等惺惺相惜，成為靈魂知音。從這意義上來說，文人和妓女的關係完全可以成為研討中國文學文化的一個重要視窗。在這方面，學界已經貢獻出了很多優秀成果。南開大學陶慕寧先生一九九三年出版了《青樓文學與中國文化》，臺灣龔鵬程先生有幾篇文章也寫得非常精彩，值得大家關注。從上面這些例子我們可以看出「歷史之門」對我們古代文學研究的重要價值。

眉公的眉毛

除了歷史的儲備，還需要文化的儲備。我們面對的那些古人不僅是「歷史人」，而且是「文化人」。他們是在古典文化長河中深深浸染的一個人群，身上有著極其豐富的文化元素，諸如地域家族、師承交遊、愛情婚姻、同年僚屬、雅集登覽、慶弔哀樂……都構成了他們的七情六欲、豐滿血肉。深入瞭解這些，古人才不是只會寫一些詩詞的「紙片人」，而是可以從紙上站起來的、和我們一樣立體豐富活生生的人。

／**「則徐兄」還是「少穆兄」**

我們以名、字、號中的文化元素為例，簡簡單單幾個字，其實大有文章，別有乾坤。名、字、號搞懂了，古人就能讀懂一半。

我們現代人名、字合一，人家問：「你名字叫什麼？」我就回答人家：「我名字叫馬大勇。」古人比我們要複雜，他們不僅有名，還有字；不僅有字，很多人還有號。這裡我們所說的「古人」其實沒有多「古」，二十世紀上半期出生的人還是這樣。也就是說，幾千年文化史，只有這幾十年、我們三、四代人才用了現在的名字方式。那麼，那些複雜的名字號裡到底隱藏了那些文明資訊、文化元素呢？

名、字有兩重關係值得我們注意：第一，名和字的使用時段不同，功能也不同。古人和現代人一樣，孩子生下來要給他取名字。現代人取一個就可以了，古人要取兩個，一個名，一個字。名取好了馬上就能用，孩子躺在搖籃裡哄他睡覺可以用，孩子長大了四處淘氣，喊他「某某某，你媽喊你回家吃飯」，也可以用；字取好了以後不能用。什麼時候才啟用呢？古代是男性中心社會，一個男孩長到十五歲至二十歲之間，選一年給他舉行成年禮[24]。成年禮上有兩項議程：一是「冠」，給他戴上象徵成人的帽子，一是啟用取好的「字」，如果之前沒取字，現在就要給他取個字。為什麼？我們知道，成年禮就標誌著這個「男孩」從今天開始成為一個「男人」了，可以作為一個獨立的社會人對外交往了。「字」就是供他對外進行社會交往用的，所以又稱「表字」。那麼，這就形成了古代的一種通行規範：只要你是文明人，只要你善意地和別人交往，就要稱對方的字或號，這是一種禮貌和尊重，「直呼其名」是野蠻的、惡意的表現。

這些規範在古代盡人皆知，但由於我們這幾代人割斷了與古典文化的聯繫，古代的常識對我們已經顯得隔膜了。在這些方面常常出現「硬傷」，特別是影視作品之中。一九九七年，謝晉執導史詩巨片《鴉片戰爭》，其中林則徐和魏源對話的時候就互稱「則徐兄」、「魏源兄」。可能編劇導演覺得這樣稱呼已經很文雅了，但古代如果真的這樣稱呼，下一步兩人就可能打起來，「直呼其名」嘛！應該怎麼稱呼呢？林則徐字少穆，魏源字默深，兩人應該互稱「少穆兄」、「默深兄」才對。

經過大家指摘以後，影視作品近年來在這些細節上改善很多了。二〇一一年有一部向（中共）建黨九十周年獻禮的電影《建黨偉業》，毛澤東在北大，沒人稱他「澤東兄」了吧？稱「潤之」！陳獨秀也沒人稱「獨秀兄」了，稱「仲甫」；李大釗也沒人稱「大釗兄」了，稱「守常」，這才是正確的方式。所以我們說，名和字的使用時段不一樣，字使用得比較晚；功能也不一樣，字是對外進行社會交往用的。

／誰為毛澤東補字「潤之」

名和字的第二重關係在於：它們具有整體性意涵，或者說整體性指向。名和字通常是一起取的，是有密切關聯的，不是兩張皮，誰也不挨著誰。作為一個整體，「指向」哪裡呢？這一點古人和現代人沒有區別。各位可以想一想，你為什麼取現在這個名字？你為什麼給孩子取他／她現在這樣的名字？很簡單，父母長輩期望孩子成為什麼樣的人，就會給孩子取什麼樣的名字。期望孩子健康，所以叫「張健」、「王健」；期望孩子聰明，所以叫「劉聰」、「李聰」。

古人也是如此，於是，在這種世代相傳的期望中，很多文明資訊、文化元素就保存傳遞下來了。我們可以解讀一下上面提到的幾個名字：第一個，林則徐，字少穆。「則」是美好之意，「徐」，從容、矜持的樣子，「少」，排行最小的一個，「穆」，肅穆、莊嚴的樣子。名與字合起來，父母長輩期望林則徐成為一個從容、矜持、肅穆、莊嚴的君子。

第二個，魏源，字默深，這是一個取得很高明的名字。「源」，即江河的源頭，一般都是一泓湖水而已。湖水有兩個特點：一沉靜，沒有大風大浪，即「默」；二深不見底，源源不絕，即「深」，所以，魏源的名字是個比喻，父母長輩期望他能像那一泓湖水一樣，不張揚，不諠譁，但是很有內秀。

第三個，毛澤東，字潤之。「潤」和「澤」是同義語，這個好理解，但需要說明一點：毛澤東的字不是父母或家族長輩取的，而是他在湖南第一師範讀書的時候，他的老師、後來成為其岳父的楊昌濟先生取的。為什麼呢？我在前面有個問題沒來得及說：所謂「古人都有名、字、號」，我們說的其實是古代的文化人、體面人，底層勞苦大眾是沒有必要花那麼多心思在這上面的。他們起名都相當草率，或者拿排行、或者拿出生日期對付一下就當名字了。很多讀者可能都看過一部著名的歷史通俗讀物《明朝那些事兒》，大家還記得第一頁有個表格：「姓名——朱元璋；字國瑞；曾用名——朱重八」，也就是說，名元璋，字國瑞，那是發跡以後取的好名字，之前按兄弟排行叫朱重八。「重」者，「雙」也，「朱重八」也就是「朱八八」。他高祖的名字叫朱百六，曾祖名字叫朱四九，祖父名字叫朱初一，父親名字叫朱五四。這樣取名字不是因為老朱家熱愛數學，而是因為社會身分低下。毛澤東是湖南韶山沖的農家子弟，也處於社會底層，按家譜範字取名叫「澤東」已經不錯了，沒有取字，但後來到湖南一師讀書就不一樣了。跨進了文化人、體面人階層，沒有字就很不方便，所以才由楊昌濟先生根據他的名補了「潤之」的字。這反映了古人名字號的實際情況，很重要，我們夾在這裡來說。

第四個，陳獨秀，字仲甫。獨秀，即出類拔萃之意；仲，排行第二；甫，美男子。杜甫的字叫做子美嘛！那就是說，希望他成為一個出類拔萃的美男子。第五個，李大釗，字守常。這是最不好理解、也最有意思的一個。「大釗」者，大刀大劍的鋒刃，也是出類拔萃的意思，跟「獨秀」差不多，但李大釗的父母長輩比陳獨秀的父母長輩想得更多一些。陳獨秀的父母長輩覺得孩子優秀就可以了，李大釗的父母長輩則擔心，萬一孩子真優秀了，忘乎所以，不遵守做人做事的常規，那可怎麼辦？所以給他取個字「守常」，提醒他：優秀歸優秀，底線不能過。真是煞費苦心哪[25]！在「名」中期望他進取、優秀，在「字」中期望他收斂、含蓄，一進一退，是為中庸。兩千多年前的中庸思想就這樣在名字中世代承傳下來了。

／「號」裡乾坤大

名、字一般都是父母長輩取的，表達他們的期望，肯定有名不副實的，也有自己不滿意的。我名字叫馬大勇，我就不大滿意，也名不副實，但用慣了，也就不改了。「號」的情況不同，「號」是自己取的，那是很能看見一個人的生平閱歷、心靈世界、性格特點的。

先來說幾個有意思的人，比如說林紓。在古典文學和現代文學之間，林紓是一個極其重要的人物。他既是桐城派後期的古文大家，又是最早的大翻譯家。「林譯小說」曾經風靡中國，《茶花女》、《黑奴籲天錄》（又名《湯姆叔叔的小屋》）、《塊肉餘生錄》（又名《大衛．科波菲爾》）等最早都是林紓翻譯引進中國的。但這個大翻譯家一個英文單字都不認識，靠別人講故事，他聽了以後，用文言寫出來發表。當時「林譯小說」的稿費非常高，別人一千字一、兩塊大洋，他是一千字五塊大洋，所以他有個外號叫「造幣廠」。林紓曾經給自己取過一個別號，叫「踐卓翁」。什麼意思呢？沒人知道。林紓自己解釋：我特別討厭教育部一位姓董的次長，所以我要把這個姓董的踩在腳下。這個別號還是很能體現林紓性格的一個側面的，很有味道。

還有一位出版家、詞學理論家、詞人徐珂，他的書齋號叫「天蘇閣」。大家猜了很久，是景仰白樂天和蘇東坡嗎？結果跟徐先生一打聽，滿不是這麼回事，徐珂說：「因為我喜歡天足的蘇州美女，所以才叫『天蘇閣』」。《二十年目睹之怪現狀》的作者吳趼人也有趣，他曾取過一個別號「我佛山人」。朋友問他：「為什麼取了這麼一個大氣的別號呢？也沒聽說你信佛啊？」他說：「你們誤會了，正確讀法是『我，佛山人』」。這都是很好玩的掌故，有了這些細節，人就生動起來了。

更有代表性的是「晚明第一山人」、小品文作家陳繼儒，也就是文獻中常提到的陳眉公。他為什麼號「眉公」呢？這要從他的山人身分說起。

山人就是隱士，而且，陳繼儒是一位「身越隱而名越顯」的不合格的隱士。什麼意思呢？真正的隱士應該是你不知道他是隱士，這才算成功，但偏偏有些人越當隱士，名氣越大。比如說漢光武帝劉秀的同學嚴光（字子陵）。劉秀登基以後，派人尋訪嚴光，但嚴光隱居起來了，茫茫人海，上哪兒找呢？後來有人發現，在富春江邊的一處釣臺上，有個人三伏天穿著羊皮襖釣魚，行跡太可疑了。上去一問，竟然是嚴光。劉秀見了嚴光很高興，兩人同榻而眠。嚴光不知道是睡相不好，還是有意的，睡覺時候把大腿放到了劉秀的肚子上。第二天上朝，太史令出班啟奏：「昨夜有客星犯帝座甚急」，劉秀大笑。這是很著名的隱士典故，但也有人寫詩諷刺嚴光：「一著羊裘便有心，羊裘豈是釣魚人。當時只著蓑衣去，江水茫茫何處尋[26]？」——你要真想當隱士就別穿著羊皮襖在那釣魚啊！那誰能找到你呢？

東漢還有一位隱士叫韓康，「小隱隱於市」，當了一個賣藥的小商人。文人賣藥和普通的小商販也不一樣，他的特點是從不講價，一來二去在賣藥這行裡也出名了。有一次，遇上一位大嫂買藥，非還價不可，韓康堅決不答應。大嫂火了：「難道你是韓康嗎？賣藥都不還價！」把韓康嚇得落荒而逃，藥也不敢賣了。這又是一個「身越隱而名越顯」的。

陳繼儒也是這樣。他二十九歲開始隱居，若干年下來，名氣越來越大。很多人卑辭重幣，請他出山，陳繼儒一概婉言謝絕：「哎呀！我都四十來歲了，已經老了……」——古人年齡觀念跟我們不一樣，四十歲就視為進入老年了。歐陽脩寫〈醉翁亭記〉的時候才三十九歲——「我身體又不好，百病纏身，活不了幾年了。各位讓我消消停停再活幾年吧！」就這幾句話，他說了四十多年，請他的那些人都死得差不多了，他還活著呢，還在那跟人家說：「我身體不好，我活不了幾年了……」

他的措辭是溫和的，當隱士的態度則是非常堅決的。問題是，他靠什麼「生計」來障護隱士的「幽韻」呢？

北京大學中文系現當代文學專業的陳平原教授有一本非常好的書，《從文人之文到學者之文——明清散文研究》，在我看來，我們古代文學界研究了這麼多年明清散文，還沒有能超越這本書的，很值得大家看看。在這本書裡，陳平原先生講陳繼儒用了一個小標題，「生計與幽韻」，極有啟發。

隱士靠什麼活著？用什麼樣的手段來謀生？不僅要滿足溫飽，還要過得有點兒體面，不能混得像丐幫長老呢？這並不是一件容易的事情。遠的不說，就說和陳繼儒同時代的大文人袁宏道。他考中進士以後，被任命為「天下第一縣」的吳縣縣令，換個人肯定樂得找不著北了，但袁宏道覺得很痛苦。

他給朋友寫信訴苦說：我這個縣令「候上官則奴，迎過客則妓，治錢穀則倉老人，諭百姓則保山婆。一日之間，百暖百寒，乍陰乍陽，人間惡趣，令一身嘗盡矣。苦哉！毒哉！」如此不開心，所以袁宏道辭職回家當隱士了，可是不久又迫於生計，不得不再入官場。袁宏道活了四十二歲，官場生涯不長，但是三仕三隱，可見當個隱士、有點「幽韻」多麼不容易！

陳繼儒是怎麼做的呢？陳平原先生告訴我們：陳繼儒維持生計的主要手段是——編暢銷書。陳繼儒名氣大呀，很多書商來找他寫書，給他很優厚的稿費。陳繼儒後來疲於應付，乾脆組織起寫作班子，找來一些混得不太好的老同學、老朋友做編輯、寫手，自己出思想、當主編，拿到稿費之後大家一起分。他的隱士「幽韻」主要是靠這種「生計」維持下來的。

陳平原先生說：陳眉公的隱逸別有甘苦，他放棄了「不出如蒼生何」的偉大想像，把自己降低為一個「碼字兒」的手藝人，從而很好地保全了自己的隱士人格。「談論陳繼儒，必須把商業因素考慮在內。因為，這不是一個傳統意義上的清高的文人，也不是拿皇家俸祿的官吏，而是一個有一技之長、自食其力、靠市場生活的山人。他要賺錢，那是再自然不過的事，有點商人習氣，也不難理解。」這種解讀本身就是文化學立場的，可謂切中肯綮、入木三分。

回到我們討論的主題上，這樣的一個陳繼儒自號「眉公」是什麼意思呢？他自己解釋得很妙。他說：眉是五官之一，相法上稱為保壽官，但它在五官中的位置非常微妙。一方面，「眉」沒有實際的功能，其他「四官」出問題了都影響身體健康，沒有眉毛，沒事兒；另一方面，你說眉毛不重要吧？沒有眉毛，你還輕易不敢出門。陳繼儒說：我就是這個世界的「眉」，我是個多餘人，但要是沒有我，這個世界還會覺得缺點什麼，不大對勁兒。這一個「眉」字就是他的世界觀，呈現了他複雜幽深的心靈世界。

名字號的文化價值還不止於此。對於那些遠比陳繼儒更重要的文化巨人，我們也可以通過名字號的解讀來把握他們的「生態」，從而讀懂他們的「心態」。

「天王巨星」

我說這句話是有所指的，那就是千年一出的文化巨人蘇軾。我有一個說法：中國古代文人有四個半人格樣板：屈原、陶淵明、杜甫、蘇軾，還有半個是李白。因為李白是天才，只能仰望，但是學不到[27]。仔細想想，這是很有意思的事情：唐朝以前一千多年，是文人相對稀少的時段，但是出現了三個半人格樣板；唐朝以後一千多年，文人多如過江之鯽，無可計數，但千篩萬選，最終只有蘇軾一人殺入總決賽。他的氣場到底有何特殊，能夠這樣磁吸著我們？或者換個角度來說，我們為什麼這樣熱愛蘇軾？

就從蘇軾名字說起。蘇軾，字子瞻，這個名字是他的父親「老蘇」蘇洵取的。什麼意思呢？「軾」是古代車輛上扶手的橫木，古人通常有「憑軾而瞻」的動作，手扶在橫木上向前看。從這個動作我們就看得出來，蘇洵是希望蘇軾能夠登高望遠，胸懷浩然，積極奮發，做一番大事業，這明顯是儒家思想的主旋律。

宋仁宗嘉祐二年（一〇五七），二十二歲的蘇軾離開老家四川眉州，來到首都汴梁東京城參加禮部試（相當於明清時期的會試，會試考中以後還要經過殿試才能正式成為進士）即爆冷高中。主考官、翰林學士歐陽脩激賞他的〈刑賞忠厚之至論〉，本來想評為第一名的，但看來看去，這篇文章寫得太好了，連我也寫不出來。誰能有這樣的才華呢？應該也就是我的學生曾鞏吧！但是轉念一想，取中曾鞏有舞弊的嫌疑，容易被人說閒話，那就錄取為第二名吧。

雖然在名次上委屈了蘇軾一點，歐陽脩心裡是有桿秤的。他對這位來自四川的小夥子極盡褒揚之能事。在寫給梅堯臣的信中他說：「讀軾書，不覺汗出，快哉快哉！老夫當避路，放他出一頭地」（這就是成語「出人頭地」的來歷）。給兒子寫信又說：「汝記吾言，三十年後世上人更不道著我也（他說，三十年後誰都會知道蘇軾，沒人記得我歐陽脩了）[28]！」歐陽脩是何許人也？首先是文壇盟主，其次是政界高官，他做過參知政事。以這麼巨大的話語能量來獎掖鼓吹，蘇軾不可能不一夜成名，如日中天，迅速成為北宋文化界第一號天王巨星。我們說「天王巨星」有點開玩笑，但也沒開玩笑，蘇軾當時所擁有的粉絲數量之多、檔次之高，絕不是我們現在任何一個娛樂明星、體育明星能望其項背的。

比如說，他的粉絲裡至少有三朝天子：宋仁宗、宋英宗、宋神宗，不僅有皇上，還有皇上他媽、皇上他奶奶——那就是仁宗朝的曹皇后與英宗朝的高皇后。

皇上和太后、太皇太后「粉」蘇軾到了「腦殘」的地步。他們常常派小太監到蘇軾住所搜羅詩文，一旦看見新寫的，皇宮裡沒有，馬上要抄錄副本帶回皇宮，不能及時看到就寢食不安。有時候小太監來得不巧，蘇軾正寫到一半，怎麼辦？小太監不敢驚動，在書房外頭等著，什麼時候蘇軾寫完最後一個字，墨跡未乾，就趕緊抄錄副本帶回去。

古語云：「上有所好，下必甚焉」，皇上和太后都如此喜歡蘇軾，在官場、文壇廝混的文人，你敢說自己不喜歡麼？就是心裡不喜歡，嘴上也得喜歡，而且還得加倍喜歡才對。所以當時的文人圈子裡，誰要不能背誦幾首蘇軾新寫的詩，就會「自覺氣索」，翻譯成現在的電影臺詞來說：「你都不好意思跟人家打招呼。」

這樣的天王巨星不僅是文學的風向標，也是服裝時尚的風向標。有一年冬天，汴梁東京城非常寒冷，蘇軾平時戴的氈帽不足以禦寒，於是他就裁剪了一種新款式的帽子戴著上班。用不了幾天，幾乎所有的官員都戴這「新款」帽子上班，而且還取了個名字，叫「子瞻帽」。

／能人背後有人弄

作為一千年後蘇軾的「粉絲」，我們替蘇軾覺得高興，但是不能高興得太早。這裡面還有兩句古語，叫做「木秀於林，風必摧之；名高於眾，謗必隨之」，用郭德綱的話說就是「山外青山樓外樓，能人背後有人弄」。有多少人喜歡你，也就有多少人咬牙切齒在後面恨你。蘇軾那橫溢的天才、爽朗的笑聲把周邊無數官僚、文人都照射得過於昏暗和狼狽了。他們就像動畫片《獅子王》裡那群土狼，平時懦弱地棲息在潮濕的山洞撕扯腐肉，眼看著獅子王耀武揚威，望風而逃，沒什麼辦法。可他們是很敏感的，很容易聞到空氣中飄蕩的一丁點兒血腥味，只要時機成熟，他們就會成群逐隊、淩厲兇狠地向獅子王發動進攻。

時機總會到來的——那就是元豐二年（一〇七九）。

這一年，宋神宗的變法到了一個焦頭爛額、四面楚歌的節骨眼上，急需找到一個有效的突破口，土狼們終於聞到令他們興奮的血腥味了，於是，何定國、舒亶、王珪、李定等各層面的官員交章彈劾，一時之間，殺氣騰騰。

舒亶就把剛剛問世的蘇軾詩集通讀了若干遍，摘出幾句詩來，與時政對接。他說：

陛下發青苗錢（即小額貸款）扶持農業生產，蘇軾寫詩諷刺說「杖藜裹飯去匆匆，過眼青錢轉手空。贏得兒童語音好，一年強半在城中」；陛下頒布各項規定考察公務員，蘇軾又說「讀書萬卷不讀律，致君堯舜知無術」；陛下興修水利，蘇軾說「東海若知明主意，應教斥鹵（鹽鹼地）變桑田」；陛下推行食鹽專賣制度，蘇軾說「豈是聞韶解忘味，邇來三月食無鹽」。

舒亶作出結論說，蘇軾「包藏禍心，怨望其上，訕瀆謾罵」，並說「無復人臣之節者，未有如軾也」。

這已經夠陰狠的了，李定的奏章更加惡毒，乾脆提出「軾有可廢之罪四」。什麼叫「可廢」？直接點說就是「可殺」！我們看看他筆下蘇軾犯下的四條死罪：

其一，「軾先騰沮毀之論，陛下稍置之不問，容其改過。軾怙終不悔，其惡已著」，這是「不知悔改罪」；

其二，「陛下所以待軾者可謂盡，而傲悖之語，日聞中外」，這是「忘恩負義罪」；

其三，「軾所為文辭，雖不中理，亦足以鼓動流俗」，這叫「造謠生事」罪；

其四，「知而為，與夫不知而為者異也。軾讀史傳，豈不知事君有禮，訕上有誅」？這叫「明知故犯」罪。

有時候我們真得佩服這些小人，他們揣摩上意的功夫可謂爐火純青，這些刁狀也是告得五毒入心。不過他們也有失誤的時候，時任參知政事的王珪，如獲至寶似的找到蘇軾寫檜樹的兩句詩：「根到九泉無曲處，世間惟有蟄龍知」，說這是在諷刺皇帝。結果弄得皇帝都聽不下去了，冷冷地反問了一句：「那諸葛亮號臥龍，也是在諷刺皇上麼」？把王珪鬧了一個大紅臉。

但是不管怎樣，蘇軾還是大禍臨頭了。元豐二年八月十八日，蘇軾從湖州刺史任上被提解入御史臺（也就是今天的監察部），規定時間規定地點交代問題。宋代的御史臺為表肅殺，威懾犯人，把牆面都漆成黑色的，民間俗稱為「烏臺」。這就是中國古代最著名的一起文字獄——烏臺詩案。

／殺不殺蘇東坡

蘇軾在御史臺一共被拘押審查了一百三十天，那麼這四個多月裡，宋神宗有沒有認真考慮過殺蘇軾的問題呢？我認為是認真考慮過的。

有人或許會問：宋神宗不是蘇軾的粉絲嗎？粉絲怎麼會殺自己的偶像呢？有個道理大家不難明

白：皇帝對人的好惡是最不可靠的。對一個皇帝來說，政治利益最大。他可以隨時因為政治利益和不喜歡的人沆瀣一氣，也可以隨時為政治利益疏遠甚至幹掉自己喜歡的人。宋神宗現在推行新法，步履維艱，處處掣肘，如果他殺掉蘇軾，就等於向天下臣民昭告了自己推行新法的決心——潛臺詞就是：我的偶像我都捨得殺，我還有什麼事幹不出來呢？

但是為什麼最終沒殺呢？原因很複雜，但我認為有個重要因素是作為粉絲的感性戰勝了作為皇帝的理性。有兩條史料可以證明這一點：一條說，宋神宗曾經派了一個臥底，喬裝成囚犯，與蘇軾同吃同住好幾天，回頭問這個人，蘇軾吃飯睡覺情況如何？此人如實回答：蘇軾胃口很好啊！中午吃了八個包子，晚上吃了四碗飯。睡眠也不錯，每天沾枕頭就睡，還打呼嚕、說夢話。這些證言對蘇軾是有好處的。宋神宗聽了以後高興地說：蘇軾在奏章裡辯解自己無罪，如果他對朕說謊，那是會寢食不安的！現在他飲食如常，說明心地坦蕩啊！在這兒我提醒大家一句：不管遇見什麼難事，第一件要做的還是吃得飽、睡得著，關鍵時刻那是能救命的呀！

另外一條，據說宋神宗翻看蘇軾詩文，看到那首千古絕唱〈水調歌頭〉的「我欲乘風歸去，又恐瓊樓玉宇，高處不勝寒」幾句，長嘆一聲說：「蘇軾終有愛君之心哪！」為什麼呢？宋神宗認為這幾句寫的是他。因為他是皇帝，住在瓊樓玉宇裡，在最高處，而又「不勝寒」——孤獨寂寞嘛！宋神宗覺得蘇軾惦記自己、關心自己呢！其實我們知道，宋神宗是自作多情了。蘇軾這幾句詞並沒有惦念某個具體的人，如果說有的話，那也應該是弟弟蘇轍嘛，跟皇上恐怕扯不上什麼關係！看來這是個誤會了，但對於蘇軾來說，卻是個「美麗的誤會」。我們可以看到作為蘇軾的粉絲的宋神宗那種內心的掙扎矛盾，他在感情上畢竟還是捨不得殺蘇軾的呀！

宋神宗的這些心思，蘇軾是不知道的。他在湖州被捕時，曾與兒子蘇邁有個秘密約定：送飯時只送蔬菜和肉，要是送魚就說明有壞消息了。有一天兒子離京辦事，把送飯的事情暫交朋友，匆忙中忘了告訴朋友秘密約定的事，巧的是這位朋友又恰好給蘇軾送去了一條熏魚。蘇軾大驚失色，以為自己必死無疑，寫下了兩首「絕命詩」。其中一首說自己「夢繞雲山心似鹿，魂飛湯火命如雞」，可見嚇得不輕。另一首寫給弟弟蘇轍的可能是他平生最沉痛的作品了：

聖主如天萬物春，小臣愚暗自亡身。百年未滿先償債，十口無歸更累人。
是處青山可埋骨，他時夜雨獨傷神。與君世世為兄弟，又結來生未了因。

這兩首詩，宋神宗也看到了，很是憐惜，更堅定了不殺蘇軾的決心。

這種情況下，蘇軾終於逢凶化吉，轉危為安，得到了一個「檢校水部員外郎黃州團練副使本州安置」的處分。這個官銜要分三個層次理解：第一層是「檢校水部員外郎」，相當於我們今天的水利部副司長；第二層是「黃州團練副使」，相當於黃岡市人民武裝部副部長；最後一層叫做「本州安置」，什麼意思呢？這就是說，只給你一個基本的級別和職務，你可以按照它享受相應的政治經濟待遇，但是不分配工作，其實是「監視居住」、稍具體面的高級囚犯而已。

有時候，我也開玩笑說，誰要這麼「安置」我一下我也還挺高興呢！不用上班，每個月去領工資就可以了，多清閒啊！問題是，蘇軾能領到工資嗎？

這裡有個大背景需要交代：跟唐朝相比，宋朝官員數量和工資標準都有比較大幅度的提高，所以國家行政事業費開支常常出現赤字，公務員工資不能及時發放。那怎麼辦呢？一般有兩種辦法：第一是先欠著，有錢了一起給；第二是拿實物來抵償工資。比如說，這個月到了十五號，該領工資了，蘇軾說按照我這個副司級幹部，應該領五千塊錢，可是財政沒錢啊，正好，我們有點官家酒庫剩下的盛酒的皮口袋，給你五十條皮口袋吧，就頂五千塊錢了。其實五十條皮口袋哪值得上那麼多錢呢？你到市場上賣，可能一千塊錢都換不回來！蘇軾〈初到黃州〉詩有「只慚無補絲毫事，尚費官家壓酒囊」兩句，說的就是這個意思。

蘇軾在黃州最現實的困難是要應付經濟上的嚴重困窘。在寫給學生秦觀的信中，他說自己「每月朔，取錢四千五百，斷為三十塊，掛屋梁上，平旦用畫叉挑取一塊」，那就是說，每月初一，蘇軾拿出四千五百錢，把它分成三十串，每串一百五十錢，從房梁的這邊掛到那邊，每天早晨用叉子挑下來一串，這就是一天的花銷。就算怎麼不夠，也不動第二天那串。

因為經濟困窘，蘇軾在黃州住所東面的山坡上開墾了一片平整的荒地，種一點五穀雜糧。據有的學者研究，蘇軾種田的本事很一般（這我們能理解，大文人很難成為種田好手），一年到頭收穫幾百斤糧食，聊勝於無而已。正是為了紀念自己從第一號天王巨星淪落到在黃州住所東面山坡開荒種地的巨大人生落差——那相當於從喜馬拉雅山的山頂掉到馬里亞納海溝的溝底——蘇軾給自己取了個號叫做「東坡」。

孟子有一段名言：「天將降大任於斯人也，必先苦其心志，勞其筋骨，餓其體膚，空乏其身，行拂亂其所為，所以動心忍性，增益其所不能」，這話簡直就是對著流放的蘇軾說的。黃州的日子捉襟見肘，可是，越是這樣的逆境才越發顯示出蘇軾的本事，他的天才之一就是總能把日子和心境都調適得和厚有味。

初到黃州，蘇軾就寫詩說：「長江繞郭知魚美，好竹連山覺筍香」，第一件事就注意到美食；久居黃州，又買來「價賤如糞土」的花豬肉，精心烹製，大快朵頤之餘，給我們留下了一道道千古名菜[29]。這個時期蘇軾詩文中講到美食的相當多，放在今天完全可以拍一部《舌尖上的黃州》了。

這就是蘇軾，不管到了哪一步田地，哪怕沒有羊肉沒有銀子，沒有麵包沒有牛奶，他都吃得飽睡得著，心裡充滿陽光，腰桿挺得筆直，而且還有罵人的精氣神。這絕對不是小事兒，那是一種高貴人格面對汙糟的現實世界的態度。當代著名作家李國文先生說得好——

在你的敵人用鈍刀子割你的頭顱、給你製造痛苦；或是用謠言中傷、誣陷、抹黑的手段，在精神上弄得你半死半活；抑或是滿心希望你過得尋尋覓覓，冷冷清清，淒淒慘慘戚戚，希望你厭食、尋死上吊，而你卻像一則電視廣告說的那樣，「吃嘛嘛香」，那絕對是一種靈魂上的反抗，實在使那些整你的人氣得兩眼發黑。

也是在黃州，蘇軾的文學天才出現了前所未有的「井噴」勢頭，前後〈赤壁賦〉、〈念奴嬌·赤壁懷古〉、〈定風波〉、〈海棠〉等等，一大批「千古不可無一，不能有二」的佳作絡繹不絕，令人目眩。正是在這樣的景況裡，蘇軾帶著他光風霽月、毫不介懷的微笑，信手揮灑，信口高唱，輕靈而華麗地詮釋了什麼是詩、文、詞的典範，什麼是「儒、釋、道互補」的思想格局，什麼是人生這部大書的真諦。

羊蠍子火鍋發明者

黃州平反之後，沒過上幾年相對順利的日子，宋哲宗紹聖元年（一〇九四）十月二日，五十九歲的蘇軾歷經幾個月的周折來到惠州，開始了他人生中的第二次貶謫生涯。

我也常說，要是現在把我給貶到惠州我還挺高興呢——珠三角經濟發達區，多好的地方啊，買臺電視都方便！可是宋朝的惠州不比現在，那時候嶺南一帶蠻煙瘴雨，猛獸出沒，根本就是遠惡軍州，不適宜人居。唐朝大文豪韓愈因為上書諫迎佛骨得罪了唐憲宗，被貶到嶺南潮州當市長。所謂「一封朝奏九重天，夕貶潮陽路八千。雲橫秦嶺家何在，雪擁藍關馬不前」說的就是這件事。韓愈到潮州上任後，要面對的第一個問題居然是鱷魚橫行，上岸傷害人畜（可見那時候生態系統保護得不錯），如果換了別的市長，可能有別的治理鱷魚的辦法，人家韓愈是大文豪啊，他就有自己的特殊辦法。韓愈揮筆蘸墨，刷刷點點，寫了一篇〈祭鱷魚文〉，站在江邊鏗鏘有力念了一遍，從此潮州的鱷魚就搬家了。鱷魚搬家當然是傳說，那是反映了大家對韓愈的熱愛而已，但這確實說明了唐宋時期嶺南地區的那種難堪的生存狀態。

蘇軾就這樣在惠州住下來了，雖然年近花甲，又是罪官身分，蘇軾還是在逆境裡保持著良好的胃口和睡眠。有詩為證：「羅浮山下四時春，盧橘楊梅次第新。日啖荔枝三百顆，不辭長作嶺南人」，三百顆荔枝，我們現在去買，應該沒有十斤也得有八斤！蘇軾說，讓我每天吃上十斤、八斤荔枝，就是總待在這麼邊遠荒涼的地方，那也沒什麼嘛！還有一首詩是寫自己的好睡眠的：「白頭蕭散滿霜風，小閣藤床寄病容。報道先生春睡美，道人輕打五更鐘」，那就是說，每天都睡到五更天自然醒！

蘇軾說得輕鬆，其實惠州的貶謫生活當然是很艱苦的，我們來看看這封寫給弟弟蘇轍的家書：

惠州市井寥落，然猶日殺一羊，不敢與仕者爭買，時囑屠者買其脊骨耳。骨間亦有微肉，熟煮熱漉出（不乘熱出，則抱水不乾），漬酒中，點薄鹽，炙微焦，食之。終日抉剔，得銖兩於肯綮之間，意甚喜之，如食蟹螯。率數日輒一食，甚覺有補。子由三年食堂庖，所食芻豢，沒齒而不得骨，豈復知此味乎？戲書此紙遺之，雖戲語，實可施用也。然此說行，則眾狗不悅矣。

蘇軾首先說，惠州的市場每天可以供應一隻羊，因為人家當官的都買，我搶不到（其實可能是買不起的委婉說法），只好買點人家剔得很乾淨的羊脊骨回家，慢慢把它燉熟烤焦，拿竹籤剔骨頭縫裡的肉渣吃。說到這兒我們應該想到，大家都知道蘇軾是東坡肉的發明者，其實蘇軾還是羊蠍子火鍋的發明者呢！

蘇軾在裡頭囉哩囉嗦，把羊蠍子的做法寫得很詳細，比如「不乘熱出，則抱水不乾」這樣的細節他都特地夾註提醒一下。同時他也很得意——別看我只能吃到點兒肉渣，老弟你在國賓館吃紅燒羊肉，一口咬下去根本沒有骨頭，可你能有我吃蟹螯一樣的快感麼？在這句話裡，蘇軾用了一個典故，晉朝有位叫畢卓的名士，他說：「人生最妙的事情莫過於左手持蟹螯，右手持酒杯，那就不白活這一輩子了！」蘇軾信手拈來這個典故既是自嘲，也是苦中作樂，筆法是很妙的。

還有更妙的，這封信最神奇的地方其實是在結尾。表面上看，「此說行，則眾狗不悅矣」說的是地下到處亂跑的可愛的小狗，人家小狗本來是要啃骨頭上的肉渣的，結果你都剔乾淨了，小狗當然就「不悅」——不高興了！其實我們都不難領會，蘇軾哪裡是在說小狗呢？這是雙關語！是罵人話！蘇軾罵的難道不是那些排擠他、構陷他、把他置於今日境地的那些小人？

／問汝平生功業，黃州、惠州、儋州

宰相章惇就是非常「不悅」的一個／一條，也是氣得兩眼發黑（而且是漆黑）的一個。說起章惇，我們還頗有些感慨。章惇本是蘇軾交情不錯的朋友，年輕時候常在一起遊山玩水。有一次過獨木橋，蘇軾有懼高症，不敢過，章惇則大踏步走了幾個來回。蘇軾相當羨慕嫉妒恨，開玩笑說：「你這傢伙連自己的命都不重視，將來肯定能殺人」，可見兩個人關係的親密。後來蘇軾遭遇「烏臺詩案」，章惇還參與營救，很幫蘇軾的忙[30]，但現在十幾年過去，章惇青雲直上，成為最高行政長官，朋友翻臉整起朋友來有時候比敵人還狠。通過秘密偵諜管道，章惇第一時間讀到了蘇軾這些詩，他一聲獰笑：「蘇子瞻尚爾快活耶」——看來還得貶！可是惠州南面是大海了，貶不過去了怎麼辦？乾脆，貶過瓊州海峽，責授瓊州別駕、昌化軍安置，那就是現在海南省第三大城市儋州。

這裡面我們還要注意一個細節：蘇軾字子瞻，和儋州的「儋」相近，貶蘇軾到儋州，這是特地給蘇軾「量身定做」的。那麼會不會是巧合呢？恐怕不是。我們看，蘇轍也同時被貶，因為他字子由，所以貶雷州（現廣東湛江），那是「由」和「雷」字底下的「田」字相近；還有一位他們的朋友劉摯字莘老的也被貶，因為「莘」字，就被貶新州（現廣東新興縣）。大家看看，小人整起人來對你是何等的「關懷備至，體貼入微」！在這一點上，中國文化也是絕對領先於世界的。

宋哲宗紹聖四年（一〇九七），蘇軾渡過瓊州海峽，來到天涯海角的儋州。這一年蘇軾六十二歲，垂垂老矣，日暮途窮。在海南，蘇軾過著什麼樣的生活呢？我們還有一封他寫給侄孫蘇元老的家書可以看一看：

海南連歲不熟，飲食百物艱難，及泉、廣海舶絕不至，藥物鮓醬等皆無，厄窮至此，委命而已。老人與過子相對，如兩苦行僧爾，然胸中亦超然自得，不改其度。

他和小兒子蘇過遭遇連年饑荒，百物匱乏，兩人愁眉相對，像一對苦行僧一般。幾乎所有人都會這麼想：這一回蘇軾挺直的腰桿肯定塌下去了，白銀一般的嗓子肯定失聲了，他再也唱不出那些美妙絕倫的詩歌了。

他們都錯了。

宋哲宗元符三年（一一〇〇），宋徽宗趙佶登基，大赦天下，蘇軾也得到了一紙特赦令，終於可以回到祖國大陸了。蘇軾再次橫渡瓊州海峽回到祖國大陸的時間是這一年的六月二十日，正是在這一天晚上，蘇軾寫出了一生最傑出的詩，發出了一生中最渾厚、最洪亮的聲音：

參橫斗轉欲三更，苦雨終風也解晴。
雲散月明誰點綴，天容海色本澄清。
空餘魯叟乘桴意，粗識軒轅奏樂聲。
九死南荒吾不恨，茲遊奇絕冠平生。

詩的前兩句是寫三更天渡海的場景，第二句的「苦雨終風」就是狂風暴雨。從這兒開始，那就不是在寫自然界的風雨了，而是在寫自己人生的風雨。我們看蘇軾在黃州的時候，有一首著名的詞叫做〈定風波〉，詞前小序說：「三月七日沙湖道中遇雨。雨具先去，同行皆狼狽，余獨不覺。已而遂晴，故作此詞」，路上突然遇到大雨，雨具被僕人先拿走了，同行的朋友都狼狽不堪，四處奔逃，只有我覺得沒什麼，照樣在雨裡邁著四方步悠哉悠哉。過了一會兒，雨過天晴了——

莫聽穿林打葉聲，何妨吟嘯且徐行。竹杖芒鞋輕勝馬，誰怕？一蓑煙雨任平生。
料峭春風吹酒醒，微冷，山頭斜照卻相迎。回首向來蕭瑟處，歸去，也無風雨也無晴。

這首詞在蘇軾筆下排不上前幾名，〈念奴嬌．赤壁懷古〉啊，〈水調歌頭〉啊，〈江城子．十年生死兩茫茫〉啊，都比它名氣要大，可蘇軾的詞裡我最喜歡這一首。它既寫自然界的風雨，更寫對於人生中暴風驟雨的態度——「何妨吟嘯且徐行」、「一蓑煙雨任平生」、「也無風雨也無晴」！我們在千年以後讀了這首詞，會不會覺得自己的人生也被風雨洗禮了一次，綻放出雨過天晴的清新和芬芳？

〈六月二十日夜渡海〉也是這個意思。蘇軾說：人生的淒風苦雨都過去了！浮雲也許會遮住月亮，但它也總會散去，月亮會露出燦爛的笑臉，而我的人格和情懷，正如這遼闊的藍天和蔚藍的大海，永遠那麼澄澈，不會混濁！接下來一句「空餘魯叟乘桴意」，「魯叟」是誰？翻譯過來就是「那個山東老頭兒」，這說的是孔子，用的是《論語》的典故。孔子晚年有句名言：「道不行，乘桴浮於海」，意思是說理想不能實現了，我還是划著一條船到海上去漂流算了！所以蘇軾這句詩後面隱含著「道不行」三個字，他心裡是很有點憤怒的！什麼叫「粗識軒轅奏樂聲」呢？「軒轅」意思是「軒轅黃帝」，代指上古時代，因為海南島蠻荒原始，所以才這麼說。經過這兩句的過渡，蘇軾的情感曲線在最後一聯達到了高潮，「九死南荒吾不恨，茲遊奇絕冠平生」——你要問我這一趟流放什麼感覺，我就告訴你，就算死在天涯海角多少次我都不後悔，因為這一次流放是我平生最壯觀的旅行！

這十四個字是中國文化史上最震撼的宣言之一，它負載和傳遞著蘇軾無比巨大的人格重量，也構成了我們熱愛蘇軾最過硬的理由。

蘇軾終於從海南回到了大陸，很多百姓聽說流放海外好幾年的大鬍子蘇學士回來了，都自發自覺圍在河岸兩旁，等著盼著看蘇軾一眼。經過幾年蠻荒生活的折磨，蘇軾的身體其實已經不行了，但他又不忍心讓這些「死忠粉」看不見自己，只好每天早晨搬一把椅子坐在船頭等著讓人參觀，直到暮色沉沉才能回到船艙裡歇息一下。這樣很多天下來，蘇軾也很疲倦，跟小兒子蘇過說：「這樣下去不是要看殺我蘇東坡嗎？」

這本來是句玩笑話，結果卻成了不吉祥的讖語。蘇軾走到常州，一病不起，走完了自己六十六歲的一生。他病逝前一個月在鎮江金山寺寫下一首六言詩：「心如已灰之木，身似不繫之舟。問汝平生功業，黃州、惠州、儋州」，這是蘇軾給自己寫下的「臨終寄語」、「結案陳詞」。不管別人如何評價他的才華、光環和業績，他自己還是有點淒涼地說：這一輩子做了點什麼呀？無非是從黃州到惠州，從惠州到儋州的流放罷了！

這就是蘇軾，他臨終前苦澀的嘆息都帶著一點幽默和陽光，別具一種繫人心處的魅力。林語堂名著《蘇東坡傳》講得很有意思：「蘇東坡有魅力，正如女人的風情，花朵的美麗和芬芳，容易感受，卻很難說清其中的成分……顯然他心中有一股性格的力量，誰也擋不了。這股力量由他出生的一刻就已存在，順其自然，直到死亡逼他合上嘴巴，不再談笑為止[31]。」

從林紓、徐珂、吳趼人，到陳繼儒、蘇軾，名字號文化給我們提供的營養真可謂美不勝收。這還只是文化之門的一道小小的縫隙而已，推開文化之門，我們會看到一片「鷹擊長空，魚翔淺底，萬類霜天競自由」的廣闊天地。所以說，我們讀解詩詞，必須知人論世，而知人論世，必須瞭解古人的生態和心態。這是得自於嚴迪昌先生的教誨。瞭解古人的生態和心態，離開了歷史和文化這兩扇門將不得其門而入，這是我們讀解古典詩詞、研究古代文學的首要出發點。

12 姚世鈺生卒年有一七〇三～一七五七之說，誤。其生年應以《孱守齋遺稿》卷四〈陳竹町詩跋〉「余與竹町同丙子」為準，卒年應以張四科《孱守齋遺稿跋》「己巳冬以痁疾卒」為準，見林玲碩士論文《清代布衣文人姚世鈺研究》（江蘇師範大學，二〇一八年）所附姚氏年表。

13 康熙四十一年（一七〇二），戴名世在所著《南山集》中引用了方孝標的《滇黔紀聞》，而《滇黔紀聞》中使用了永曆的年號。康熙五十年（一七一一）十月，都御史趙申喬參奏：「翰林院編修戴名世，妄竊文名，恃才放蕩。前為諸生時，私刻文集，肆口遊談，倒置是非，語多狂悖，逞一時之私見，為不經之亂道。徒使市井書坊翻刻貿鬻，射利營生。識者嗤為妄人，士林責其乖謬……今名世……猶不追悔前非，焚削書板。似此狂誕之徒，豈容濫廁清華。」康熙五十二年二月，戴名世被斬。方苞免死，以白衣參加《明史》修撰工作，劉灝等因《南山集》案牽連入獄。

14 二月河《雍正皇帝》第五十回。

15 康熙四十二年（一七〇三）江南巡撫宋犖編刻《江左十五子詩選》，錢名世身在其列。

16 八旗制度「以旗統軍，以旗統民」，平時耕田打獵，戰時披甲上陣。旗丁按照身分地位，分為「阿哈」、「披甲人」和「旗丁」三種。阿哈即奴隸，多是漢人、朝鮮人；披甲人是降人，民族不一，地位高於阿哈；旗丁是女真人。滿清時多有犯重罪者，發配與披甲人為奴，係為穩定軍心起見。

17 以上幾種譯文採自高玉《論古代漢語的「詩性」與中國古代文學的「文學性」——以〈關雎〉「今譯」為例》一文，《湖北大學學報》二〇〇六年第一期。高文中如此評說：「倪海曙的蘇州話翻譯雖然在民歌這一點上把握了〈關雎〉，但在內容和文學性上則可以說更遠離了〈關雎〉……『雎鳩』就是『雎鳩』，而不是水鴨……用水鴨來『起意』，就一點『興』味也沒有，也缺乏詩意。其他如『阿姐身體一扭，阿哥跟勒後頭』、『實在無法接近，困勒床浪發愁』、『一夜賽過一年，眼淚好比屋漏』、『心裡格位阿姐，咪哩嗎啦上轎』、『今朝伲討阿姐，三班吹打洋號』等作為翻譯其實都沒有原文根據。」錄之備考。

18 〈關雎〉歌詠文王愛情故事之說，現在仍有市場，但聲音已很微弱。

19 王士禛《唐人萬首絕句選．凡例》云：「宋趙章泉、韓澗泉選唐詩絕句，其評注多迂腐穿鑿。如韋蘇州〈滁州西澗〉一首……以為『君子在下，小人在上』之象，以此論詩，豈復有風雅耶？」

20 見其《復雅歌詞》。

21 武漢大學《文哲季刊》第一卷第三、四號，一九三一年。

22 《文史知識》二〇一〇年第五期。

23 羅隱〈贈妓雲英〉。

24 《禮記．曲禮上》「二十曰弱，冠」，又云：「男子二十，冠而字」。《禮記．冠義》：「已冠而字之，成人之道也」，把成年禮定在二十歲。後世因時因地而有變化，司馬光《書儀》以為男子年十二至二十歲，可以行冠禮，《朱子家禮》將冠年規定為男子年十五至二十。

25 陳獨秀原名慶同，其字「仲甫」或取南宋陳亮字同甫之意，「獨秀」係一九一四年開始使用之筆名，取義故鄉安慶之獨秀山，可視為號。李大釗乳名「憨頭」，學名耆年，字壽昌，為塾師所取。一九〇七年就讀法政學堂後李大釗自改今名，「守常」或即「壽昌」轉音義而成。本書正文只講名字之間的邏輯關係，於史實不詳辨。

26 詩為宋人作，見郎瑛《七修類稿》卷二十九。

27 吾友姜紅雨云：「比他狂的沒他有才華；比他有才華的——沒有；和他一樣有才華的蘇東坡，沒他狂。他已空前絕後」，見其《窗煙詩話》。

28 分別見〈與梅聖俞書〉、《曲洧舊聞》卷八。

29 蘇軾〈初到黃州〉、〈食豬肉詩〉。

30 王鞏《聞見近錄》載：王珪構陷蘇軾時，章惇嘗詰問他：「相公你這樣說，不是要把人家滅門嗎？」王珪說：「此舒亶言爾。」章惇憤然曰：「亶之唾，亦可食乎？」臺灣中山大學劉昭明教授有《蘇軾與章惇關係考：兼論相關詩文與史事》之著，考證二人關係最詳。

31 林語堂《蘇東坡傳》，宋碧雲譯本。

第二章

古今融通

一樁被點讚的剽竊案

針對詩詞讀解的背景、本事，我提出了「內外融通」。針對流變問題，我提出第二個「融通」，那就是古今融通。

首先，我提倡古典詩詞愛好者，或初入門的研究者應該選擇較好的箋注本來讀。從文獻學的角度來說，「箋」和「注」有所不同，「箋」主要是「箋」背景本事，「注」主要是疏通語詞典故。此外，「注」還有一個功能，它能夠梳理出詩詞文本的流變。有了比較好的箋注本，我們就能大概看清楚詩詞文本處於流變的哪個位置，是上游、中游，還是下游。它對於詩歌遺產繼承了什麼，對後世創作產生了什麼樣的影響。

／不可無一，不能有二

詞史上有一樁很有意思的「剽竊公案」，「被告人」是宋代詞壇最出色的抒情詞人之一晏幾道，當事作品是他的名作〈臨江仙〉：

夢後樓臺高鎖，酒醒簾幕低垂。去年春恨卻來時。落花人獨立，微雨燕雙飛。

記得小蘋初見，兩重心字羅衣。琵琶絃上說相思。當時明月在，曾照彩雲歸。

小晏的作品中，這首〈臨江仙〉如果不能算第一代表作，也跑不出去前三名。其中的兩句又特別贏得好評，那就是「落花人獨立，微雨燕雙飛」十個字，晚清大詞論家譚獻甚至對它做出「千古不可無一，不能有二」的評語[32]。千年詞史，不可以沒有這一句，也不可能再有第二句，這樣的評價可謂登峰造極、至尊無上了吧？讓人意想不到的是，偏偏這兩句不是小晏的原創，而是原封不動從別人的詩裡面抄來的，一個字都沒有改。

「失主」是誰呢？通過箋注本我們找到了失主，晚唐五代一位名不見經傳的詩人翁宏。且看他的〈春殘〉：

又是春殘也，如何出翠幃？落花人獨立，微雨燕雙飛。

寓目魂將斷，經年夢亦非。那堪向愁夕，蕭颯暮蟬輝[33]。

很清楚吧？「千古不可無一，不能有二」的名句赫然在目。五代在北宋之前，小晏顯然是抄襲翁宏的，說得難聽一點是剽竊。

怎樣認識這樁剽竊案？經過一定的爭議之後，我們還是得出了比較一致的結論，認為小晏抄得好、抄得妙、抄得呱呱叫，有點鐵成金的手段。為什麼？再讀一遍或者幾遍翁宏的詩，你會產生一種感受：「落花」一聯非常美，但是另外三聯三十字就比較平常，有點配不上、甚至「糟蹋」了這兩句詩的感覺。與翁宏同時代的劉昭禹說：「五律一首，如四十賢人，其中著一屠沽兒不得[34]」，也就是說，四十個字要般配，要均衡，有一個字粗俗刺眼，必然成色大減，甚至造成其中的「賢人」（也就是好句子）都會黯然失色。翁宏的詩有句無篇，正屬於這種情況。

再反觀小晏的〈臨江仙〉，就不一樣了，不僅這十個字好，而且通篇都好。起首二句「夢後樓臺高鎖，酒醒簾幕低垂」就被後人稱為「華嚴境界」，評價很高[35]。從這兩句引出「去年春恨」，逐步過渡出悵惘之情，再以燕子雙飛，反襯「人」之孤獨寂寞，所謂「不必言恨，而恨已不可解[36]」。下片點出「春恨」之由來，原來是與「小蘋」有關。「小蘋」是誰呢？那是他的好友沈廉叔、陳君寵家中的歌女。除了小蘋，還有小蓮、小鴻、小雲等等，小晏都和她們結下程度不等的情緣，詞中不少體現。這裡寫到「小蘋」，不說其相貌之美，只輕輕點染一句「兩重心字羅衣」，再補上一句「琵琶絃上」，就足夠怦然心動的了。這種側寫手段，真是妙不可言。煞拍「當時明月在，曾照彩雲歸」兩句以景結情，感喟無限，也是宋詞中的名句，後人稱其「既閒婉，又沉著，當時更無敵手[37]。」

我們解說這麼多，目的是想說明：在翁宏詩中並不起眼的十個字，由於小晏把它放在了新的文本關係（Context）中，那就擦去了原來蒙在它上面的灰塵，煥發出了應有的奪目光彩。在翁宏詩裡是「鐵」，在小晏詞中是「金」，這就是所謂「點鐵成金，奪胎換骨」的高妙手段，所以我們說小晏抄得好、抄得妙、抄得呱呱叫。著名學者沈祖棻對此有個絕妙的比喻：這兩句用在小晏詞裡就相當於卓文君再嫁，第一次嫁人無聲無息，第二次嫁了司馬相如才成就千古之名[38]。

關於這樁所謂的剽竊案，我們還要替小晏「辯護」一個問題。在小晏創作這首詞的北宋時期，把前人的詩句拿來放在詞中、使之可歌，這是詞壇上通行的作法，並不存在有意為之、欺世盜名的主觀故意。不必說小晏只拿來兩句，蘇軾有一首〈水調歌頭〉（昵昵兒女語）就是把韓愈的名作〈聽穎師彈琴〉全篇加以剪裁而寫成的，這有一個專有名稱，叫做「檃栝」。從這一點來說，也不應該給出「有罪判決」。

關於這首詞還可以補幾句閒話。我上課的時候有同學問我：「老師，有沒有可能是巧合呢？」我理解他的感情出發點，不願意接受小晏偷了別人的句子，所以問我會不會是巧合。巧合的情況是有的，古代印刷術不發達，不一定後人都能看到前人的作品，尤其像翁宏這樣不太有名的詩人，但是也應該看到，巧合是有限度的。宋初詩人王禹偁講過：「我昨天寫了兩句詩，跟杜甫很像，我肯定是杜甫後身[39]。」這種巧合畢竟限於「很像」，十個字有五個字很像，或者十四個字意境很像，但在遣詞造句上有一些不同。我們很難相信一個後人和前人巧合到一筆一劃都不變的程度。如果說是巧合的話，那也太「巧」了，機率太低了。

還有一點。有一本詞話裡說「記得小蘋初見」這一句，「小蘋」他覺得太鑿實了，有的版本裡面，這兩個字是「年時」、「記得年時初見」，這樣比較空靈。我個人不同意這種意見，我覺得妙就妙在「小蘋」這兩個字，越是這種「鑿實」的具體描寫，反而能有一種特別打動人心的力量。納蘭性德有一首〈虞美人〉，最後一句說「第一折枝花樣畫羅裙」，顧隨的〈清平樂〉說：「要看西山爽氣，直來銀錠橋邊」，這不是比「小蘋」還要「鑿實」嗎？但是恰恰這種「鑿實」的魅力遠勝於所謂「空靈」，這樣的細節應該說「不厭其煩，不厭其細」。這個話題與「古今融通」關係不大，順便一說而已。

回頭再來說小晏詞。不管認不認同上面的結論，如果能通過箋注本發現這樣一樁「剽竊案」，我們對這首詞的感覺會不一樣——這就是「流變」。至於說小晏的〈臨江仙〉還有「下游」，它對後來的創作產生了一定的影響，這也同樣是我們要關注的，這裡我們暫且不說。

一切好詩到唐都已經做完？

我們要強調的是，重視流變，目的是為了窮源竟委、正本清源，而不是要拿來「厚古薄今」的依據。「厚古薄今」是儒家文化傳統中一種典型的思維方式，體現在中國古代文學之中，很大程度上表現為「一代有一代之文學」的金科玉律。一九三四年，魯迅在給楊霽雲的信中說：「我以為，一切好詩到唐都已經做完，此後倘非能翻出如來掌心之齊天大聖，大可不必動手。」魯迅的話是自謙之辭，有他特殊的語境，但後來這話常常被斷章取義，引申成為「一切好詞到宋都已經做完」等等，成了很多學者用來厚古薄今的武器，這就有問題了。宋詩研究長期薄弱，清代詩詞研究長期荒蕪，跟這種思維方式都有很大的關係。我們現在提出「古今融通」，首先要破除「厚古薄今」的成見，以「文學代雄」的眼光來觀照文學創作的實際狀態。韓愈說：「師不必賢於弟子，弟子不必不如師」，我們也說，「前人不必賢於後人，後人不必不如前人」。

我們以現當代的詩詞創作為例，這是比清代詩詞還要荒蕪，很少有人關注的一個區域。我在二〇〇六年前後提出「二十世紀詩詞史」的研究課題，多年下來，形成了自己的一些認識，跟大家做一些分享。我在〈二十世紀詩詞史之構想〉這篇文章的開頭寫了這麼幾段話[40]：

以一九一七年一月胡適在《新青年》發表〈文學改良芻議〉為標誌，一直不能登大雅之堂的白話文終於向漢語言的主要書面系統文言文發動總攻。時勢轉轂，人心思變，僅僅三年，數千年雄踞至尊地位的文言文系統奇跡般地一觸即潰。一九二〇年，教育部頒佈命令，全國的國民學校廢除「國文」和文言文教科書，採用「國語」和白話文教材。從此，本是一條連貫河流的中國文學，在後來的文學史書寫與闡釋中被人為劃分成了古代與現當代兩個涇渭分明的學術界域，雞犬之聲相聞而老死不相往來。

如此劃界在肇始時未必沒有合理性，最起碼標示了新文化與舊文化決裂的強勁姿態。但隨著時間的推移，其負面效應乃愈發凸顯出來。單就學術研究層面而言，一個成熟的現當代文學研究者本應具備古、今、中、外多個層面的知識架構，古典文學文化是不可或缺的學養。但眾所周知，現狀很不如人意。很多現當代文學學者不通也不屑通、不願通古代文學，結果是只圍著短短幾十年的文學現象打轉，或者只進行西方本位的隔靴搔癢式的闡釋。反之亦然，知識架構相對可以簡單一點的古代文學研究者，也存在不少固步自封、對中國文學的現代發展比較隔膜的現象，結果是既缺少當下關懷，也不易說清楚某些重要問題（尤其涉及流變的問題），從而給自己的研究留下不小的空白和缺憾。

從一般的學術史視角來看，古典詩歌歷經數千年滄桑，終於在白話文運動蔚成壯觀之後歸於沉寂。但是究其實質，古典詩歌乃是一座停止了噴發的火山，一條乾涸了的舊河道，在火山內部仍湧動著熾熱的岩漿，河道下面仍潛藏著澎湃的暗流。它默默地蓄積著極其洶湧的氣派和能量，一旦處於某些特殊的歷史節點，或與某些特殊的人物靈犀暗通，就會破繭而出，洄漩激蕩，奏出或昂揚慷慨、或淒婉悱惻的異樣音調和旋律。所以王仲鏞說：「五四以後七十餘年來，排斥者固已不遺餘力，而好之者猶綿綿不絕，且日已寖富[41]。」可是，這麼重要的一部分詩歌創作數十年來卻既被古代文學研究所冷淡，因為作者都是現當代人物；同時也被現當代文學史研究所厭棄，因為那是「新人物」寫的「舊東西」。於是，二十世紀詩詞寫作成了一段可以置諸無聞無見的「聾區」和「盲區」。但毋庸置疑的，它是現當代文學中不可掩沒的客觀存在，更是完整的詩歌史研究不可割裂的一脈珍貴泉源。

論文要晦澀難懂一些，但我之所以長篇引用，目的是想說明：這種對二十世紀詩詞研究的學理性認識，其實正是基於「不能厚古薄今」的簡單的思維起點。我們講的是常識，但是有時候我們欠缺的恰恰就是常識，從常識出發，也可以導向「不常識」的學術研究。

╱胡夜雨與沈鷳鴣

順著常識的出發點，我們舉一些例子來看近百年╱現當代詩詞，看看他們的成色、水準到底怎麼樣。第一個例子，胡懷琛的〈浣溪沙．夜雨〉。胡懷琛是南社成員，但在南社中不是很有名，跟「三駕馬車」柳亞子、陳去病、高旭等相比，二流人物而已[42]。他也不怎麼填詞，一輩子只寫了十幾首，甚至稱不上「詞人」，只是興之所至、偶一為之。我們來看看這首興之所至、偶一為之的詞：

有個愁人睡不牢，芭蕉風雨夜瀟瀟。新涼如水一燈搖。
往事悲歡都過了，管他哀樂到明朝。只難消受是今宵。

這首詞歷來沒有人提起，也沒有人品評，但我以為，它放在任何一本《唐宋名家詞選》當中，放在任何一位大詞人筆下，可能都不遜色。從意境，到語言，都優美到了極點。特別是下片那幾句，可以說千回百轉，纏綿悱惻。首先說「往事悲歡都過了」，充滿悲歡的過去都看開了，所以「管他哀樂到明朝」，這是「決絕語」，下決心什麼都放下了，但最後還是折回來：「只難消受是今宵」，儘管下了決心要翻開新的一頁，可那些悲歡哀樂仍然在眼底心頭纏繞，難以去懷。今天晚上我可怎麼過呀！一個寫濫了的「夜雨」題目，在胡懷琛筆下仍然是跌宕生姿，新意疊出。面對這樣的作品，我們還能偏執地說「一切好詩到唐都已經做完，一切好詞到宋朝已經做完」嗎？胡懷琛還有一首〈羅敷媚·夜雨〉，也很精彩：

芭蕉葉上宵來雨，已算淒清。不穀淒清，添個寒螿抵死鳴。
紙窗竹簟人無睡，坐到天明。聽到天明，愁與秋潮一樣平。

唐詩宋詞中有「鄭鷓鴣」（鄭谷）、「崔孤雁」（崔塗）、「賀梅子」（賀鑄），我們也可稱胡懷琛為「胡夜雨」也。

再來看沈祖棻的〈鷓鴣天〉[43]。沈祖棻是著名學者，她的《宋詞賞析》至今還是詞學研究者、愛好者的枕邊書，她對詞的章法、語言的細膩體味好像至今也沒有人能夠超越。其實沈祖棻是更好的詞人，她作為詞人的地位，將來總有一天要蓋過做為學者的地位。她的《涉江詞》早在民國就享有盛譽，很多人給出「李清照之後，一人而已」的評價，也有人認為她超越了李清照。對於這些文學史評價我們另當別論，我們先看這首詞：

驚見戈矛逼講筵，青山碧血夜如年。何須文字方成獄，始信頭顱不值錢。
愁偶語，泣殘編，難從故紙覓桃源。無端留命供刀俎，真悔懵騰盼凱旋。

這首〈鷓鴣天〉作於一九四七年六月初。本年六月一日，國民黨政府軍事委員會委員長武漢行轅及武漢警備司令部糾集軍警特務數千人包圍武漢大學，槍殺學生三人，重傷三人，逮捕教師員工二十人，這就是震驚中外的「六一慘案」。面對鮮血與屠刀，女詞人一反似水的柔情與傷感，戟指怒斥。開頭一句就很令人驚悚——那些武器竟然逼到講臺上來了！現在居然不需要「文字」即能成「獄」，我們居然命如螻蟻，任人宰割。早知如此，我們又何必盼望光復河山呢！這樣淩厲蒼勁的手筆雖然不能說一定勝過李清照，但它所記錄的知識份子的心靈世界真是字字千鈞，堪稱詞史，與李清照各有千秋，代表著二十世紀詩詞的高度。

／不種黃葵仰面花

由沈祖棻還可以再談談與她並稱近百年女詞人「雙璧」的丁寧的〈鷓鴣天．歸揚州故居作〉：

湖海歸來鬢欲華，荒居草長綠交加。有誰堪語貓為伴，無可消愁酒代茶。

三徑菊，半園瓜。煙鋤雨笠作生涯。秋來盡有閒庭院，不種黃葵仰面花。

丁寧（一九〇二～一九八〇），字懷楓，號曇影，又號還軒，揚州人。幼喪雙親，十六歲嫁與同鄉一紈絝子弟，其夫五毒俱全，常施虐待，而丁寧倚為心靈寄託的小女文兒四歲時又不幸夭折。一九三三年起，丁寧任職揚州國學專修學校、南京私立澤存書庫、南京中央圖書館、江蘇省圖書館、安徽省圖書館等，幾乎畢生與圖書古籍為伴。她曾三次從日偽士兵、國民黨要員和「破四舊小將」手中搶救保護數十萬冊珍貴的古籍圖書，為世人傳為美談。然而因為澤存書庫係汪偽要員陳群所建，藏古籍數十萬卷，多善本。丁寧就職於此，頗有人以「小漢奸」稱之。後張溥泉見其詞，曰：「此人頗有志氣，一小職員耳，何漢奸之有，且保全國家書籍，於民族文化有功」，此語堪為定評[44]。倘若一個獨立謀食的弱女子還要稱之為「漢奸」，這與「餓死事小，失節事大」的「以理殺人」又有甚麼區別！頂著有形無形的巨大壓力，丁寧臨終自撰輓聯云：「無書卷氣，有燕趙風，詞筆謹嚴，可使漱玉傾心，幽棲俯首；擅技擊談，攻流略學，門庭寥落，唯有狸奴為伴，蠹簡相依」，面對難堪的個人與時代之苦難，她最終以這樣蕭瑟而不嫌自負的口吻致上了屬於自己的「謝幕詞」。

　　這首〈鷓鴣天〉作於一九三八年丁寧自滬上「湖海」歸返維揚「荒居」之時，家恨國仇，飄零無告，所以有「貓為伴」、「酒代茶」之句。雖然不無牢落蕭寥之意，更見骨力峻嶒，意態倔強。下片之「菊」與「瓜」既是實寫，又融化「陶令」、「邵平」典故，極見情懷工力，且逼出煞拍的決絕妙句——「秋來盡有閒庭院，不種黃葵仰面花」。「盡有」，大有、廣有也。雖然如此，可種菊，可種瓜，唯獨「不種黃葵仰面花」！因為「菊」與「瓜」代表的是風骨，葵花朝向的則是日寇國旗上的「驕陽」！歷來所謂的「微言大義」、「比興寄託」，可以說至此為極，足以成為抗戰大潮流中，最具代表性的宣言之一[45]。

／我詞非古亦非今

白天黑夜，黃塵如雨下。這樣春天真笑話，便沒有他也罷。
昨宵細雨如麻，醒來依舊風沙。總算清明過了，雖然沒看桃花。

上面這首〈清平樂〉的作者是顧隨，這又是一位有著獨特風格的詞壇大家[46]。顧隨一生從事教育事業，但重教學，重創作，學術著述不多，所以差點被現代學術史遺忘。幸虧他收了一個好學生葉嘉瑩，八〇年代從加拿大回國後一直講詩詞，號為「葉旋風」。每講必提及「我的老師顧隨」，必說「我的老師顧隨是大師」。這樣孜孜不倦講了幾十年以後，大家終於都承認：顧隨確實是大師。所以我們也常說，收學生要收葉嘉瑩這樣的。

顧隨平生有兩位偶像：一個是王國維，一個是魯迅，所以他也出入於新舊文學之間，提出「以新精神寫舊體詩」的主張。在〈卜算子〉中，顧隨寫道：「荒草漫荒原，從沒人經過。夜半誰將火種來，引起熊熊火。 煙縱烈風吹，焰舐長天破。一個流星一點光，點點從空墮」，這幾乎就是魯迅《野草》的詩化翻版，兩者意境逼似。再如〈木蘭花慢．贈煤黑子〉：「策疲驢過市，貌黧黑，顏猙獰。倘月下相逢，真疑地獄，忽見幽靈。風生黯塵撲面，者風塵、不算太無情。白盡星星雙鬢，旁人只道青青。 豪英。百煉苦修行，死去任無名。有衷心一顆，何曾燦爛，只會怦怦。堪憎破衫裹住，似暗紗、籠罩夜深燈。我便為君傾倒，從今敢怨飄零」，意境酷似魯迅的名作〈一件小事〉。

這首〈清平樂〉也是顧隨「以新精神寫舊體詩」的上乘之作。雖然嘟嘟囔囔、絮絮叨叨，然而風趣即從此出，無理而妙，詞人的慧心與性情昭然若揭，性靈與幽默洋溢於白話之中。對於現代白話／口語的運用，顧隨也是有自己的理論別擇的。他在講〈文賦〉時說：「寫作頂好用口語。我們現在只有用現代語言寫現代事物……我們用現代語言並非把文學本質降低，乃是將語言提高」、「古典文學講格律，而其高處在衝口而出，如『昔我往矣，楊柳依依』、『裊裊兮秋風，洞庭波兮木葉下』……凡古典文學而能深入人心流傳眾口者，皆近於口語，絕無文字障」。「文字障」一詞可謂點中了要害，所以他在自己的詞創作中正是有意在突破種種文字之「障」的，諸如「幾個追求幻滅，何時抓住虛空」、「試問倘無缺憾，難道只需溫暖，歲月任銷磨」、「小草都含微笑，遠山自寫春容」、「試把空虛裝寂寞，更於矛盾覓調和」、「莫怪新來無好夢，愛神煩惱詩神病」之類，盡都毫不猶疑，隨手拈來，無論古今，為我所用，從而最終以「非古非今」的「大」詞人身分定格於文學史。顧隨的詞特別能折射出二十世紀中國文學迷離繁複、魅力橫生的光影，同時也極大程度地塑造出了二十世紀詞史的特殊氣質。

古今融通第二

詩是人間笑忘書

還有一位我很推崇的詩人聶紺弩。他的詩被稱為「聶體」，自成一格。對於「聶體」，有人很喜歡，也有人很多批評。我是喜歡，甚至崇拜聶紺弩的，除了喜歡他那種很特殊的筆法，也很喜歡他的人格和骨氣。有一位我很尊敬的同道前輩說他不喜歡聶紺弩，因為聶有阿Q精神，有奴性，我不敢苟同。我認為聶紺弩是那個特殊年代裡最有骨氣的文人之一，如果他的身上還有奴性，那我們還能找出幾個沒有奴性的人呢？

／哀莫大於心不死

為什麼這樣說？我們看聶紺弩一九六六年寫下的〈血壓三首〉之三：

爾身雖在爾頭亡，老作刑天夢一場。
哀莫大於心不死，名曾羞與鬼爭光。
餘生豈更毛錐誤，世事難同血壓商。
三十萬言書說甚，如何力疾又周揚。

聶紺弩在五〇年代中期被打成「胡風反黨集團」骨幹分子，勞改勞教，又被判刑。到文革開始的時候，已經淪為階下囚若干年了。在這樣的逆境裡，他還能發出這樣沉慨悲鬱的聲音，不能不令人肅然起敬。首聯「爾身雖在爾頭亡，老作刑天夢一場」，這是用了《山海經》中刑天的典故。聶紺弩也是學者，擅長小說研究，詩中神話、小說的典故比較多。但這兩句不是泛泛用典，也不像陶淵明一樣贊頌刑天的「猛志」[47]，而是用得非常悲涼——我的肉體還在，但我的頭已經丟掉了，那就是說，自己已經沒有獨立思考的空間了，行屍走肉而已！這是那個特殊年代裡知識份子共同命運的寫照，是極具思想史、文化史價值的的一個剪影。

頷聯比首聯更進一層。「哀莫大於心不死」翻用「哀莫大於心死」的常用語，一個「不」字加進去，有萬鈞之力。什麼「心」不死？赤子之心！正因為是赤子之心不死，才淪落到今天這步田地。真是悲慨莫名，千古之憤激語！下一句「名曾羞與鬼爭光」是有出處的，聶詩的注本沒有注。這個典故出自《藝文類聚》引裴啟《語林》，是個不怕鬼的故事，主角是大文豪嵇康。據說嵇康夜讀，忽然有一張人臉從地面上冒出來，一開始像銅錢大小，很快就旋轉大如車輪，雙眼閃爍，盯著嵇康。嵇康絲毫不懼，跟他對視了半個小時，「噗」的一口把燈吹滅了，說：「我恥於和你這個鬼怪共用一盞燈」（「恥與魑魅爭光」）。那個鬼很有自尊心，聽到這話，哭著就跑了。我們不難體會聶紺弩用這個典故的意思，在他備遭歧視迫害的現實世界裡，誰是「魑魅」？恥於和誰「爭光」？這種骨氣，當代中國有幾個文人有呢？這不僅是二十世紀文學的光彩，也是二十世紀歷史的光彩！

尾聯的「三十萬言書」指的是胡風當年上書高層的《關於幾年來文藝實踐情況的報告》，三十萬字，換來三十年牢獄之災。因為與胡風交好，聶紺弩半生淪落，幾度瀕死。一九八五年胡風去世，聶紺弩寫下一首七言古詩悼念胡風，也是極其感人的傑作，篇幅雖短，沉痛程度則可以與吳偉業的〈悲歌贈吳季子〉相媲美[48]：

精神界人非驕子，淪落坎坷以憂死。
千萬字文萬首詩，得問世者能有幾？
死無青蠅為弔客，屍藏太平冰箱裡。
心胸肝膽齊堅冰，從此天風呼不起。

昨夢君立海邊山，蒼蒼者天茫茫水。

這是千古佳作，放在任何一段詩歌史上都閃亮著掩蓋不住的光芒。所以我在有關文章裡面說過：「如果有人說，近百年詩歌史只剩下新詩，舊體詩詞已經不值一提了。那麼好吧，請找出來一九六六年的新詩中，誰寫出過『哀莫大於心不死，名曾羞與鬼爭光』這樣如寶劍出匣般的句子？一九八五年，哪首新詩比這一首〈悼胡風〉更有力度，更加沉痛？[49]」我想這些都是很能說明問題的東西。

／為「死跑龍套的」作傳

聶紺弩還有一首詩值得一說，晚年所作〈水滸人物五首〉之五〈董超薛霸〉：

解罷林沖又解盧，英雄天下盡歸吾。
誰家旅店無開水，何處山林不野豬？
魯達慈悲齊幸免，燕青義憤乃駢誅。
佶京俅貫江山裡，超霸二公可少乎？

《水滸傳》幾百號人物，主角一大堆，要寫五首詩，很多重要的人物值得寫呀！聶紺弩偏偏把眼光瞄準了兩個「死跑龍套的」——董超、薛霸。董超、薛霸是汴梁東京城的兩個解差，林教頭被高俅陷害，誤入白虎節堂，董超、薛霸受命押送林沖刺配滄州。虞侯陸謙找到這兩位，請他們喝酒，席間拿出兩錠黃金，要求他們路上害死林沖，揭他臉上金印回來再領重賞。董超一聽，還有點猶豫，薛霸則很「爽快」：「人家陸虞侯是高太尉的人，就是讓我們哥倆死，也只得由他，何況還給我們重賞呢？」

為了害死武藝高強的豹子頭，他們想了不少辦法。先假仁假義要給林沖洗腳，結果端來的是開水，把林沖的腳燙壞以後，又逼他穿上嶄新的草鞋走路。一路下來，林沖腳上全是血泡。走到野豬林，他們趁林沖疲倦睡去，把他綁在樹上，舉起兩條水火棍，獰笑道：「林教頭，咱們遠日無冤，近日無仇，是高太尉要幹掉你，到了九泉之下別找我們算賬！」剛要結果林沖，半天裡一聲大吼，樹後飛出一根禪杖，魯智深到了，解救了林沖。

本來依魯智深的脾氣，要殺掉這兩個人，還是林沖求情，才饒了他們。董超、薛霸因此沒有完成任務，受到處分，從汴梁東京被「下放」到了河北大名府。到了小說的後半部分，盧俊義落難被刺配，押送他的解差又是這老二位，但這次運氣沒有上次好了，被浪子燕青兩支袖箭釘在咽喉之上，登時了賬。

這就是兩個「死跑龍套的」在小說裡的全部表現。有什麼好寫的呢？我們看聶紺弩的手筆：前六句基本上是化用小說情節，但寫得很無奈，很悲憤。不管多大的英雄，豹子頭還是玉麒麟，落到這等小人的手裡便是人家的「行貨」，正如另一個「死跑龍套的」差撥所說：「打不死，拷不殺的頑囚！你這把賊骨頭好歹落在我手裡！教你粉骨碎身！少間叫你便見功效[50]！」「何處山林不野豬」，把「野豬林」拆開倒用，真有人世險惡、欲哭無淚之感。這樣的句子唐宋時代可曾有過？詩的末尾是兩句議論，「佶京俅貫」，就是趙佶、蔡京、高俅、童貫。在這些昏君佞臣把持的昏天黑地裡頭，哪兒能少得了董超、薛霸這樣為虎作倀的微末丑類呢？

首先，從史識上說，聶紺弩注意到了小人物在大歷史中不能忽視的「集體無意識」、「平庸之惡」；其次，就詩法而言，這是「雜文入詩」，或者叫「詩體的雜文」，別具一格。但更加應該讀懂的是，聶紺弩絕不是為了發輕飄飄的思古之幽情。在他被「放廢」的二十多年裡，接觸最多的不就是董超、薛霸這樣的人物嗎？董超、薛霸那樣的嘴臉、心術、算計、手段，聶紺弩自己不也是百般領受嗎？選擇這樣的題目，裡邊是有他自己的半世血淚的！不看懂這些，因為他性格詼諧、喜歡苦中作樂就說他「阿Q精神」，怎麼能算看懂了聶紺弩呢？要知道，「苦中作樂，更形其苦」，他的「嬉笑」背後是有「怒罵」、幽默背後是有眼淚的呀！

／啟功的「笑」哲學

與聶紺弩情況相似的是啟功，我把這兩位合稱為「雙子星座」。啟功是大書法家，他的字，好之者稱為「當代書聖」，貶之者也有說得很不好聽的。這也正常，顏真卿的字也有人說不好，蘇軾的字也有人說是「墨豬」，問題是，對啟功詩詞的評價分歧更大。據啟功自己說：「一般都在照例誇獎之中，微露有油腔滑調之憾；也有著實鼓勵以為有所創新的；更有方家關心惜其誤入歧途的；還有不客氣的朋友爽直告誡不須放屁的[51]。」這還是當面說，私底下肯定還有說得更難聽的。

問題在於，說是說非，大家都似乎很少考慮一個問題。啟功明明會寫典雅晦澀的詩詞，他的〈論書絕句〉一百首就寫得非常「高大上」，像我這樣不懂書法的讀者，加上滿篇注解都看不懂，那麼，他為什麼要寫順口溜、數來寶式的詩詞呢？他的選擇裡是不是包涵著什麼難以言表的人生況味呢？

簡單說，可能有這樣幾點：第一，他對自己的「宗室」身分的微妙感受。啟功是正宗的「皇室子弟」，但一九一三年出生的時候，「鐵桿莊稼」已經倒了，他的童年比很多普通人都要清貧。對於這個身分，他一直否認，有人寄信給他寫「愛新覺羅．啟功收」，他總是拆也不拆就寄回去。他說：「你們看看戶口本，我叫啟功，不叫愛新覺羅．啟功」。第二，啟功家貧力學，得到陳垣先生的賞識，終於成名成家。但是到了一九五八年，啟功剛要晉升教授，就被打成了右派，教授職位被取消，生活迅即陷入困頓[52]。一九七一年，因為毛澤東主席一句「最高指示」：「二十四史還是要出的嘛」，啟功被調入中華書局擔任《清史稿》的點校工作，境遇有所改善。花甲之年，他面對生老病死的人間和光怪陸離的世界，這才重新選擇自己的「說話方式」：

痼疾多年除不掉，靈丹妙藥全無效。自恨老來成病號，不是泡，誰拿性命開玩笑。
牽引頸椎新上吊，又加硬領脖間套。是否病魔還會鬧，天知道，今天且唱漁家傲。
——〈漁家傲〉

「天知道，今天且唱漁家傲」，這就是啟功的「笑」哲學，不管這個世界甩給他多少難堪和眼淚。他從來不憚於寫一地雞毛式的「小生活」，並且從「小生活」裡發現空氣中飄蕩的「笑元素」，從而把那些腐筋蝕骨的強酸中和成「養生保健」的弱鹼。「乘公共汽車」是比「病」更加瑣屑的小事，啟功卻「痛下殺手」，一寫八篇〈鷓鴣天〉，咱們來讀兩首：

這次車來更可愁，窗中人比站前稠。階梯一露剛伸腳，門扇雙關已碰頭。
長嘆息，小勾留，他車未卜此車休。明朝誓練飛毛腿，紙馬風輪任意遊。

鐵打車箱肉做身，上班散會最艱辛。有窮彈力無窮擠，一寸空間一寸金。
頭屢動，手頻伸，可憐無補費精神。當時我是孫行者，變個驢皮影戲人。

啟功詩詞當年傳播最廣的恐怕就是這一組，他自己最得意的也是這一組[53]。頸椎病、美尼爾氏綜合症不是人人有體驗的，公共汽車誰沒坐過？誰又沒有過「明朝誓練飛毛腿，紙馬風輪任意遊」、「當時我是孫行者，變個驢皮影戲人」的感受和想像？讀到啟功這些狡黠笑容下的小心思、小動作，能不為之捧腹？可是，你又真能夠放聲痛笑，不覺得裡面潛藏著一絲絲的心酸？

問題在於，這「笑」背後到底隱埋著一些什麼東西？難道只是「油滑」的解頤而已？不妨上溯一下，看看明王思任的〈屠田叔〈笑詞〉序〉：

海上憨先生者老矣，歷盡寒暑，勘破玄黃，舉人間世一切蝦蟆傀儡、馬牛魑魅搶攘忙迫之態，用醉眼一縫，盡行囊括，日居月諸，堆堆積積，不覺胸中五嶽墳起，欲嘆則氣短，欲罵則惡聲有限，欲泣則為其近於婦人，於是破涕為笑。極笑之變，各賦一詞，而以之囊天下之苦事。

這恐怕是古往今來最能揭櫫出「笑」的底蘊的一段奇文，而啟功又何嘗不能視為「海上憨先生」

的現代翻版？所謂「人間世一切蝦蟆傀儡、馬牛魑魅搶攘忙迫之態」他看得還少麼？他的這些「笑詞」難道不是破涕而為，以之「囊天下之苦事」？不瞭解這一點，自然就讀不懂啟功的「滑稽」。這種「滑稽」、「反雅」的寫法不是無心隨手的，啟功正是用這種「反雅」的「滑稽」方式告訴我們：在自己走過的這些荒誕人生裡，「典雅」最終成了「笑話」，那麼就只有「笑話」才能轉為「典雅」了！這樣的感悟「油滑」嗎？難道不是特別沉痛的嗎？

從這樣的意義上來說，我說聶紺弩、啟功是「雙子星座」，正是因為他們記錄了離我們最近的那一段歷史時空，給我們提供了最有價值的「論世」樣本，前提是，我們要「知人」，能讀懂。

「溪流洗亮星辰」的網路詩詞

不僅離我們最近的二十世紀有好詩好詞，跟我們同一時空的網路時代也有很多讓人「驚豔」，甚至「驚為天人」的作家作品。我算是學界最早從事網路詩詞研究的人，在二〇一三年發表的一篇文章中我對網路詩詞有這樣的說法：

畢竟網路詩詞興起才不過十多年，這些簇新的萌芽能怎樣生長、有多少追隨者、能否形成一股潮流……諸如此類問題都還不易作出肯定性的預測。但是，如果因為感受到了它莩甲新意、生機勃勃的現狀而大膽一點，我們就應該，也能夠認同「當代詩詞在網路」、「未來詩詞在網路」的判斷。我們看到，因為向傳統虔誠致敬的「守正」姿態，因為「無論這個傳統有多偉大」都堅持「現代人立場」的「開新」勇氣，詩界革命派、南社、毛澤東、聶紺弩、啟功們在二十世紀做得很出色的事情，網路詩詞在二十一世紀的前十幾年就已經做得同樣甚至更加出色；大師們在二十世紀沒有做到的事情，網路詩詞也已經做到或者正在做到。無論怎樣評價，不得不直面的現實是：我們原本以為早被劃上句號的詩詞史程正在變成省略號，甚至變成驚嘆號！

回溯往昔，我們還記得二、三十年前，朦朧詩的出現是伴隨著很長時間的冷漠、敵視、挑剔和曲解的。但在「崛起」之聲的不斷鼓蕩下，朦朧詩終於成功突破阻力、惰性和敵意，成為新詩史上恢宏的一波浪潮。以昔律今，我們有理由說，十幾年來的網路詩詞寫作也正在崛起一種「新的美學原則」，正在出現一個「崛起的詩群」。而在這種「新的崛起面前」，准歷史之先例，我們有信心認為：朦朧詩最終被接納並引領一代風騷的那一幕也將在詩詞寫作的歷史上重演，這個驚嘆號還將被續寫，並被堂皇地載入史冊[54]。

／寫給三歲女孩的挽歌

帶著這樣的認識，我們來看一些網路詩詞作品。第一首是胡僧的「騷體」古詩[55]，〈挽歌為李思怡作〉。這個題目是什麼意思呢？我們要說明一下：

二〇〇三年，四川成都發生了一件令人髮指的事件。李思怡是一個三歲的小女孩，父親離家出走，母親因為吸毒被公安機關帶走強制戒毒。他母親哀求員警放了自己，要回去照顧這個三歲小女孩。但因為員警的冷漠和疏忽，最終導致母親仍然被帶走，但沒有人去管這個無依無靠的三歲的孩子。她的遺體被發現是在十七天以後，我不忍心敘述現場的樣子，我們只能說「在六月的酷暑中，她忍受著饑餓、乾渴、黑暗、孤獨、恐懼的折磨，還有嗜血的蚊蟲的叮咬，在絕望的哭聲和永遠得不到回應的呼喊中，經歷了漫長的煎熬直至死去……十七天，整整十七天啊，在這個人滿為患的世界裡陪伴她的只有孤獨，在這個霓虹燈照亮的不夜之城裡投向她的只有黑暗，在這個酒飽飯足的幸福時代裡她卻被活活餓死了[56]」。

面對這樣讓人憤怒的無法言表的事件，我沒有看到新詩界有人寫出過好作品，但嘘堂、碰壁齋主、胡僧、添雪齋、天臺等詩詞名家均有極富力度的詩作表達內心的激憤與悲惋，一時間形成網路詩詞界的「李思怡現象」，其中胡僧之作可稱翹楚：

黑漆門開兮大光明，白米飯兮玉米羹，阿媽在門兮神氣清。黑漆門闔兮三歲之眼睛。

黑漆門開兮大光明，紅蘋果兮黃橘橙，有人初見兮阿爸是名。黑漆門闔兮三歲之眼睛。

黑漆門開兮大光明，豆奶甘兮雪糕冰，小哥哥兮歡唱聲。黑漆門闔兮三歲之眼睛。

黑漆門開兮大光明，糖七彩兮餅千層，鄰居往來兮喜相迎。黑漆門闔兮三歲之眼睛。

黑漆門開兮大光明，果凍杯兮可樂瓶，員警叔叔兮笑盈盈。黑漆門闔兮三歲之眼睛。

三歲之眼兮長閉，三歲之哭兮漸逝。三歲之血兮枯萎，三歲之女兮見棄。
鐵屋兮如鑄，漆門兮盤固。堅牆兮不語，時鐘兮漫步。絨熊生塵兮寒月在戶。

詩是騷體，前五節採用了相似的複沓結構。每一節的第一句和第四句完全相同，中間兩句則不斷變換各種美食、變換所有能把李思怡拯救出死亡境地的人。這樣的變換一步一步在深化「我們都是李思怡的地獄」、「沒有人能倖免於罪」的強烈呼聲。儘管誰都有可能救回李思怡，但結果還是「三歲之眼兮長閉，三歲之哭兮漸逝。三歲之血兮枯萎，三歲之女兮見棄」。最後一節中的「鐵屋」、「漆門」、「堅牆」、「時鐘」、「寒月」正象徵著無比冷漠的世界，而「絨熊生塵」用的則是「今典」。據新聞報導，李思怡的遺體被發現的時候，身邊唯一的玩具是很破爛的小絨熊，那是她離開這個世界的唯一小夥伴。

相信讀到這樣的詩，我們都很難抑制內心受到的巨大震動。這首詩不僅放在網路時代、放在近百年是沉甸甸的，就是放在三千年的詩歌史上，它仍然是沉甸甸的、不可逼視的一首傑作！而這樣的傑作正出現在我們身邊，能說明什麼不是很清楚了嗎？

／一局斯諾克

就總體成就而言，噓堂還要超越胡僧[57]，真正是讓人「驚為天人」的大家。他的五言古詩把漢魏六朝簡淨典雅的味道與荒謬錯雜的現代意象融為一體，比之一般的新詩、舊詩都別有一種奇異的「越界」味道。他的詩不好講，只適合靜心品味，我們來看〈自由之白日〉與〈古詩九首〉之五：

自由之白日，秘密我已悉。自由之秋天，炎陽猶赫赫。樓道靜懸鐘，眩暈復沉溺。若有偷窺者，收聽而返視。既已厭葳蕤，誰其辨五色。連空蟬聲疲，呻吟孰可抑。裸婦肌勝雪，想像於禁閉。樹葉轉欲黃，暫停內分泌。偶爾閃微光，莊嚴如悲劇。觀眾固無言，悲傷或戰慄。悲傷我不能，戰慄亦乏力。我在自由中，自由獨寂寂。乃入地下室，轟響發我側。七彩球碰撞，一局斯諾克。

誰在木雕上，撫慰一面龐。在夜行車裡，見某種燈光。石鹽已在水，底片泛微黃。萬物皆影像，沉浸於暗房。而我所贊喻，所愛或所傷。所有乞求者，幽深不可量。似水管彎折，似四壁白牆。所有已逝者，立於語言旁。藉此而復活，低分貝音箱。群動若將出，孰能作頌揚。散為浮塵舉，聚為道路長。天空固明媚，旗幟久彷徨。我本大地土，語言是我鄉。我今何所思，語言使我盲。我今無所見，秋日如空倉。應有拾穗者，默自貯餘糧。（注：自壽詩）

這裡我們不能只獵奇式地關注「內分泌」、「斯諾克」、「低分貝」等現代語彙的介入，更應該思考的是：這些語彙在噓堂的調遣下到底形成了一種怎樣的味道？那種純粹的漢魏古詩體裁在表現當下生活和現代心靈的時候是否還具有適應性？如果有，奧秘何在？

在詞壇與噓堂風格近似而現代感更強的是獨孤食肉獸[58]，他是當代最有分量的詞人之一，讀一首〈念奴嬌．千禧前最後的意象〉：

火柴盒裡，看對面B座，玻璃深窈。冬雨江城流水粉，樹影人形顛倒。達利莊周，恍然皆我，午夢三納秒。石榴血濺，花間蝴蝶尖叫。

頻赴屏後良緣，移形換鏡，圖元知多少。林外片雲凝醽醁，月戴面模微笑。空巷籠音，古牆泌影，彷彿前生到。郵筒靜謐，冬眠誰遣青鳥。

獨孤食肉獸的詞也不好講，我用兩個詞概括他的特點：一個是「超現實」，一個是「印象派」。「石榴血濺，花間蝴蝶尖叫」兩句最有代表性，這是只能誕生在網路時代的詞，值得大家關注。

／李子的「風入松時代」

同樣優秀、可以多講一點的是李子梨子栗子，這網名挺繞嘴的，一般我們都簡稱為「李子」。他的真名叫曾少立，湖南人，生長於贛南，所學的專業與詩詞離得特別遠，他是水泥工藝專業碩士，結果被繆斯女神親吻了一下腦門，最終選擇了以詩詞為職業。

我欣賞的網路詩人詞人有很多，但如果非要找出一個「最」，恐怕我還是會選擇李子。他有不少「千古不可無一，不能有二」之作，引起了包括哈佛大學田曉菲教授、四川大學周嘯天教授、包括我在內的不少評論家的關心[59]。在近幾年撰寫的《近百年詞史》中，我用了兩萬字左右的篇幅來論述李子的「日常生活」與「平民立場」、李子的人文溫度與哲學品格、李子詞的語言特質與詩體交涉等問題，並且得出這樣的結論：

只有「寒酸」的百餘首創作量，李子就提供了從日常生活、平民立場到人文溫度、哲學品格再到語言特質、詩體交涉等幾乎全方位的理論分析價值。放眼千年詞史，以「開新」氣派達到如此水準的詞人能有多少？他的詞史位置應該擺在何處不是很容易得出結論麼？

我們這裡不講太多學理性的東西，還是看幾首李子詞，用作品來說話。第一首是〈風入松・出臺小姐〉：

大城燈火夜繽紛，我是不歸人。淺歌深醉葡萄盞，吧臺畔、君且沉淪。
莫問浮萍身世，某年某地鄉村。
夢痕飄渺黑皮裙，夢醒又清晨。斷雲殘雨青春裡，賭多少、幻海溫存。
一霎煙花記憶，一生陌路紅塵。

廣義上說，這也可以歸入「青樓文學」，但不再是我們前面說過的「挾妓縱酒」之詩了。李子的立足點跟古代文人完全不同。他既不是輕薄的玩賞和戲謔，也不是生死以之的愛憐和眷顧，更不是常見的站在高處、滿懷優越感的指手畫腳。詞人帶著平等和溫情，對「出臺小姐」的「浮萍身世」、「煙花記憶」傾吐出理解、同情、無奈和感傷。「斷雲殘雨青春裡，賭多少、幻海溫存」、「一霎煙花記憶，一生陌路紅塵」，這樣的句子更是從具體的社會身分抽象出普泛性的人生底蘊。這是現代人文精神酵化下的產物，只能出現在我們這個時代。

〈風入松〉其實是一個很冷僻的詞牌，一千年詞史上也沒留下什麼名作，只有南宋初年一位太學生俞國寶寫的〈風入松〉還有一點知名度。金庸的《射雕英雄傳》第二十三回有一段就提到了那首詞：

黃蓉見橋邊一家小酒家甚是雅潔……東首窗邊放著一架屏風，上用碧紗罩住……碧紗下的素屏上題著一首〈風入松〉，詞云：「一春長費買花錢，日日醉湖邊。玉驄慣識西湖路，驕嘶過、沽酒樓前。紅杏香中歌舞，綠楊影裡秋千。暖風十里麗人天，花壓鬢雲偏，畫船載取香歸去，餘情付、湖水湖煙。明日重扶殘醉，來尋陌上花鈿。」

黃蓉道：「詞倒是好詞。」郭靖求她將詞中之意解釋了一遍，越聽越覺不是味兒，說道：「這是大宋京師之地，這些讀書做官的人整日價只是喝酒賞花，難道光復中原之事，就再也不理會了嗎？」黃蓉道：「正是。這些人可說是全無心肝。」忽聽身後有人說道：「哼！兩位知道什麼，卻在這裡亂說。」郭靖作個揖，說道：「小可不解，請先生指教。」那人道：「這是淳熙年間太學生俞國寶的得意之作。當年高宗太上皇到這兒來吃酒，見了這詞，大大稱許，即日就賞了俞國寶一個功名。這是讀書人的不世奇遇，兩位焉得妄加譏彈！」黃蓉道：「這屏風皇帝瞧過，是以酒店主人用碧紗籠了起來？」

那人冷笑道：「豈但如此？你們瞧，屏風上『明日重扶殘醉』這一句，曾有兩字改過的不是？」郭黃二人細看，果見「扶」字原是個「攜」字，「醉」字原是個「酒」字。那人道：「俞國寶原本寫的是『明日重攜殘酒』。太上皇笑道：『詞雖好，這一句卻小家子氣。』於是提筆改了兩字。那真是天縱睿智，方能這般點鐵成金呀。」說著搖頭晃腦，嘆賞不已。郭靖聽了大怒，喝道：「這高宗皇帝，便是重用秦檜，害死岳爺爺的昏君！」飛起一腳將屏風踢得粉碎，反手抓起那酸儒向前送出，撲通一聲，酒香四溢，那人頭下腳上地栽入了酒缸。黃蓉大聲喝彩，笑道：「我也將這兩句改上一改，叫作『今日端正殘酒，憑君入缸沉醉！』」那文士正從酒缸中酒水淋漓地探起頭來，說道：「『醉』字仄聲，押不上韻。」黃蓉道：「『風入松』便押不上，我這首『人入缸』卻押得！」伸手將他的頭又捺入酒中，跟著掀翻桌子，一陣亂打。

其實那首〈風入松〉也沒有多好，只是因為有「御筆改詞」的掌故才為大家所知而已，周嘯天先生說得好：「是李子復活了這個已經死去的詞牌。」李子的〈風入松〉確實寫得好，〈出臺小姐〉從藝術角度講還只是比較一般的，下面這些寫得更好：

紅椒串子石頭牆，溪水響村旁。有風吹過芭蕉樹，風吹過、那道山梁。
月色一貧如洗，春聯好事成雙。
某年某日露為霜，木梓趕圩場。某年某日三星在，瓦燈下、安放婚床。

幾只火籠偏旺，一壇米酒偏黃。

炊煙搖曳小河長，柴垛壓風涼。有關月亮和巫術，砍山刀、聚在山場。
麻雀遠離財寶，山花開滿陽光。
旱煙桿子穀籮筐，矮凳坐爹娘。鐵鍋雲朵都紅了，後山上、祖墓安祥。
老樹枝頭歲月，粗瓷碗底村莊。

以星為字火為刑，疼痛像雷鳴。互為火焰和花朵，受刑者、因笑聯盟。
金屬時刀時幣，天空守口如瓶。
突然夜色向前傾，然後有槍聲。冬眠之水收容血，多年後、流出黎明。
你在仇家腦海，咬牙愛上蒼生。

南風吹動嶺頭雲，花朵顫紅唇。草蟲晴野鳴空寂，在西郊、獨坐黃昏。
種子推翻泥土，溪流洗亮星辰。
等閒有淚眼中溫，往事那般真。等閒往事模糊了，這餘生，我已沉淪。

楊柳數行青澀，桃花一樹緋聞。

天空流白海流藍，血脈自循環。泥巴植物多歡笑，太陽是、某種遺傳。

果實互相尋覓，石頭放棄交談。

火光走失在民間，姓氏像王冠。無關領土和情欲，有風把、肉體掀翻。

大雁高瞻遠矚，人們一日三餐。

這些詞實在是太精妙了，讓人忍不住想要引用的衝動。「種子推翻泥土，溪流洗亮星辰」兩句更是被我經常借來借去，作為對網路詩詞印象的描述。

／夕陽紅上腮幫

李子還有兩首詞也值得一說。第一首是〈臨江仙．今天俺上學了〉：

下地回來爹喝酒，娘親沒再嘟囔。今天俺是讀書郎。撥煙柴火灶，寫字土灰牆。

小凳門前端大碗，夕陽紅上腮幫。遠山更遠那南方。俺哥和俺姐，一去一年長。

〈臨江仙〉是個常見詞牌，多年下來我們至少也看了幾千首了，可誰看見過這樣一首呢？那麼口語化，又那麼雕琢錘煉，近乎天籟；那麼平淺，又那麼耐人尋味。「小凳門前端大碗，夕陽紅上腮幫」，放在新詩裡不也是一流的好句子嗎？

另一首是〈綺羅香〉。我們也看到過好多首〈綺羅香〉，史達祖的最早，也最有名。〈綺羅香〉是一個典雅而趨於晦澀的詞牌，李子居然可以用現代口語來操作，第一次看到這首詞的時候我們「小夥伴兒都驚呆了」：

死死生生，生生死死，自古輪回如磨。你到人間，你要看些什麼。
蒼穹下、肉體含鹽，黃土裡、魂靈加鎖。數不清、城市村莊，那些糧食與饑餓。
鞋跟敲響之路，只見蒼茫遠去，陣風吹過。聚會天堂，談笑依然不妥。
是誰在、跋涉長河，是誰在、投奔大火。太陽呵、操縱時鐘，時鐘操縱我。

這是將傳統的「憂生之嗟」整體性推到終極關懷高度的一首詞作。無論是「死死生生，生生死死，自古輪回如磨。你到人間，你要看些什麼」的尖銳提問，還是「是誰在、跋涉長河；是誰在、投奔大火。太陽呵、操縱時鐘，時鐘操縱我」的痛切感喟，都給人帶來無比巨大的內心震撼。對於現代人而言，那種烈度顯然不是古典話語所能等比的。

／一段青春蝴蝶結

李子還有很多好詞，別的詩人詞人也有很多特別好的作品，比如「八五後」女詞人髮初覆眉的〈減蘭．我〉：

我生如魘，我合無光珠蚌斂。我死之年，我是池中素色蓮。
我曾離去，我入傾城冰冷雨。我欲歸來，我與優曇緩緩開。

這一首〈減蘭〉八句皆以「我」字發端，綰合「生」、「死」、「離」、「歸」四個人生維度與「無光珠蚌」、「素色蓮」、「冰冷雨」、「優曇」等繁雜意象，寫法本身已是前無古人，堪稱創體。而對於「我」的深邃思考與縹緲的情感指向、新異流麗的語感水乳渾融，難以割裂，那種顧影自憐的女性哲思之美直抵人心。

象皮（靳輝）的〈水調歌頭〉流宕自如，含蘊頗深，與髮初覆眉之作各有千秋，各極其妙：

氣化相思仍錯，早作空虛泡沫，收拾死魂靈。殘夜如能睡，遲起看黃庭。
水之戀，凝結痛，隕成冰。偶然天外來客，風去不晶瑩。
若以光之速度，證以今之唯物，追夢也無情。卻渴望藍色，飛至海王星。
我是怎麼了，誰與說分明。此時情緒難定，坐對暗之冥。

篇幅關係，我們不再一一列舉了。但還有一場「班花豆蔻」唱和，因為特別有「網路味」，還應該說一說。

二〇一〇年四月十三日，「菊齋」網站首發署名「初中小男生」者「寫給初三二班王小梅」的〈滿江紅〉，以「嫁」字為尾韻，詞云：

憶昔初來，吾嘗是、未知文者。頗見得，向伊擁簇，亂塵隨馬。
黃竹江干聞響屧，烏衣子弟爭羅帕。便珠燈、隔雨看多年，曾無話。

算幾度，春潮打；換此日，魚龍化。想雲裾玉趾，不能忘也。
覿面當言花月好，論癡豈在王荀下。卻教人、翻笑使君愚，羅敷嫁。

僅一小時後，即有署名「初中小女生」者原韻唱和，「寫給初中小男生」：

往事從談，當年是、萬人英者。桃花底，阿誰橫笛，青梅竹馬。
葉底飄紅初覆屧，身前稚子遮羅帕。那青春、歲月憶無端，輕聲話。
冷雨落，飄窗打；十年矣，韶光化。若春回故里，猶能知也。
少女情懷詞半闋，蕭郎心事書筆下。問人生、底事最堪憐，青娥嫁。

顯然，這是「過來人」一時興起，將那些「青春歲月憶無端」的「輕聲話」寄寓在「初中小男生」、「初中小女生」的設定情境當中的，形式很「遊戲」，「便珠燈、隔雨看多年，曾無話」的心緒則很能勾動悵惘、滄桑之感。或者是喚起了「同桌的你」情結之故，也可能僅出於「湊熱鬧」心態，至四月二十日的短短幾天之間，圍繞這一主題即得步韻〈滿江紅〉五十餘首，七嘴八舌，鐘鼓齊鳴，真令人忍俊不禁，心頭又別有滋味。

與其它「網路詞課」相比，這一自發性質的「班花豆蔻」詞課視角更為多元[60]，層次更加遞進，敘事性、戲劇感愈益增強。以小男生、小女生的兩首唱和為由頭，眾多參與者紛紛尋找自己的角色定位與發言角度，於是，「初中班主任」、「代課老師」、「初中隔壁班女生」、「初中老校長」、「初中差等生」、「學校門口小流氓」、「初三一班李雷」、「初中小混混」、「初中校草」、「初中壞叔叔」、「傳達室老大爺」、「校門口算卦的瞎子」、「新華記者[61]」、「教育局長」、「王小梅的媽媽」、「校長太太」、「南方都市報觀察員」、「王小梅的姐姐王小菊」等各色人等盡皆粉墨登場，或幽默，或苦澀，或調侃，或真摯，儼然上演了一齣「初中生早戀」事件下的「社會活報劇」。

不妨先看「初中隔壁班女生」寫給「初中小男生」的單戀情話：

那段時期，你常是、孤單行者。背人處，放聲曾唱，金戈鐵馬。
我在牆邊偷望後，薄紗帳裡煩羅帕。便秉燭、開鎖記一行，悄悄話。
雨來侵，風來打；青梅味，隨煙化。唯白衣去影，偶上心也。
每悔當年輕錯過，而今逢是癡情下。仍不敵、借筆小同桌，雖未嫁。

「我在牆邊偷望後，薄紗帳裡煩羅帕。便秉燭、開鎖記一行，悄悄話」，豆蔻初開的少女情懷，真是窮形盡相，「仍不敵、借筆小同桌」的幽怨也口角宛然，神態如見。「初三一班李雷」寫給王小梅的也是單戀情書，用筆較雅，而「不患君之不己知」之妙趣足與上篇相敵，煞拍也是款款情深：

絕代風華，應無視、暗追隨者。青眼向，風塵外物，風流司馬。
玉樹芝蘭輸詠絮，名媛閨閣爭傳帕。便圍爐、共席只寒暄，無多話。
明鏡裡，流光打；花事竟，青澀化。只情懷依舊，未曾更也。
不患君之不己知，少年夢寄梅花下。願今生、靜好歲月寧，安心嫁。

在詞課自然形成的戲劇結構裡，這些小兒女的戀情傾吐引發巨大的震蕩波。「傳達室老大爺」就「得見新生方入學，誰教老淚橫流下。願小梅、早與我孫兒，談婚嫁」；「校門口算卦的瞎子」則「鐵口直斷」：「料多年、以後憶從頭，糊塗話」；「初中壞叔叔」更是以同情者口吻「寄語我的俊男美女學生們」：「情竇初開，誰不是，心難禁者……你們呀，別怕打；砸破繭，蝶才化。老師吾當日，更加狂也。操場中間牽素手，夜深送到紗窗下」；「初中校長」作為「領導責任者」又別有心事：「平地飛來今日禍，一頭冷汗頻掏帕。這苦衷，啞子咽黃連，都難話」，故對局長「將煙遞，將火打」，殷勤解釋「小孩兒，總是愛新鮮，聊婚嫁」。

最為活龍活現的當推「教育局局長」之大作。面對記者「圍攻」先是表態「一定要嚴肅處理」：「校長帶頭都反省，王小梅先檢討下。到今年、沒滿十三齡，談啥嫁」，下一首更是將官樣口吻高度還原，連同私下計算一並揭而出之：

大早上班，又面對、一群記者：我們局，整風教育，剛剛上馬。
不但狠抓德智體，還將搜檢隨身帕。啊你們、稍等幾分鐘，有電話。
對對對，要嚴打；是是是，補文化。哎果然您老，真英明也。
校長暫時不用撤，那啥主任先揪下。正發愁、這禍找誰扛，拿他嫁。

居然可將「啊」、「那啥」等「語助詞」納入格律，局長本色，真乃栩栩如生，妙不可言。在「班花豆蔻」事件中，有幾處與早戀主題無關的「旁白」或曰「插話」也別有神采：

自笑而今，儼然亦、沐猴冠者。誰曾識，街頭無賴，亂群劣馬。
班長座旁抄作業，女生桌斗偷香帕。更捕風、捉影造謠言，傳閒話。
老師罵，同學打；冥頑久，終難化。愧十年落魄，不如人也。

時運略輸李廣好，功名只在孫山下。算重逢、應是秋風老，春風嫁。

——〈初中差等生・聞同學聚會感寄昔日同窗〉

誰最橫行，某昔日、號流氓者。巔峰時，愛穿白衣，不騎竹馬。
腰冷自藏透骨刃，夜深爭逐紅羅帕。就淒風、冷酒更能逞，英雄話。
常打人，亦被打；易結交，難教化。羨江湖喋血，皆是命也。
一朝錯盡四時花，半生終到三餐下。甚男兒、壞處女兒憐？無人嫁。

——〈學校門口小流氓〉

思緒如潮，難成寐、燈前影者。溫舊冊，校園青草，綠楊鞍馬。
眉眼清涼烏髮瀑，衣裙深雪紅梅帕。記分桑、合餅唱〈童年〉，聽蟬話。
春幾度，秋風打；星四散，流光化。便池塘榕樹，無從覓也。
明月天涯芳草遠，芭蕉苦雨丁香下。看空中、焰火到深灰，傾城嫁。

——〈我是初中預科班・傾城嫁〉

初中差等生「班長座旁抄作業，女生桌斗偷香帕……老師罵，同學打」、「愧十年落魄，不如人也」的今昔對比，學校門口小流氓「腰冷自藏透骨刃，夜深爭逐紅羅帕……常打人，亦被打」的自豪自憐，皆如電影《老男孩》或《致青春》的光影閃回，迷離撲朔。〈傾城嫁〉則是「女神出嫁了，新郎不是我」主題的「古典文藝版」，上片「眉眼」二句勾勒的「女神」畫像映帶出下片「春幾度，秋風打；星四散，流光化」的棖觸無極，至煞拍「看空中、焰火到深灰」以幻覺寫冰冷心意，令人動容。

「班花豆蔻」詞課歸結於署名「旁觀者」的〈既然大家這樣開心，與時俱進一下，臨屏步韻一首〉：

一朵班花，奇妙事、身邊坐者。常夢想，樓臺近水，能成白馬。一段青春蝴蝶結，三年心事鴛鴦帕。把瓊瑤、小說摘些成，悄悄話。爭蓋帽，籃球打；爭第一，數理化。要秋波暗贊，賢哉回也。當日那些玩笑語，今天請你思量下。道不如、憐取眼前人，何時嫁。

「一段青春蝴蝶結，三年心事鴛鴦帕」，如此工麗的對句誠是可以撩起我們這些「老初中生」

的「代入感」的，不管那時你有沒有自己的「王小梅」，而由多人連袂打造的這一幕別樣「致青春」詞課也應該以它別樣的「豆蔻風情」被載入詩歌史冊，成為特具光彩的一個插頁。

在這裡，我給大家只展示了網路詩詞的一小部分，想說明什麼？所有的文學史都告訴我們，「詩詞史早已經畫上句號了」，可是，我要用自己的研究告訴大家：這個結論是錯的！詩詞史也可以畫逗號、頓號、省略號，甚至驚嘆號，唯獨不應該畫上句號，它依然有著強大的活性和能量！我們需要有「古今融通」的眼光，才能看清這樣一個極其重要的詩歌史事實，從而去修正、去證偽那些所謂的「公論」和「定論」。

相逢一笑泯恩仇：新詩與舊詩

「古今融通」還有一層很重要的意涵，那就是，要關注新詩和古詩的關係。大家看我上面的一些說法，或許多少會形成一個印象：馬大勇是研究古典詩詞的，所以不熟悉新詩，對新詩敵視、有成見。這樣說不能算對，事實上，我早年也是新詩創作隊伍中的一員。吉林大學在八〇年代到九〇年代初有一個在全國高校地位非常重要的詩社，叫做「北極星」。我是北極星詩社的倒數第二任社長，也常開玩笑說自己是「北極星的亡國之君」。因為對新詩比較熟悉，所以我對新詩並無偏見，而是提出「不薄新詩愛舊詩」的說法。既反對新詩歧視舊詩，也反對舊詩敵視新詩。兩者應該是友軍，是同盟，應該攜手並進，沒必要水火不容，非幹掉對方而後快。

戴望舒的古典靈感

新詩的發生是以一九一七～一九一八年胡適、沈尹默、劉半農等人的創作為標誌的，到現在整整一百年[62]。很多權威評論都指出，新詩是在「西學東漸」的背景下，受西方文化影響，特別是受惠特曼、艾略特等人影響而發展的。有些激進的舊體詩人甚至批評新詩是「舶來品」、「殖民文化產物」，企圖完全否認新詩的成就。這些說法都有一定的偏頗之處，事實上，百年新詩從發生到發展，從來就沒有離開過古典詩歌三千年長河裡漫流的豐富營養。

一九二〇年，胡適出版第一本新詩集《嘗試集》，他就很老實地交待：「我的新詩很多不過是洗刷過的舊詩[63]。」我們現在看《嘗試集》，不少新詩都是與詞牌〈好事近〉、〈生查子〉非常接近的，其他還有〈西江月〉、〈虞美人〉等，也常用[64]。從此開始的半個多世紀，朱自清、何其芳、廢名、葉公超、卞之琳、余光中、洛夫、鄭敏等詩人、詩論家一直在發出著清醒反思的聲音，他們的認識可以歸結到一點：「現代詩的氣根，必須觸向西方，觸向世界；現代詩的主根，卻必須紮進傳統，紮在中國的泥土[65]。」

所以我說：只要你用漢語寫作，不管你寫成什麼樣的新詩，你的詩歌就至少有一隻腳是踩在中國古典詩歌的土壤上的。尤其一些古典修養很深厚的現當代詩人，如聞一多、徐志摩、戴望舒、余光中等，他們與古典詩歌的淵源尤其值得注意。

我們舉戴望舒為例。戴望舒是新詩成熟期的代表性詩人，他的第一名作我們也都很熟悉，那就是〈雨巷〉。〈雨巷〉全篇都美，哪一部分最美？毫無疑問，是第一節：

撐著油紙傘，獨自
彷徨在悠長、悠長又寂寥的雨巷
我希望逢著一個
丁香一樣結著愁怨的姑娘

這一節哪個意象最美，毫無疑問，是「丁香一樣結著愁怨的姑娘」。這個意象從哪兒來的呢？顯然不是學習西方現代詩歌的結果，而是古典詩歌遺產的影響。

我們可以首先追溯到李商隱的絕句〈代贈〉，其中兩句是「芭蕉不展丁香結，同向春風各自愁」，我們看到了四個關鍵字：「丁香」、「結」、「愁」。對比一下，很清楚吧？再到南唐中主李璟的〈攤破浣溪沙〉的名句：「青鳥不傳雲外信，丁香空結雨中愁」，在「丁香」、「結」、「愁」這四個字之外，又添出來一個「雨」字，那就更明白顯示了戴望舒的名句的淵源。

戴望舒還有一首名氣不大，但同樣很美的作品，這首小詩叫〈煩憂〉：

說是寂寞的秋的清愁，
說是遼遠的海的相思。
假如有人問我的煩憂，
我不敢說出你的名字。

我不敢說出你的名字，
假如有人問我的煩憂。
說是遼遠的海的相思，
說是寂寞的秋的清愁。

不難看出這首小詩的奧妙所在：說是八句詩，其實是四句詩，第二節只是把第一節倒轉而成，但是不僅形成了回環往復、纏綿悱惻的美感，音律也非常和諧流動。

這樣的新詩可能受西方詩歌影響嗎？我不相信英文、法文、德文詩歌裡有這樣的作品，很顯然，他的創作靈感應該來源於中國古典文學中常見的「回文體」。我們的漢字是二維平面構型的表意文字，每一個字都是一個意義單位，倒讀正讀，皆能成文，於是我們就有很多回文對聯、回文詩詞。

比如說「畫上荷花和尚畫；書臨漢帖翰林書」，這是比較著名的一個回文對。還有個著名的回文對：據說乾隆和紀曉嵐去一家飯莊「天然居」吃飯，乾隆來了靈感，出了上聯：「客上天然居，居然天上客」，紀曉嵐應聲答道：「人過大佛寺，寺佛大過人」。大佛寺就是北京西郊香山的臥佛寺，民間俗稱叫大佛寺。即興對到這個程度，很了不起了，但也應該看到，嚴格一點要求的話，這個下聯並不達標。因為乾隆的上聯意境還是不錯的，有一點兒詩意，下聯的意境要弱得多了，不太搭配。後來有人對了另一個下聯：「僧遊雲隱寺，寺隱雲遊僧」，那就好多了。

我認為，戴望舒的這首〈煩憂〉正是從回文體創作獲得靈感，只不過古代的「回文體」是以字為單位回文，而戴望舒是以句子為單位回文的。

／「聽雨」的「鄉愁」

再來看一個例子，余光中的生平第一名作〈鄉愁〉：

小時候，
鄉愁是一枚小小的郵票，

我在這頭，
母親在那頭。

長大後，
鄉愁是一張窄窄的船票，
我在這頭，
新娘在那頭。

後來啊，
鄉愁是一方矮矮的墳墓，
我在外頭，
母親在裡頭。

而現在，
鄉愁是一灣淺淺的海峽，

我在這頭，
大陸在那頭。

這首詩眾口傳頌，其遊子之吟，確乎令人動容。從章法上講，這首詩有一個突出特點：用四個表示時間的辭彙，「小時候」、「長大後」、「後來」、「現在」，把漫長的一生濃縮在「鄉愁」主題之中。這種結構方式在新詩中有一定的創新性，但在古典詩歌中則是相當常見的。我們找一首相似性最高的作品，南宋末年著名詞人蔣捷的〈虞美人．聽雨〉：

少年聽雨歌樓上，紅燭昏羅帳。壯年聽雨客舟中，江闊雲低、斷雁叫西風。
而今聽雨僧廬下，鬢已星星也。悲歡離合總無情，一任階前、點滴到天明。

〈虞美人．聽雨〉是《竹山詞》中名作，大概僅次於他那首最負盛名的〈一剪梅．舟過吳江〉而已。同一「聽雨」，蔣捷用了「少年」、「壯年」、「而今」三個表示時間的語彙，把不同的心境和狀態串連起來，形成了一條連綿的「人生線」。〈鄉愁〉的思路與蔣捷可謂如出一轍，兩者的相似度是非常高的。

上面幾個例子在一定程度上證明了我的觀點，但還沒有完全解決問題。戴望舒、徐志摩、聞一多都是民國詩人，余光中是臺灣詩人，他們的古典詩歌修養深厚一些是可以理解的。那麼，自「朦朧詩」以來四十年左右的當代詩歌寫作是不是與古典詩歌漸行漸遠了呢？在我看來，古典詩歌傳統的影響可能是變得更隱性、沉澱得更深了。

／先鋒的古典，古典的先鋒

我一直認為，新詩真正登越巔峰是從「朦朧詩」開始的。此後的詩歌寫作品質日趨純淨，語言日趨成熟，意境日趨深邃。這是一個在逐漸走高的態勢而不是相反，現代漢語詩歌從此真正得以建構起一整套的語言、思維、表述方式，以與自己母體的古典詩歌相抗衡。不妨先看看幾乎無人分析其古典氣質的北島。北島的一大批成名作中，〈結局或開始——獻給遇羅克〉、〈觸電〉、〈生活〉、〈雨夜〉等雖然也是那樣震撼了一代（甚至幾代）青年的耳朵和心靈，但是畢竟最令我們刻骨銘心的、也最琅琅上口的還是〈回答〉、〈宣告〉、〈一切〉等古典詩歌元素更加豐富的作品。且讀最負盛名的〈回答〉：

卑鄙是卑鄙者的通行證，
高尚是高尚者的墓誌銘，
看吧，在那鍍金的天空中，
飄滿了死者彎曲的倒影。

冰川紀過去了，
為什麼到處都是冰凌？
好望角發現了，為什麼死海裡千帆相競？

我來到這個世界上，
只帶著紙、繩索和身影，
為了在審判前，宣讀那些被判決的聲音。

告訴你吧，世界
我－不－相－信！
縱使你腳下有一千名挑戰者，

那就把我算作第一千零一名。

我不相信天是藍的，
我不相信雷的回聲，
我不相信夢是假的，
我不相信死無報應。

如果海洋註定要決堤，
就讓所有的苦水都注入我心中，
如果陸地註定要上升，
就讓人類重新選擇生存的峰頂。

新的轉機和閃閃星斗，
正在綴滿沒有遮攔的天空。
那是五千年的象形文字，

那是未來人們凝視的眼睛。

不通過逐字逐句的分析，我們也不難感知到很現代的精神背後那種很古典的質地。押韻、對偶、排比，皆是古典詩歌常見的手法，更重要的是，其整體節奏的整飭精煉亦極其古典化。從這首詩以及〈宣告〉、〈一切〉等看來，北島對古典詩歌與其說是背棄，不如說在努力對接更為恰當。同時，江河也以取材於上古神話的組詩〈太陽和他的反光〉，楊煉則以〈半坡組詩〉、〈敦煌組詩〉等表達了他們與古典傳統相依為命的處境和願望。

一九八六年，《深圳青年報》主辦「現代主義詩群大展」，以此為標誌形成了所謂「第三代」。「第三代」詩人曾高喊出「Pass 北島」、「打倒舒婷」的口號，但他們擁抱古典文化的熱情非但毫無遜色於舒婷、北島們，甚至還擺出了更親切的姿態。這種擁抱是整體性的，絕不限於一、兩個詩人。比如石光華、鍾鳴、宋渠宋煒等對古典意象的迷醉，他們的某些詩歌甚至基本上取消了現代漢語辭彙，全以文言構成。同在巴蜀的李亞偉、萬夏、梁樂等則以調侃疏離的筆調寫出〈中文系〉、〈彼女〉、〈梳子〉等傑作，向古典詩歌及其背後的文化傳統致敬。還可以舉出張棗〈鏡中〉、〈十月之水〉、陳東東〈獨坐載酒亭，我們該怎樣去讀古詩〉、柏樺〈望氣的人〉、〈在清朝〉和歐陽江河〈美人〉等傑出的詩人詩作，這幾位都是相當西方、相當現代的詩人，可在他們慵懶的詠嘆當中，我們還分明可以感知出一種屬於古典詩歌的優雅、頹廢、淡宕、純淨的味道。比如〈鏡中〉：

只要想起一生中後悔的事
梅花便落了下來
比如看她游泳到河的另一岸
比如登上一株松木梯子
危險的事固然美麗
不如看她騎馬歸來
面頰溫暖
羞慚。低下頭，回答著皇帝
一面鏡子永遠等候她
讓她坐到鏡中常坐的地方
望著窗外，只要想起一生中後悔的事
梅花便落滿了南山

再比如〈望氣的人〉：

望氣的人行色匆匆
登高遠眺
長出黃金、幾何和宮殿

窮巷西風突變
一個英雄正動身去千里之外
望氣的人看到了
他激動的草鞋和布衫

更遠的山谷渾然
零落的鐘聲依稀可聞
兩個兒童打掃著亭臺
望氣的人坐對空寂的傍晚

吉祥之雲寬大
一個乾枯的導師沉默
獨自在吐火、煉丹
望氣的人看穿了石頭裡的圖案

鄉間的日子風調雨順
菜田一畦，流水一澗
這邊青翠未改
望氣的人已走上了另一座山巔

／美人與迷香

更顯著的例子是〈美人〉：

這是萬物的軟骨頭的夜晚，

大地睡眠中最弱的波瀾。
她低下頭來掩飾水的臉孔，
睫毛後面，水加深了疼痛。

這是她倒在水上的第一夜，
隱身的月亮冰清玉潔。
我們看見風靡的刮起的蒼白
焚燒她的額頭，一片覆蓋！

未經琢磨的鋼琴的顆粒，
抖動著絲綢一樣薄的天氣。
她是否把起初的雪看作高傲，
當淚水借著皇冠在閃耀？

她抒情的手為我們帶來安魂之夢。

整個夜晚漂浮在倒影和反光中
格外黑暗，她的眼睛對我們是太亮了
為了這一夜，我們的一生將瞎掉。

然而她的美麗並不使我們更醜陋。
她冷冷地笑著，我卻熱淚橫流。
所有的人都曾美好地生活過，
然後懷念，憂傷，美無邊而沒落。

三首詩都是傑作。〈鏡中〉的言語方式相當「西化」，意境則相當「中國古典」，特別是結尾兩句，突兀矯變，「古味」十足。〈望氣的人〉則在「窮巷西風」、「流水一澗」、「青翠未改」等文言句法之外進一步選擇了傳統的押韻方式，從而使漫天的自由抒情之網收攏在古典情韻之中。

〈美人〉更加特殊，它的意象、單句或許還是比較「西化」的，可句群關係卻極其古典。熟悉古典詩詞者可以看出，整首詩二十句，兩句一韻，兩句又一轉韻，這種方式顯然是有意無意間對於兩個著名詞牌〈菩薩蠻〉、〈減字木蘭花〉的借鑑和活化。〈菩薩蠻〉我們最熟悉的可能是相傳李白所作的這一首：「平林漠漠煙如織，寒山一帶傷心碧。暝色入高樓，有人樓上愁。 玉階空佇立，宿鳥歸飛急。何處是歸程，長亭更短亭。」〈減字木蘭花〉我們舉一首蘇軾的詞：「回風落景，散亂東牆疏竹影。滿坐清微，入袖寒泉不濕衣。 夢回酒醒，百尺飛瀾鳴碧井。雪灑冰麾，散落佳人白玉肌。」我們可以拿〈美人〉比較一下[66]。更重要的是，透過那些技法，我們可以清晰地感知到，這些詩篇的內在韻味和氣質全然是古典化的，中國化的，而絕非「西化」的、「殖民化」的，不能稱它們為「舶來品」。

順便一說，我在一九九八年十二月二十四日平安夜，學著這首〈美人〉也寫過一首詩〈平安夜．迷香〉，也抄在這兒，一方面「顯擺」一下，一方面為先鋒詩歌與古典詩歌的關係再提供一個小小的佐證：

這是聖子即將降臨的江南之夜，
眼前閃過六隻翅膀的香豔蝴蝶。
西方傳遍了桑塔．克勞斯泉水的鈴聲，
大地卻沉寂著，像微瀾一樣寧靜。

我像一隻黯淡的野獸被囚禁在姑蘇，
心情比最深的深冬都更加荒蕪。
千年的佳人騎在彩虹上向四面高飛，
她們的容顏啊，使我的一生如此憔悴。

回憶中最軟弱的溫柔，還有
迷幻中最無用的閒愁。
午夜中最難握住的白銀，
它的光澤原來這般容易破碎，不能接近。

南風吹來的香氣，像絲綢一樣顫動，
冥想裡的愛情做個一轉身的春夢。
劍光懸在壁上，總是吟唱著孤獨，
我承認，懷舊的溫馨牽動了空虛的幸福。

接近三十歲的人，他的命運已經如一首笙歌，
可是香風中幽幽的喟嘆，比光陰還要落寞。
如果我愛上了木船和流水，局促的黃昏，
心上就不會落滿塵埃和飛鳥，枯寂的花粉。

這首〈平安夜．迷香〉比起〈美人〉來，只是學步之作，但因為其中容納了我個人的一些真實情感，也有一點打動人的地方。有位詞人因而用詞牌〈行香子〉寫了一首很精彩的同題之作與我唱和，這再次告訴我們，新詩、舊詩是完全可以「融通」、結盟的：

浮彼彗芒，歌彼異邦。江南地、竟夕流光。花粉吹枯，蝶粉墮黃。過閶門街，胥門路，葑門塘。
春夢逾長，呼吸森涼。傾城色、一視成傷。因我寂寂，溺我茫茫。是忘情水，長生酒，迷魂香。

我想，以上論述和例子應該可以證明，不管在哪個意義上，近幾十年的現代漢詩寫作從根本上沒有拒斥古典詩歌傳統的影響，反而越來越鮮明地在貼近、發現、吮吸、消化著古典詩歌長河中流漫的營養。

／「新詩」必會成「古詩」

相對於古典詩歌，新詩只有百年光景，相當於一個孩子蹣跚學步的時段。在這個階段裡，急於長大的新詩孩子饑渴地攝取著各個角落的營養，試探著走上每一條擺在自己面前的通道，那麼就難免有磕碰，會摔跤，容易造成消化不好或者營養不良的毛病。可重要的是，她走過來了，不僅從「迄無成功[67]」的斷語中跌跌撞撞地站了起來，而且初步顯示出了她的穩健、康強，甚至是嫵媚。那麼，古典詩歌在這個進程中起了什麼作用呢？我在一篇文章中有過一點粗淺的總結：

一、通過完滿嚴謹的格律形式構建了新詩的音樂美和建築美。這一點不僅在重視新詩格律的詩人那裡得到體現，而且為試圖打破整飭有序的格律形式的那部分詩人提供了借鏡和參照。二、通過提供大量的「意象群」和「意境群」資源，推促和提升了新詩的「詩意」品位。在新詩「詩意」品位的生成過程中，我們可以清晰地尋找到中國古典詩歌和現代西方詩歌兩個源頭，兩者的作用幾乎同樣巨大。三、通過「含蓄」、「神韻」等古典詩學權威話語的潛在要求，豐富了新詩理論，也促使新詩迅速從早期直白幼稚的狀態破繭而出，形成獨立成熟的美學風格。四、在民族文化心理沉澱的層面持續揮發影響，從而使中國新詩在葆有民族文化特色的前提下擁抱和走向世界[68]。

同時我們也還要注意，新詩對古典詩歌的接受並不總是成功的。很多借重古典資源新詩寫作都出現了諸多生硬、隔膜、拼湊等失敗的例子。不妨看宋渠宋煒的組詩〈黃庭內照〉中的兩個小節：

種種消息紛紛往返巢腹／巢以腰身之水濯洗遍體素穴／四肢攤開而後縮攏／巢便移體戶外，跣足赴岸／一脈弱於長風的身子出清入玄／擊水聲中，飾物一一取下／如此已是月虛日盈

——〈巢〉

自視之下，府中內景無疆／各類鏡像纖塵不染／已暗合門戶之見：／堂廡之大兮，可以薰香／可以在其中婚喪嫁娶／居者於是疊梁架屋，開闢戶樞／又以紙封門／從此心念與四肢合圍／坐於土木之圖中央

——〈府〉

宋渠宋煒是很有才氣的詩人，這裡還有不少做作、生造的地方。等而下之的，那就更多了。總而言之，我們可以得出這樣的結論：不管你處於什麼時代，不管你崇拜哪些偶像，只要你用漢語寫作，你就不可能完全割裂與傳統漢語言（包括其最高層形式——詩歌）的聯繫。在這一點上，中國古

典詩歌的脈絡不僅沒有在新詩中斷絕，而且，所謂的「新詩」最終也必將會變成「古詩」，從而把自身融化為傳統的一部分，最終也必將會成為民族詩歌血脈潛流的重要構成。

如果把三千年的古典詩歌和一百年的新詩緊密聯繫起來進行考察，我相信，那個時候我們看到的新詩發展史會和現在有所不同，這指向了一個很值得研究的命題。這話對現當代文學專業的同學來講，恐怕更有意義一點。現在研究現代詩歌的同人們還很少系統化研究這個問題，說這是一種提醒，大概不算過分。

註解

32 《譚評〈詞辨〉》卷一，原文為「名句，千古不能有二」。

33 翁詩見《詩話總龜》前集卷十一。

34 晚唐劉昭禹之說，計有功《唐詩紀事》、袁枚《隨園詩話》引之。

35 梁啟超《飲冰室評詞》引康有為語。

36 陳匪石《宋詞舉》。

37 陳廷焯《白雨齋詞話》卷一。

38 沈祖棻《宋詞賞析》，中華書局二〇〇八年版，第七十頁。

39 《蔡寬夫詩話》：「元之本學白樂天詩，在商州嘗賦〈春日雜興〉云：『兩株桃杏映籬斜，裝點商州副使家。何事春風容不得，和鶯吹折數枝花。』其子嘉祐云：老杜嘗有『恰似春風相欺得，夜來吹折數枝花』之句，語頗相近，因請易之。王元之忻然曰：『吾詩精諧，遂能暗合子美邪?』更為詩曰：『本與樂天為後進，敢期子美是前身。』卒不得易。」

40 《文學評論》二〇〇七年第五期。

41 〈周虛白詩選序〉，轉引自胡迎建《民國舊體詩史稿》，江西人民出版社二〇〇五年版，頁一五〇。

42 胡懷琛（一八八六～一九三八），字寄塵，安徽涇縣人。以童子試不避清帝諱被黜，從此深惡科舉。宣統間任《神州日報》編輯，鼓吹革命。此後輾轉多家報社，於新聞界頗著聲名，並任職滬江大學、商務印書館、上海通志館等。有《國學概論》、《托爾斯泰與佛經》、《修辭學發微》等文史哲著作百餘種，為一代通人。

43 沈祖棻（一九〇九～一九七一），字子苾，浙江海鹽人，曾執教多所高等學府，與丈夫程千帆合稱「程沈」，被師友贊為「昔時趙李今程沈」。

44 黃稚荃《張溥泉先生言行小記》，見其《杜鄰存稿》，四川人民出版社一九九〇年版，第一七三～一七四頁。

45 關於此篇，我與弟子趙郁飛合寫有〈穿透紙背的風骨〉一文，見《文史知識》二〇一九年第二期。

46 顧隨（一八九七～一九六〇），字羨季，號苦水，河北清河縣人。畢業於北京大學國文系，後執教山東省數所中學，一九二六年後陸續擔任天津女子師範學院、燕京大學、輔仁大學、北京師範大學、天津師範學院（今河北大學）等校教席。關於顧隨詞，可參見拙作〈我詞非古亦非今：論顧隨詞〉，《文學評論》二〇一五年第三期。

47 陶淵明〈讀山海經〉：「刑天舞干戚，猛志固常在。」

48 吳偉業詩係送其弟子吳兆騫流放寧古塔而作，詩云：「人生千里與萬里，黯然銷魂別而已。君獨何為至於此？山非山兮水非水，生非生兮死非死。十三學經並學史，生在江南長紈綺。詞賦翩翩眾莫比，白璧青蠅見排抵。一朝束縛去，上書難自理，絕塞千里斷行李。送吏淚不止，流人復何倚。彼尚愁不歸，我行定已矣。八月龍沙雪花起，橐駝垂腰馬沒耳。白骨皚皚經戰壘，黑河無船渡者幾。前憂猛虎後蒼兕，土穴偷生若螻蟻。大魚如山不見尾，張鬐為風沫為雨。日月倒行入海底，白晝相逢半人鬼。噫嘻乎悲哉！生男聰明慎勿喜，倉頡夜哭良有以，受患只從讀書始，君不見，吳季子！」吳兆騫事蹟見後文「情理融通」部分。

49 〈論現代舊體詩詞不得不入史——與王澤龍先生商榷〉，《文藝爭鳴》二〇〇八年第一期。

50 《水滸傳》第八回〈柴進門招天下客，林沖棒打洪教頭〉。

51 〈啟功絮語自序〉，見《啟功叢稿．詩詞卷》，中華書局一九九九年版，頁一六五。

52 啟功自述云：「我雖然深知當右派的滋味，但並沒有特別冤枉的想法。我和有些人不同，他們可能有過一段光榮的『革命史』，自認為是『革命者』，完全是本著良好願望……向黨建言獻策的……他們當然想不通……我的情況不同於他們……咱們是封建餘孽，你想，資產階級都要革咱們的命，更不用說要革資產階級命的無產階級了，現在革命需要抓一部分右派，不抓咱們抓誰？咱們能成左派嗎？既然不是左派，可不就是右派嗎？」《啟功口述歷史》第四章〈反右風波〉一節。

53 〈啟功老爺子如是說〉，轉引自王學泰〈餘生幾朝夕，宜樂不宜哀——讀啟功先生詩詞〉，《清詞麗句細評量》，東方出版社二〇一五年版，頁八。

54 《文學評論》二〇一三年第四期。

55 胡僧，又網名地藏、畸人等，本名胡雲飛，湖北荊州人，一九七七年生。畢業於北京大學，以工商管理為專業而自好吟哦。讀書無所偏廢，為詩無所宗而無所不法。集中若〈一紙行〉、〈挽歌為李思怡作〉等深刻端嚴，感激肺腑，皆為此時代留一幀逼真畫像。

56 康曉光〈為了李思怡的悲劇不再重演〉。

57 噓堂本名段曉松，安徽合肥人，一九七〇年生，八〇年代末出家，歷任開元鎮國禪寺監院、嶺東佛學院教務長、《佛教文化》雜誌社編輯，編撰出版《永嘉證道歌．信心銘》等。現從事傳播業。早歲主攻新詩，二〇〇一年始以網路為平臺，戮力現代文言詩寫作，宣導「文言實驗」。噓堂出入僧俗世界，貫通新舊詩詞，所倡「當代詩詞在網路」之說，對網路詩詞價值確認之功不小。其「文言實驗」提倡「舊體」與「真想」相溶，無疑為網路詩詞一面醒目旗幟（胡曉明語）。

58 獨孤食肉獸本名曾崢，武漢人，現居海外。食肉獸提出並力倡「現代城市詩詞」創作理念，多自先鋒藝術攫獲靈感，擅以蒙太奇等超現實手法整合拼接，特質個性極為鮮明，有「獸體詩詞」之稱，可謂網路詩詞獨樹一幟之「印象派」。

59 田曉菲有〈隱約一坡青果講方言：現代漢詩的另類歷史〉之文發表在《南方文壇》二〇〇九年第六期，「隱約」句即出自李子詞。周嘯天在有關訪談錄中多次提及李子，評價中肯。

60 「詩評萬象」微信公眾號選發該組詞，命名為「一朵班花憐豆蔻，三年情事成公案」。

61 原文如此，蓋有意為之。

62 學界公認的現代白話新詩的產生時間是在一九一八年一月，見於《新青年》四卷一號。第一批作品為胡適的〈鴿子〉、劉半農的〈相隔一層紙〉、沈尹默的〈月夜〉。

63 《嘗試集．初版自序》，亞東圖書館一九二〇年版。

64 見施議對先生《胡適詞點評》。

65 李春生〈一個遊民的看法和意見——兼為葡萄園新詩明朗化的宣導箋注〉，《現代詩九論》，轉引自楊景龍〈古典詩歌傳統與二〇世紀新詩〉，《中國文學古今演變研究論集二編》，上海古籍出版社二〇〇五年版。

66 這種押韻形式早見於聞一多〈口供〉等作品，陝北民歌〈信天遊〉也多此類手法，但以極其現代的句法意象而採取如此古典的押韻方式，歐陽江河還是頗費苦心，也達到了藝術上的高度完美。

67 毛澤東〈致陳毅〉，見中共中央文獻研究室編《毛澤東詩詞集》附錄，中央文獻出版社，一九九六年版，頁二六七。

68 〈略論新詩創作對古典詩歌資源的接受與整合〉，《吉林大學社會科學學報》二〇〇八年第三期。

第三章

雅俗融通

雅俗融通第一
文學史上最囧公關

在前文中，我用「內外融通」提醒大家注意背景與本事，用「古今融通」提醒大家注意流變，那麼，還應該提醒一點：要有審美的眼界和寬度，所以我提出「雅俗融通」。

偏好與偏狹

這裡我想用「雅」、「俗」來代表不同風格、不同審美類型的作品，「融通」，就是說我們在讀詩的時候，應當能夠欣賞不同審美風格的作品。讀詩是一個審美的過程，審美難免有偏好。有偏好是正常的，但是切忌「偏狹」。

偏好和偏狹有什麼區別呢？偏好，就是喜歡某一風格的作品，其他風格我不那麼喜歡，但我也承認它自有好處，別人可以喜歡它。偏狹就不一樣了，偏狹，就是唯我獨尊，只有我喜歡的這個風格的作品才是好作品。凡是不符合我審美期望的都是旁門左道、野狐禪，都應該一棍子打死。一旦帶上了這種偏狹的審美思維，就相當於帶著一副有色眼鏡走進五光十色的一座花園，本來裡邊紅色的、白色的、黃色的、綠色的花兒各有各的漂亮，但是因為戴了有色鏡片，你看到的花兒就只有一種顏色，你就會錯過五彩繽紛、形形色色的美。所以，我提倡要調整自己的偏狹，要懂得欣賞「異量之美[69]」，不完全吻合你的審美理想的作品，也要能夠欣賞和容納。

所謂「異量之美」，最極端的莫過於「雅」、「俗」，這是我們在文學史、乃至文化史上爭論最久、爭議最多、分歧最嚴重、衝突最劇烈的一對概念。宋代詞史上就有一次激烈的「雅」、「俗」交鋒，對戰雙方一個是晏幾道的父親、「大晏」晏殊，一個是著名的浪子詞人柳永。

／流行歌曲惹的禍

柳永原名柳三變，「三變」這個名字聽起來似乎有點土氣，實際上這個名字出自《論語．子張》：「君子有三變：望之儼然，即之也溫，聽其言也厲」，含義非常好，也非常典雅。柳永是福建人，才華過人，目空一切，來到汴梁東京城參加進士考試，他就是奔著狀元來的。考試結束，他覺得自己發揮得不太好，進士考不考得上不一定，狀元應該是沒戲了。從考試結束到等待錄取，柳永有一段空閒時間，他少年風流，就跑到秦樓楚館廝混去了。柳永是很好的文人，又是大作曲家，所以迅速在當時的娛樂圈裡面闖出了名堂，成為首屈一指的天王巨星。

我們這樣說有開玩笑的成分，但也不完全是開玩笑。前面我說過，宋詞就是宋代的流行歌曲，而且柳永不光會填詞，還精通音樂，這一點很了不起。《全宋詞》裡收入一千四百多位詞人，其中達到專業級別、可稱大音樂家的只有三個人。第一個就是柳永；第二個是南北宋之交的周邦彥，周邦彥曾任大晟府樂正，相當於現在的中央音樂學院院長，詞人是他的第二身分；第三個是南宋的姜夔。這三位是真正的詞曲全能作者，從這個意義上講，柳永其實就是當時音樂界的崔健、羅大佑、汪峰、周杰倫。柳永每填一首詞，譜上曲，就迅速地唱響天下，「有井水飲處皆歌柳詞」，有井水的地方就有人家，有人家的地方，你就能聽到有人唱柳永的詞。

有一天，他心血來潮，想起考進士中狀元這事兒了，於是填了一首〈鶴沖天〉，宣洩一下失落的心情。開頭一句是「黃金榜上，偶失龍頭望」。黃金榜，就是進士錄取時用黃紙寫的榜單的美稱。龍頭即第一名，就是狀元。柳永的意思是說，狀元我應該是拿不到了，但我是偶然失足，沒有發揮好。下面接著一句：「明代暫遺賢，如何向？」在這清平盛世，我被棄置草野當中，怎麼辦呢？他說，那也不要緊：「才子詞人，自是白衣卿相」，像我這樣的詞人才子，我就是不穿官服的國家棟梁，我比他們還強得多呢！在下闋，柳永寫了許多煙花巷陌、左擁右抱、燈紅酒綠的生活之後，煞拍說「青春都一餉」，意思是，青春一晃兒就沒，年少及時行樂。「忍把浮名，換了淺斟低唱」——「忍」，就是「不忍」、「怎忍」，怎能忍心用官場浮名來換我這種喝喝小酒、唱唱小歌的生活呢？

我們看得很清楚，這就是柳永寫的幾句牢騷話，有點兒文人常見的酸葡萄心理而已。寫了之後，他自己也沒當回事兒，可就是這首詞惹了禍。

這首詞和柳永其他的詞一樣，不脛而走，迅速傳唱開來。傳到別人耳朵裡都不要緊，要緊的是傳到了宋仁宗趙禎的耳朵裡。過一段時間，趙禎審閱禮部進呈的進士預錄取名單。為什麼叫預錄取呢？這裡涉及到古代科舉考試的程序問題。禮部舉行全國考試，經考官閱卷後，把預錄取名單呈報皇帝，皇帝確認最後的錄取結果，所以古代進士有個說法叫做「天子門生」。這一科的名單考卷拿到宋仁宗這兒來，翻來翻去，忽然翻到一張眼熟的：哎喲！柳三變這個名字挺熟啊！前幾天新歌排行榜TOP10上有他一首〈鶴沖天〉，裡面有兩句叫「忍把浮名，換了淺斟低唱」嘛！看來這是個無行文人，不予錄取！於是他就把柳永的卷子摘出去了。

為什麼可以把柳永摘出去呢？這裡還有一點科舉史的掌故。北宋前中期的科舉考試中有這樣一個規定：皇帝可以取消考生資格。但後來有一個叫張元的人，因為不知道什麼原因被取消了資格，一怒之下投奔了西夏，鼓動西夏和大宋大動干戈，紛爭多年。從這兒開始就定下一條規矩：皇帝只能決定錄取考生的名次，而不再取消這個考生的資格。

關於考生名次的調整，這裡面說道很多，水很深，趣聞掌故也很多。比如說，有一種情況是：這個考生本來預錄取的時候不是狀元，因為名字起得好而被「拔」成狀元的。誰呢？民族英雄文天祥就是。文天祥當年預錄取的時候也排在前列，但不是狀元。禮部呈上名單以後，皇上和太后看來看去，一眼就喜歡上文天祥這個名字了。名叫「天祥」，已經夠好了；字更好，叫「宋瑞」！當時南宋末期，風雨飄搖，這名字多吉利、多提神啊！於是文天祥憑空到手一個狀元。當然，他正氣凜然，照耀千古，選這個狀元不僅是有眼光的，而且太「超值」了。

這是名字取得好得了狀元，還有名字取得不好丟了狀元的。明成祖朱棣的時候，有一年禮部呈上名單，預錄取的狀元叫孫曰恭。這名字怎麼看也沒問題，問題在於「曰恭」這兩字連著寫就變成一個字了，「㬥」。朱棣是以燕王身分造反當上皇帝的，把侄子建文帝弄得生死不知，又殺了名臣方孝孺一家八百多口人，對這個「暴」字非常敏感，於是大筆一揮，把這位「孫暴」的狀元給取消了。

晚清還有一位名字不好丟了狀元的，這個人叫王國均。看著挺好看的，沒毛病，但是跟「亡國君」諧音啊！慈禧太后越看心裡越堵得慌，把他這狀元給拿掉了。換了誰呢？因為這一年春天京師大旱，連續好幾個月沒下雨，為了求雨的需要，從前幾名裡找了一位叫劉春霖的，取他當了狀元。這真是禍福無端！

話說回來，柳永沒趕上只調整名次的時候，宋仁宗趙禎看他不順眼，把他的卷子摘出來了。我們為什麼知道是這首詞惹的禍呢？因為皇帝在他考卷下面加了一句批語：「此人且去淺斟低唱，何用浮名。」就這樣，到嘴的鴨子飛走了，柳永痛失大好功名。從此以後，柳永非但不洗心革面，反而更加放浪形骸，變本加厲，而且還有新名堂了。他給自己起了個外號叫「奉旨填詞柳三變」，這是皇帝批准認證的，相當於我們現在獲得ISO14000國際品質認證啊！改一個現在流行歌曲的名兒，那就是「大王叫我把詞填[70]。」

話是這麼說，但那個年代，娛樂圈是下九流，是非常不被認可的，年紀輕輕的才子柳永怎麼會輕易放棄對功名富貴、對個人價值實現的渴望呢？所以柳三變改名柳永，繼續參加科舉考試。若干年坎坷，很不容易又考中了。

／晏殊「反三俗」

其實我們能想像，像柳永這種性情，在今天的官場上不一定吃得開，在宋朝也是如此。大家都知道，今天的柳永就是當時被皇帝取消錄取資格的柳三變，所以組織部門也歧視他。人家別的進士考中之後，都被順利安排工作了，而柳永這邊，組織部門遲遲不任命。他非常憤慨，找政府說理去吧！誰是政府的最高長官呢？另外一位大詞人晏殊。

柳永在見晏殊之前肯定在想：一會兒總理出來了，怎麼跟總理套套近乎呢？還是從填詞這事兒入手的好，能找到共同語言，就能做好這次公關。

見了晏殊，柳永先沒話找話地說：「聽說相公也做曲子（宋朝人稱詞為「曲子」或「曲子詞」）？」如果晏殊接個下茬兒，說「對，我填詞啊！」那不就找到共同語言，溝通比較順利了嗎？不料晏殊當頭一棒，一句話就打垮了柳永：「殊雖作曲子，不曾道『彩線慵拈伴伊坐』！」「彩線慵拈伴伊坐」是柳永歌詞中比較流行的一句，寫一個女孩子坐在自己心上人身邊刺繡，十字繡什麼的。這在當時不是良家婦女的舉動，而是風塵女子的行為。晏殊是說：「我確實填詞，但我填得典雅，我寫的都是『無可奈何花落去，似曾相識燕歸來』呀，『梨花院落溶溶月，柳絮池塘淡淡風』呀！不像你填詞那麼庸俗、惡俗、低俗。我們沒有共同語言啊！」柳永的面子被捲得亂七八糟，「無言而退」。這次溝通成了文學史上最「囧」的一次公關。

柳永在仕途上的進展非常不順利，若干年地方基層工作，到了晚年才被調到中央，做了戶部屯田司員外郎，相當於現在的農業部農墾司副司長。我們看到，柳永在很多文獻中被美稱為「柳屯田」，就是指他這個官職而言的。但就是這樣一個副司局級官員，柳永也沒當長遠，很快就因為生活作風等問題被彈劾。

罷官之後，柳永晚景淒涼，只好又回到他熟悉的秦樓楚館當中去，給那些歌女、舞女們填填詞、作作曲，靠別人的饋贈慘度晚年。去世的時候，柳永「身無長物，葬無餘資」，靈柩被長時間寄放在一座寺廟當中，後來還是跟他相好的一些歌女舞女湊了點兒錢，才把這一代大文豪草草埋葬的。馮夢龍的《三言》有一篇〈群妓春風弔柳七〉，寫的就是這一段故事。

「俗」成大師

北宋前期詞壇上，晏殊的「雅」和柳永的「俗」交鋒實在是夠尖銳的，但是站在千年詞史的立場上，作為「雅詞」代表作家的晏殊和「俗詞」代表作家的柳永，他們都站穩了腳跟，都找到了自己應該獲得的席位。而且，恐怕晏殊當年不可能想到的是，柳永的席位要比他靠前得多了。晏殊在宋詞史上只是名家，而柳永足以成為里程碑式的大師級詞人。

柳永最大的詞史貢獻是：以他卓絕的文學才華與音樂才華創制了大量的長調慢詞。柳永之前，詞基本上是小令，五、六十個字而已，表現空間相對狹窄，容不下太複雜的感情和辭彙。從柳永開始，百八十字、一、兩百字的詞牌大量出現，他創制的最長詞牌〈戚氏〉甚至長達二百一十二字，那就是通常小令四倍左右的篇幅了。從這個意義上說，沒有柳永的創制慢詞長調，可能就不會有蘇軾的〈念奴嬌．赤壁懷古〉，不會有辛棄疾的〈永遇樂．京口北固亭懷古〉，不會有周邦彥的〈六醜〉，不會有姜夔的〈揚州慢〉。這樣的詞史貢獻，晏殊哪裡比得上呢？

因為慢詞長調拓展了情感容量和表現空間，詞的作法也從原來的單純「比興」增加為「賦比興」，敘事性大大增強。「賦」就是鋪排、敷衍，以柳永最負盛名的〈雨霖鈴〉為例：

寒蟬淒切，對長亭晚，驟雨初歇。都門帳飲無緒，方留戀處、蘭舟催發。執手相看淚眼，竟無語凝噎。念去去、千里煙波，暮靄沉沉楚天闊。

多情自古傷離別，更那堪、冷落清秋節。今宵酒醒何處，楊柳岸、曉風殘月。此去經年，應是良辰好景虛設。便縱有、千種風情，更與何人說！

這首詞還是寫男女歡愛離別，題材沒有什麼新意，但寫法則與前人大大不同。柳永的詞筆非常細膩，上片先交代別離的時間、地點，再詳細刻畫離別時的留戀，展現出眼淚汪汪、相對無言的特寫鏡頭。下片寫到別離後的那些感慨，可謂長篇大論，感情奔湧而出，「楊柳岸、曉風殘月」一句是階段性高潮，「便縱有、千種風情，更與何人說」是總的情感高潮的爆發。我們讀這首詞，感覺詞人的筆就像錄影機的鏡頭，給我們拍出了一部遠景、近景、特寫、畫外音兼具的「離別大片」。這就是慢詞長調所特有的「賦」，是柳永為詞史做出的又一個傑出貢獻。

柳永的例子提醒我們：「世界上從來就不缺少美，我們缺少的是發現美的眼睛。」要能欣賞陽春白雪，也能夠看懂下里巴人。每一種風格都有它特殊的美感，就好像每一朵花的顏色都有它特殊的美感一樣。這種寬容的思維方式不僅是鑑賞詩詞、從事文學研究所必需，其實做人做事又何嘗不需要呢？

從一定意義上說，「雅」、「俗」並不是截然對立的概念，而是可以相互轉化滲透的。「大俗」可以變成「大雅」，一味「求雅」也是一種「媚俗」。浙西詞派殿軍郭麐〈梅邊笛譜序〉曾批評那些一味求雅者的詞作：「淒楚抑揚，疑若可聽。問其何語，卒不能明。」這種情況古今都不少見。

／向陽屯題壁詩

再給大家舉一個我「獨家秘笈」的，也就是我自己發現的例子。前些年，長春市有一家很有點意思的飯店，叫做「向陽屯」。這家飯店的裝修風格很有匠心，基本上是對幾十年前東北農村生活場景的還原，老電話、老磨盤、紅辣椒、黃玉米等等。包房牆上糊著五、六〇年代的舊報紙，留下一塊地方做「壁報」，有漫畫，有文字，內容或者是生產隊的公告，或者是一些家長裡短。謝廣坤在趙四家喝醉啦，劉能兩口子又吵起來啦，謝大腳的小賣店丟東西啦，等等，很有喜感。有一次，我在向陽屯的某個包房看到了這麼一首詩，從題材上說是田園詩，從體裁上說是一首七言絕句，姑且稱之為〈向陽屯題壁〉吧！

我們來做一點分析。

第一句，「高高山上一棵槐」。這個開頭怎麼樣呢？應該說「不怎麼樣」。大白話，沒什麼詩意，勉強給個及格分吧！開頭這一句讓我們想起《紅樓夢》第五十回：大觀園要辦一次「詠雪詩會」，找了當家的「璉二奶奶」王熙鳳提供贊助。看在「冠名贊助商」的面子上，大家恭請王熙鳳先吟一句詩，作為聯句的開頭。王熙鳳犯難了，只好笑道：「你們別笑話我，我只有一句粗話，下剩的我就不知道了。我想下雪必刮北風，昨夜聽見了一夜的北風，我有了一句，就是『一夜北風緊』，可使得？」

王熙鳳這句「一夜北風緊」也不怎麼樣，但大家評價不低：「這句雖粗，正是會作詩的起法，不但好，而且留了多少地步與後人。」這個說法還是比較實事求是的，「高高山上一棵槐」也是這個意思：第一句及格，如果後面三句越寫越好，逐步調高，還是可以寫成一首好詩的。讓我們意外的是，第二句遠不如第一句。第二句是什麼？「樹下趴個孫有才」！

看到這兒，我們的心已經提溜起來了。七絕一共只有四句，第一句勉強及格，這第二句頂多能給個二、三十分，遠遠達不到及格線啊！只剩下兩句十四個字了，後面要寫得多好才能把它「寫成」

一首詩呢？到了這兒，我們還是存有最後一點希望的，但看到第三句，我們完全絕望了。第三句是什麼？「有才你在幹啥呢」！零分！不僅是大白話，完全沒有詩意，而且這好像是我唯一一次看見把「呢」字寫進詩裡。太不像話了！到了這句，這首詩已經完全走進死胡同了。只剩下一句話七個字的空間了，難道真的能有回天之力，挽狂瀾於既倒，把它寫成一首詩，甚至還寫成一首好詩嗎？

真的能做到！因為最後一句是「我看槐花幾時開」！

我們從頭到尾把這首詩看一遍：

高高山上一棵槐，
樹下趴個孫有才。
有才你在幹啥呢？
我看槐花幾時開。

怎麼樣？不僅成了一首詩，而且是一首難得的好詩！雖然字面「大俗」，但是意境「大雅」，這不是遠比那些堆砌辭藻、空洞無物的「媚雅」之詩更能打動人、更能帶來美感嗎？說不定後代編我們這個時代的《詩經》，這首詩能選進去，很多所謂的「雅詩」還選不進去呢！

當年看了這首詩，覺得有點意思，我用電子郵件跟幾個朋友分享了一下。有個朋友給了我一個很好的回饋。她說上大學的時候聽到過一首西北民歌，歌詞跟這首詩非常像，也是七言絕句。第一句完全相同，「高高山上一棵槐」；第二句不一樣，「手扶槐幹望郎來」；第三句「娘問女兒幹啥呢」，也有「幹啥呢」三字，但對象不一樣；第四句也完全相同，「我看槐花幾時開」。

於是，這首詩我們有了兩個版本。那個朋友提供的，我稱為「槐幹版」，向陽屯這一首我稱為「孫有才版」。我們比較一下這兩個版本：應該說，就意境營造、情節的完整、詩味的濃郁來說，「槐幹版」比「孫有才版」要好一些，但從審美的「驚奇感」而言，「孫有才版」無疑要更勝一籌。

怎麼理解呢？我們注意到，「槐幹版」的第二句「手扶槐幹望郎來」，這個場景本身是很有點兒詩意的。第三句有一個小小的落差，也用了「幹啥呢」三字，最後一句寫女孩子遮掩了一下，於是說「我看槐花幾時開」。這裡面有心理活動，有可以「腦補」的很多情節，比「孫有才版」要好，但是，它的「詩意」一直沒有被瓦解，始終還保持在一定的幅度，給人帶來的審美衝擊就沒有「孫有才版」那麼強烈。「孫有才版」的特點在於，不斷在「解構詩意」，到了「有才你在幹啥呢」，「詩意」已經降到了零，但是他用最後七個字實現了峰迴路轉，柳暗花明，也給我們製造了強烈的「驚奇」。

所以我們說，「雅」、「俗」不能只看字面，要看本質，要看精神。再舉個小例子：東北二人轉裡頭有一種「神調」，也就是跳大神時候的唱腔。這是最「俗」的了，但是仔細品味，有的曲詞寫得真精彩！比如這一段：

日落西山黑了天，家家戶戶把門關。喜鵲老鴰森林奔，家雀哺鴿奔房檐[71]。五爪（的）金龍歸北海，千年王八回沙灘。大路斷了行車輛，小路斷了行路難。十家上了九家鎖，還有一家門沒關。雲淡，霧漫漫，焚起了大難香請神仙——

左手拿起文王鼓，右手拿起（了）趕仙鞭。鼓也不叫鼓，鞭也不叫鞭。驢皮鼓，柳木圈，奔嘚兒砍，刨得圓。橫三豎四（七）八根絃，四根朝北四根朝南，還有這乾、坎、艮、震、巽、離、坤、兌八個大銅錢。

叫老仙，你別忙。或是灰，或是黃，或是鬼來或是倀。或是哪吒三太子，或是托塔李天王。要想家宅得安泰，就把那神仙請上房[72]。

從詩歌的角度講，不僅氣氛的鋪墊渲染非常成功，步步遞進，而且有多處精彩的對偶、對比，「雲淡淡，霧漫漫，焚起了大難香請神仙」、「五爪金龍歸北海，千年王八回沙灘」，甚至稱得上警句。這樣的「俗」也是勝於那些看之眼花繚亂、實則不知所云的「雅」的。

怎麼能夠放開審美的眼界、做到欣賞「異量之美」呢？我在前面講過對「定論」、「公論」保持質疑意識的問題，對「定論」、「公論」看深一層，看多一層，或繞到背面去看一看，這是放開審美眼界所必需，因而有必要在這裡繼續強調說明。

／心靈的秘密對話

我們來說用韻、集句、詩鐘三種現象。

在詩學史上歷來有一種「公論」：和韻、次韻、步韻等「用韻」的創作方式往往是被詩論家所不齒的，認為用韻是文字遊戲，不可能寫出好作品，持此觀點者甚至包括我最喜歡的、自稱為他「二百年下私淑弟子」的大詩論家袁枚。做出這種負面評價的原因我們也能夠理解，「清水出芙蓉，天然去雕飾」，自然、自在才能出好東西。但是問題還有另外一面：既然用韻的害處大家都這麼清楚，為什麼歷朝歷代無數詩人仍然孜孜不倦、前赴後繼運用這種方式寫作呢？是不是「用韻」有它不可替代的合理性呢？

多年之前寫博士論文的時候，我對這個問題有一些思考，大概總結了下面幾點意見：第一點，交際的需要。孔子云：「詩可以興、觀、群、怨」，「群」就是公關、交際功能。要通過詩歌酬唱來拉近感情，促進交流，用對方成韻是對其人其作的尊重，也最易引起對方的情感共振，從而形成一種心靈間的「秘密的對話[73]」。

舉個例子來說。二〇〇一年六月底，我在蘇州大學拿到博士學位證書，即將啟程返回東北。三十日晚上，我到嚴迪昌先生府上辭行，嚴先生送了我他手裡唯一一本大著《陽羨詞派研究》作為分別的禮物。更珍貴的是，嚴先生打破了數十年不填詞的慣例，在書上題了一首〈鷓鴣天〉送我：

大勇歸去白山黑水間，正多好景致，無以言別，檢舊帙作新句題存。〈鷓鴣天〉或名〈思佳客〉，賀東山則又謂〈半死桐〉也。

粉墨眾相演百場，世間何處不無腸。焚心夜唄我已老，倚夢春吟君合狂。
空咄咄，笑蒼蒼，魚遊物外為誰忙。一當穿盡芒鞋了，始信天堂亦醉鄉。

大家能想像我當時的心情，豈是「感激」二字所能了得！回到東北的第二天，我用「步韻」的方式寫了兩首〈鷓鴣天〉寄給先生：

六月三十日晚至先生府上辭行，竟蒙先生以所著《陽羨詞派研究》孤本見贈，並繫一詞，中有「一當穿盡芒鞋了，始信天堂是醉鄉」句，感慨深沉，氣力雄厚，非弟子敢望項背。先生嘉惠於我，不知凡幾，此番則真情流露，誠令予感激涕零不能自知也。因恭步原韻，調寄〈鷓鴣天〉：

壁上冷看俳優場，難消芒角尚撐腸。正多國人無病病，遂令老子不狂狂。

朱顏換，綠鬢蒼，茶煙事業轉覺忙*。仙人自有安生法，微醺處是白雲鄉。

*先生喜煙好茶，嘗自稱「茶煙閣」中人。

花月應排一萬場，人世何必九曲腸。得道仙人自微醉，飄零國士且半狂。

風勁峭，骨堅蒼，無憀事須火急忙*。萬物波瀾雲過眼，此心安處是吾鄉。

*東坡詩云「火急著書千古事」，項蓮生云「不為無憀之事，何以遣有涯之生」，二語為吾輩傳神寫照，正在阿堵。

跟先生相比，我的兩首詞寫得並不好，但「好」在步了先生的原韻。如果不用原韻的話，表達感情的效果會一樣嗎?交際的結果會一樣嗎?這就是所謂「心靈間秘密的對話」,「用韻」之功亦大矣!

第二,表達的需要。韻字的選擇很大程度上決定著作品的情緒格調,如果「用韻」雙方存在類似的感受、觀點,用相同、相近的韻字便可能對表達形成一種補益而非減損。這一點從上面的例子中也可以看出。

第三,從客觀效果來看,「用韻」天然帶有著督促創作者發掘語言最大潛力的功用,它在束縛思維的同時也砥礪了思維,在限制創作水準的同時也提高了創作技巧。這句話什麼意思呢?一方面,韻字對你形成了限制,必須要在這一句句尾用這個字,但是你要組的詞又不能和對方相同。人家用「鮮紅」,你也用個「鮮紅」,這不行,你最起碼要寫個「粉紅」、「淡紅」什麼的。這就逼著你必須動腦,所謂「爭奇鬥豔,逞才使氣」,詩詞也就可以寫得更精美,更出人意料。

現代西方詩學從現代語言認識論出發提出了「語言實驗」理論,相信語言作為一個自足系統,有其自我更新的無限可能。從這意義上說,「用韻」已經為「語言實驗」理論開先聲了。「用韻」作品的產生與興盛,正如詩中的「四聲八病」,詞中的「工尺定格」,它使藝術少了幾分古樸、多了幾分匠氣,但卻是順理成章、窮則思變的。就技術操作層面而言,尤其是一種發展和進步。

第四,評論「用韻」對於詩歌創作的危害需因人而異,關鍵是看作者的才情能否很好地操控這種方式。一個人只能背八十斤東西，你讓他背九十斤，他可能就走不動了，但另外一個大力士，可以背五百斤，你讓他背三百斤，照樣步履如飛。才力大小肯定是有巨大區別的。比如說明清之際的大詩人錢謙益。他一生寫詩很多，名作也不少，但最享盛譽的代表作居然是十三疊、一〇四首步杜甫原韻的〈後秋興〉。杜甫的〈秋興八首〉是他自己、也是唐代七律的巔峰之作，錢謙益身當山崩海立的易代時期，沉痛煎熬，驚悸酸楚，於是他前後十三次步〈秋興〉原韻，寫出了後人評價最高的一組大型詩歌。在這個例子中，「用韻」完全沒有傷害到錢謙益的詩歌成就，而且形成了他最重要的代表作。這樣的情況並非孤證，那都是「用韻損害」理論難以解釋的詩史存在。這種複雜的文學現象本身就足以引起我們更深一層的思索。

「武林絕學」：集句與詩鐘

鬼斧神工說集句

接著「用韻」問題可以說說更加「文字遊戲」的集句。集句作為一種創作方式，它所受到的批評詬病比用韻要嚴重得多。用韻，韻是別人的，詩詞還是自己寫的。集句不是這樣，自己寫就不叫集句了。把別人現成的句子「集」到一起，構成新的意義關係，才能叫做「集句」。

我在一篇文章中專門追溯了集句的發展史。孔子去世的時候，魯哀公致悼詞，就集了《詩經》中的兩句詩，這是集句之祖。此後陸續有人為之，到宋代漸成規模。宋代集句詩的高峰出自文天祥之手，他被幽囚在元大都長達五年，獄中集杜甫詩成五言絕句二百首。為什麼要「集杜」而不用自己的語言表達呢？文天祥說得很清楚：「凡吾意所欲言者，子美先為代言之，日玩之不置，但覺為吾詩，忘其為子美詩也。乃知子美非能自為詩，詩句自是人情性中語，煩子美道耳。子美於吾隔數百年，而其言語為吾用，非情性同哉……予所集杜詩，自余顛沛以來，世變人事，概見於此也，是非有意於為詩者也[74]。」這就是說，因為杜甫的忠愛纏綿之情和我非常相似，我每想寫一句詩，發現杜甫當年都寫過了，於是我把杜甫的詩串聯起來，我覺得那就是我自己的詩。我們看到，到文天祥手裡，集句已經不再是一種文字遊戲，而是能夠承載他生命之重的一種嚴肅的創作方式了。

儘管也有人注意到了文天祥的集句詩的價值，但是，詩學理論仍然沒有改變對集句的歧視性態度，對它產生的動因、內驅力、藝術形貌等缺乏系統的思考。我的基本認識是：不能否認集句總體上的文字遊戲性質，但關鍵在於，文字遊戲並不是誰都能玩的，更不是誰都能玩好的。文字遊戲能玩好的人，其他的創作成就也低不了。

比如清代勢力最大的浙西詞派之宗師朱彝尊的集句詞集《蕃錦集》。朱彝尊有四個詞集，《蕃錦集》一向得到的評價最低，但我看這個詞集的時候有「驚豔」的感覺，簡直是鬼斧神工！怎麼可能集唐詩填詞，多達一百三十餘首，又渾然天成到這種地步呢？我們來讀幾首：

穆陵關上秋雲起（郎士元），習習涼風（蕭穎士）。於彼疏桐（宋華），撼撼淒淒葉葉同（吳融）。
平沙渺渺行人度（劉長卿，按：劉詩作「平江渺渺來人遠」），垂雨濛濛（元結）。
此去何從（宋之問），一路寒山萬木中（韓偓，按：應為韓翃）。

——〈採桑子・秋日度穆陵關〉

無限塞鴻飛不度（李益），太行山礙并州（白居易）。白雲一片去悠悠（張若虛）。

飢烏啼舊壘（沈佺期），古木帶高秋（劉長卿）。

永夜角聲悲自語（杜甫），思鄉望月登樓（魏扶）。離腸百結解無由（魚玄機）。

詩題青玉案（高適），淚滿黑貂裘（李白）。

——〈臨江仙．汾陽客感〉

劉郎已恨蓬山遠（李商隱），金谷佳期重遊衍（駱賓王）。

傾城消息隔重簾（李商隱），自恨身輕不如燕（孟遲）。

畫圖省識春風面（杜甫），比目鴛鴦真可羨（盧照鄰）。

一生一代一雙人（駱賓王），相望相思不相見（王勃）。

——〈玉樓春．書圖〉

《蕃錦集》中的對句更堪稱絕技，我們也讀一些。「閬苑有書多附鶴（李商隱），春城無處不飛花（韓翃）」；「碧幌青燈風灩灩（元稹），紫槽紅撥夜丁丁（許渾）」；「樹色到京三百里（殷堯藩），柳條垂岸一千家（劉商）」；「暮雨自歸山悄悄（李商隱），殘燈無焰影幢幢（元稹）」；「蠟照半籠金翡翠（李商隱）」，羅裙宜著繡鴛鴦（章孝標）」；「平鋪風簟尋琴譜（皮日休），醉折花枝當酒籌（白居易）」；「桃花臉薄難藏淚（韓偓），梧葉心孤易感秋（曹鄴，按：曹詩作「桐樹心孤易感秋」）」；「松間明月長如此（宋之問），石上青苔思殺人（樓穎）」、「女蘿力弱難逢地（曹鄴），戲蝶飛高始過牆（姚合）」；「落花不語空辭樹（白居易），明月無情卻上天（薛逢）」。

大家可以仔細琢磨一下，這樣的集句詞是不是精美之極？值不值得給予比較高的評價？朱彝尊以這種方式紀遊蹤，寄客愁，詠古感興，題畫贈別，懷人上壽……「原創」詞所能表達的情感，朱彝尊用集句詞大體都能做到。可以說，在集句詞的創作歷史上，朱彝尊是最大限度地解放了它的抒情功能的一個。

順便再說一副著名的集句對聯，上聯是：「勸君更盡一杯酒」，下聯不是「西出陽關無故人」了，而是「與爾同銷萬古愁」。這是古代酒樓上常掛的一副對聯，品位絕佳呀！明確了這些，我們就可以對集句的認識有所突破。

／詩鐘聖手張伯駒

再說跟集句有一定關聯的「文字遊戲之極致」的詩鐘。

什麼是詩鐘呢？這是中國古代的一種限時吟詩文字遊戲，大約出現在嘉慶、道光年間的福建八閩地區。限時限題寫出一副七言律詩中的詩聯，香盡鳴鐘，所以叫做「詩鐘」。詩鐘主要有兩種格式：一是分詠格，要求在上下聯分詠出絕不相干的兩件事物。比如分詠「草、血」，有人寫「美人鬥罷裙猶綠，俠客歸來劍有斑」；二是嵌字格，要求在上下聯指定位置嵌上毫無關係的兩個字，或多個字。比如有名的詩鐘「天、我」五唱，要求「天」和「我」都在第五字，末代皇帝溥儀的老師陳寶琛成一聯：「海到無邊天作岸，山登絕頂我為峰」，現在很多書法家都喜歡寫這一聯。分詠、嵌字兩種格式都以集古人成句為最難，也最見工力。舉個例子：

〈女・花〉二唱。初唱第三卷云：「青女素娥俱耐冷，名花傾國兩相歡」，聽者已嘆集句之工。再唱第二卷云：「商女不知亡國恨，落花猶似墜樓人」，聽者皆拊掌叫絕，以為無出其右矣。及唱元卷云：「神女生涯原是夢，落花時節又逢君」，則無不驚服者。此三聯皆集唐人最熟之句，而一聯佳於一聯，所謂妙手偶得之也[75]。

依現存文獻來看，光緒末葉至一九三七年抗日戰爭爆發以前的五十年間，詩鐘創作進入了極盛期[76]。此後則逐步消歇，大概只有北京、天津的張伯駒[77]、寇夢碧、陳機峰、張牧石幾位先生還興致勃勃玩兒了一段時間，現在基本上已經成為絕響了。

無論數量、品質，我認為張伯駒是能稱「一代之雄」的，他的集句分詠格可謂佳製紛披，當世無敵。比如說分詠「狀元、聾子」，他集白居易詩寫成「一朝選在君王側，終歲不聞絲竹聲」，上句是狀元，下句是聾子，這已經夠精彩了。下面這幾個也都耐人尋味：

主人不在花長在；世事何時是了時。（廢園．月份牌；集錢起、張繼句）

昨夜秋風今夜雨；一人女婿萬人憐。（落葉．駙馬；集盧綸句）

刻意傷春復傷別；不唯燒眼更燒心。（杜牧之．白乾酒；集李商隱、李紳句）

新鬼煩冤舊鬼哭；他生未卜此生休。（庸醫．卜者；集杜甫、李商隱句）

承歡侍宴無閒暇；對影聞聲已可憐。（楊貴妃．近視眼；集白居易、李商隱句）

暫嘗新酒還成醉；來是空言去絕蹤。（社日・欠債戶；集白居易、李商隱句）

「對影聞聲已可憐」詠近視眼、「來是空言去絕蹤」詠欠債戶已經夠絕的了，更絕的是，分詠「連鬢鬍子・牡丹」，張伯駒上聯居然用了崔護的「人面不知何處去」！下聯用方干的「狂心更擬折來看」，弱了一些，但也足夠讓人哈哈大笑，拍案驚奇了。分詠「尿壺・美男子」，他集陸龜蒙、〈木蘭辭〉云：「好向中宵盛沆瀣；焉能辨我是雄雌」，那也是讓人忍俊不禁的。看看，被很多人瞧不起的文字遊戲是那麼容易玩的嗎？

為什麼花篇幅談用韻、集句、詩鐘呢？我覺得，這幾項都是我們詩學理論中長期批評的、很邊緣化的東西，如果這些東西我們能欣賞，並且去認真思考，那麼，審美眼界就能放得比較開了。有了這樣的眼界，文學史上那些很珍貴的東西才能越來越多浮現出來，我們的文學史研究才可能一步一步向前推進。總是陳陳相因，總是無條件相信那些「定論」和「公論」，我們的路就會越走越窄。

69 異量之美語出劉劭《人物志》第七章「接識」：「以己觀人，則以為可知也；觀人之察人，則以為不識也。夫何哉？是故，能識同體之善，而或失異量之美。」錢鍾書、程千帆及嚴迪昌師皆大力提倡為問學之重要原則。

70 這個「包袱兒」來自高松（殊同）先生，致謝。

71 老鴰、哺鴿，東北方言，即烏鴉、鴿子。

72 「神調」版本眾多，這裡用的是郭德綱相聲《跳大神》中的演唱整理版，只不過在相聲裡為了「找包袱」，把最後一句改成了「要想家宅得安泰，除非把于謙他們家的臥室，就改成茅房」。

73 見姜斐德（Freda Johnson Murck）〈略說次韻詩作為秘密的對話〉，首屆國際宋代文學研討會論文，二〇〇〇年，上海。再舉一例，袁枚《隨園詩話》卷九條八六：「王阮亭尚書未遇時，受知於先達某（按：牧齋），故詩集卷首即錄其所贈五古一篇，用蕭豪韻。穆堂（按：李紱）未遇時，受知於阮亭，故哭阮亭五古一篇，亦用蕭豪韻。姜西溟〈哭徐健庵司寇〉詩用張文昌〈哭昌黎〉韻，想見古人聲應氣求、後先推挽之盛。」袁枚聲稱最不喜次韻一類習氣，但與尹繼善疊和不休，不亦未能「免俗」耶？事見《隨園詩話》卷一條一二。

74 《文山先生全集》卷十六。

75 郭白陽《竹間續話》。

76 可以參看潘靜如〈時與變：晚清民國文學史上的詩鐘〉，《中山大學社會科學學報》二〇一七年第四期。

77 張伯駒（一八九八～一九八二），字家騏，號叢碧，河南項城人，生於官宦世家，與溥儀族兄溥侗、袁世凱次子袁克文、張作霖之子張學良並稱「民國四公子」。劉海粟說：「叢碧詞兄是當代文化高原上的一座峻峰，從他廣袤的心胸湧出了四條河流，那便是書畫鑑賞、詩詞、戲曲和書法。四種姊妹藝術互相溝通，又各具性格，堪稱京華老名士，藝苑真學人」，其生平行跡可參見章詒和等著述。

第四章

情理融通

假如詩人住對門

在前三個「融通」裡，我們已經把詩詞的內部、外部環境全都解決掉。既能關注詩詞的背景、本事、流變，還能打開審美的寬度，達到這個境界很不容易，但是還沒有完全令人滿意。我們要知道，有一種讀法是超越技術、超越學問，直指心靈和人生的，那就是「情理融通」。能讀出詩詞中蘊涵的美感與情感，體味到其中的感悟與哲思，我們就穿越時空，恍惚之間坐在了古人的對面，與他們遨遊歌嘯、促膝長談、心靈對撞。他們的悲歡喜樂就會跨過時空，釀造成我們自己人生中的一份豐厚營養。

／早逝文學天才排行榜

比如我們前面講到的蘇軾的〈定風波〉與〈六月二十日夜渡海〉。〈定風波〉是蘇軾流放黃州時寫下的，那是他三起三落的傳奇一生的開幕大戲。面對著珠穆朗瑪峰與馬里亞納海溝般的人生落差，蘇軾一方面引吭高唱「莫聽穿林打葉聲，何妨吟嘯且徐行」，一方面又淡定一笑：「回首向來蕭瑟處，歸去，也無風雨也無晴」。而在離開這個世界的前一年，鬢髮斑白、飽經摧殘的蘇軾從天涯海角回到祖國大陸，他居然硬朗朗地向所有人宣佈：「九死南荒吾不恨，茲遊奇絕冠平生」！蘇軾寫的哪裡是自然界的風雨呢？哪裡是寫渡過瓊州海峽呢？難道他不是在經歷生命的風雨、渡過人生的海峽嗎？我們讀了這樣的詩詞，回顧蘇軾的生命軌跡，會不會覺得自己人生的那些灰暗角落被一道神秘的天光照亮了呢？

我們再來看一位詩人的逆境，黃景仁。

黃景仁的名氣當然比不上蘇軾了，但在清代詩壇，這也是一個如雷貫耳的名字。時人評價黃景仁「乾隆六十年間，論詩者推為第一[78]」。乾隆朝是中國古典詩歌史上詩人數量最多、詩作數量最多的時期之一，可謂大家、名家濟濟一堂，諸如袁枚、趙翼、蔣士銓、沈德潛、厲鶚、翁方綱、鄭板橋，都是重量級選手。在這些林立的高手中被「推為第一」，那真是談何容易！也就是說，清代兩萬名左右的詩人，如果評「十大家」或「八大家」，黃景仁肯定是高踞一席的。

還有一重身分：黃景仁是中國歷史上早逝的文學天才之一。我曾經開玩笑說，應該列一個中國文學史早逝天才排行榜，儘管誰都不願意進入這個榜單，但事實是存在的，而且進入這個榜單的門檻是很高的，並不是「早逝」了就可以。比如說，有一位「逝」得最「早」的詩人夏完淳，因抗清英勇就義時年僅十六歲，但夏完淳儘管有一定水準的創作，距離天才的標準畢竟還有距離，他是進不了這個榜單的。各種因素綜合考量，「早逝天才排行榜」冠軍得主是李賀，他以二十六歲的絕對優勢獲得這一「殊榮[79]」；王勃以一年之差緊隨其後，「勇奪」亞軍[80]；拿銅牌的應該是納蘭性德，三十一歲；第四就要數到黃景仁，三十四歲[81]。

黃景仁是個早慧的神童，九歲就能寫出「樓頭一夜雨，江上五更寒」的詩句。十六歲考中秀才，此後考舉人就很不順利，「屢試輒蹶」。到了乾隆四十一年（一七七六）他二十七歲的時候趕上了一個好機會，乾隆皇帝平定金川奏功，東巡回京，黃景仁隨各省士子去天津獻詩。大才子寫抒情詩是好手，寫歌功頌德的「拍馬詩」就不行了，所以只考了二等，被授予武英殿校錄的小官。

武英殿是皇家修書機構，相當於「大清出版社」。校錄也叫書簽官，隸屬於校對處，負責校書、抄書，地位比較低，大概相當於今天的普通科員，工資肯定也不高，一年十兩、八兩銀子而已，但是黃景仁不這麼想。校錄雖然官卑職小，但那是皇家機構武英殿啊！進了這個門檻，飛黃騰達還不是指日可待嗎？以這樣的浪漫想像，黃景仁忙三火四給家裡人寫信：咱們老家那幾間破房子都賣了吧！那幾畝薄田都處理了吧！全家都搬到北京來享福吧！

就這樣，全家都搬到北京城了，沒幾天，生活就陷入困頓。北京城的生活成本不是從今天才開始高的！任何一個地方成了都城，八方輻輳，人口聚集，生活成本必然升高。所謂「薪桂米珠」，那幾兩銀子管什麼用啊？日子很快就過不下去了。

到了這一年的深秋九月，全家人連棉衣服都沒有錢買，在寒風裡瑟瑟發抖。黃景仁看到這一幕也很心酸，於是寫了一組詩，〈都門秋思〉。這是他的平生傑作之一，其中有兩句以白描出之，格外動人——「全家都在風聲裡，九月衣裳未剪裁」。這一組詩，連同最出色的這兩句不脛而走，迅速傳遍詩壇，傳到了陝西巡撫畢沅的耳朵裡。

／價值千金兩句詩

畢沅是蘇州人，狀元出身，也是很不錯的詩人，而且能利用自己的地位獎倡風雅，名氣很大。當時舒位做〈乾嘉詩壇點將錄〉，沈德潛被點為晁蓋，袁枚被點為宋江，畢沅排在第三，被點為玉麒麟盧俊義，也是詩壇巨頭之一。

畢沅一方諸侯，慧眼識才，看到黃景仁這兩句詩以後，拍案叫絕，說：「這兩句詩可值千金！」我們說「可值千金」都是空話，比喻誇張而已，可是人家畢省長可當了真，真的派人從西安給黃景仁送來了五百兩銀子。五百兩銀子是個什麼概念呢？物價史是個非常複雜的問題，我們簡單化一點，以米價來估算購買力，乾隆朝一個普通的五口之家生活一年大概十兩到二十兩足夠了。也就是說，省著點花，五百兩過上二、三十年都不成問題，很大一筆錢啊！

但是黃景仁拿到這麼大一筆錢，沒過幾個月就被他揮霍殆盡。怎麼花的呢？當年我特地為這個問題請教過嚴迪昌先生，嚴先生回答得很乾脆：「不知道！」「不知道」是因為沒有確切文獻，但嚴先生說，可以推測。幾個月內能花掉這麼大一筆錢，無非是花到高檔娛樂場所去了，卡拉ＯＫ啊，夜總會啊，揮金如土，大筆給小費，就是這麼花的。

有時候我們會生出這樣的感慨：詩人這種生物，你在紙面上看他，如椽大筆，才華橫溢，我們崇拜得不得了。要是詩人跟你住對門呢？你可能就看他很不順眼，頭不梳、臉不洗、牙不刷，天天穿著破牛仔褲，背著把破吉他，神頭鬼臉，逡巡來去，你能喜歡嗎？要是這個詩人跟你生活在一個屋簷下呢？沒準兒用不上十天半個月，日子就過不下去了。

詩人當然有可愛的一面，很多詩人也有在現實生活中很弱智的層面。黃景仁一開始鼓動家裡人來京城就是典型的「詩人浪漫病」發作，現在乾脆俐落把這一大筆錢花光了，下一步怎麼辦？人家黃詩人一點也不著急，為什麼呀？因為畢沅上次隨著五百兩銀子還捎來了一封信，信上說：「黃先生，你這兩句詩可值千金，我先送你一半，五百兩，那一半我給你暫存在西安，等你來西安做客的時候，我再把那五百兩送給你。」真是有情有義、無微不至啊！畢省長這個舉動確實是很令人感動的。

雖說黃景仁心裡有底，還有五百兩銀子存在西安，可是眼看快到年關，債主盈門，眼前可怎麼過呢？十冬臘月，黃景仁騎著一頭蹇驢，衝風冒雪，向西安出發。結果路上風吹霜打，一病不起，最終去世在山西運城一位朋友的官邸之中，沒有能夠進入陝西境內。這位早逝文學天才的境遇足使我們一灑同情之淚，雖然這裡有他自己的問題，但對於詩人來說，我們又不能苛求，不能要求詩人都是現實生活的強者。對自然也敏感，對心靈也敏感，在現實生活中又能人情練達、八面玲瓏，這樣的詩人也不是沒有，但還是相對少見的。

／夜笛橫吹的孤獨歌手

回頭來說作為大詩人的黃景仁。他的詩歌成就極高，風格也多元，雄奇者如李白，纏綿者如李商隱，淒苦悲酸之作則最具特色，最能代表自家面目。比如組詩〈綺懷十六首〉，第十五、十六首廣為傳誦：

幾回花下坐吹簫，銀漢紅牆入望遙。似此星辰非昨夜，為誰風露立中宵。
纏綿思盡抽殘繭，宛轉心傷剝後蕉。三五年時三五月，可憐杯酒不曾消。

露檻星房各悄然，江湖秋枕當遊仙。有情皓月憐孤影，無賴閒花照獨眠。
結束鉛華歸少作，屏除絲竹入中年。茫茫來日愁如海，寄語羲和快著鞭。

「似此星辰非昨夜，為誰風露立中宵」極纏綿之致，「茫茫來日愁如海，寄語羲和快著鞭」，極淒苦之致，真是蕩氣迴腸。但我們這裡講的不是〈綺懷〉，而是他的兩首絕句〈癸巳除夕偶成〉。

應該先說一說「除夕」。除夕的淵源很早了，《詩經．唐風．蟋蟀》云：「蟋蟀在堂，歲聿其莫。今我不樂，日月其除」，這裡的「除」是又去一歲的意思。《呂氏春秋注》提供了另一種解釋：「前歲一日，擊鼓驅疫癘之鬼，謂之逐除」，這個「除」是拔去凶邪的意思。作為舊年的最後一日，除夕既是兩個年度的界碑，也是人生里程的重要節點。當萬家燈火，歡聲盈沸，或笑對親眷，或獨守青燈，或佇立風寒，或孤酌逆旅，不僅過去三百多日的甘苦酸甜會在此夜歷歷重播，以往鐫下的生命印跡也都會奔來眼底，兜上心頭，作一個階段性的綰結。於是，「除夕」就成為了一個特殊的時間觸媒，以其為主題的詩詞作品就育涵著豐厚的生命意蘊。大家看一個詩人別集的時候，凡是遇到「除夕」的字樣，應該多注意一點，好作品往往出在這個地方。

黃景仁這兩首絕句就是典範。「癸巳」即乾隆三十八年（一七七三），黃景仁二十五歲，芳華正盛，但科舉失意，人生蹉跌，心中無限積鬱：

千家笑語漏遲遲，憂患潛從物外知。悄立市橋人不識，一星如月看多時。

年年此夕費吟呻，兒女燈前竊笑頻。汝輩何知吾自悔，枉抛心力作詩人。

題目說「偶成」，其實並不偶然。黃景仁四歲而孤，少年時即負盛名，卻一舉累躓，為謀生計，四方奔波，窮困潦倒。心中種種積鬱在除夕萬家燈火笑語的映襯之下，怎能不顯得格外孤寂和蒼涼，怎能不發出「枉抛心力作詩人」的哀嘯？「悄立市橋人不識，一星如月看多時」，當然是「無人識我」的自傷，不過也有「為何無人識我」的自負與憤激。種種情緒激蕩，心頭自然泛出莫名的「憂患」。此種「憂患」乃是虛靈的，宏觀的，既憂生，亦憂世。在鮮花著錦、烈火烹油般的「盛世」中，黃景仁是一個冷眼袖手、病鶴舞風式的旁觀者。所以嚴迪昌先生說黃景仁是乾隆盛世中一位「夜笛橫吹的孤獨歌手」，他就像大觀園裡的賈寶玉，在「鮮花著錦，烈火烹油」的盛世裡聞出了「悲涼之霧」的味道。

「悄立市橋人不識，一星如月看多時」，這樣的逆境我們沒有過嗎？這樣落寞孤獨的心情我們沒有過嗎？我們寫不出蘇軾的〈定風波〉，我們也寫不出黃景仁的〈癸巳除夕偶成〉，但我們看到這些詩詞的時候，會不會心裡面有一個地方在跟著他們一起顫動，有一根絃被他們的手指撥動了呢？

所以，名篇之所以為名篇，名句之所以為名句，正是因為那些詩篇、詩句穿越時空，撥動了你的心絃，讓你和他的心絃同頻共振，而那些詩篇、詩句就從此烙在了你的腦海之中，再也難以去懷。

這樣的例子太多太多了，我只隨手舉幾個宋代以後的例子來說。黃庭堅〈寄黃幾復〉中的名句：「桃李春風一杯酒，江湖夜雨十年燈」，寫時光的變遷，在我看來沒有比這十四個字更精彩的了。陸游〈臨安春雨初霽〉：「小樓一夜聽春雨，深巷明朝賣杏花」，就算寫一首〈春賦〉，洋洋灑灑幾千上萬字，也比不過這兩句的秀美清澈。

再看吳文英〈風入松〉中的句子：「黃蜂頻撲秋千索，有當時、纖手香凝」。吳文英這首〈風入松〉為悼念他的心上人而作，是宋代悼亡詞的「三甲」之一[82]。在他之前有蘇軾的〈江城子〉，「十年生死兩茫茫」那一首，還有賀鑄的〈半死桐〉（即〈鷓鴣天〉），就是「重過閶門萬事非，同來何事不同歸。梧桐半死清霜後，頭白鴛鴦失伴飛」那一首。跟蘇軾、賀鑄的名作相比，吳文英這一首以深刻曲折取勝。

什麼意思呢？我們看，這兩句裡，吳文英展示了一個離奇的場景：「黃蜂頻撲秋千索」。這是不符合正常生活邏輯的，蜜蜂應該飛到花叢裡去採蜜，現在卻在撲這兩根秋千繩子。看來是蜜蜂把秋千繩子當成了花朵，為什麼蜜蜂會產生這樣的誤會呢？「有當時、纖手香凝」，因為我的心上人當年在此地打過秋千，她兩隻手攥著的地方留下了幽香，經年不散，所以蜜蜂才會誤會那是花叢！這是何等深刻的心思，何等曲折的寫法！吳文英繞了一個彎又一個彎，一重一重地邏輯推演，最後我們體會到的是他對這個逝去女子的銘心刻骨的憐惜、追懷、愛戀無極。這就帶出了吳文英極度鮮明的藝術個性，我們甚至會覺得，在這樣的句子對比之下，「十年生死兩茫茫」都顯得有點直白，不那麼耐人尋味。吳文英寫愛情的這兩句真是值得千古流傳！

順便補說一首厲鶚的悼亡小詩，為他的侍妾月上而作。詩僅二十字：「水落山寒處，盈盈記踏春。朱闌今已朽，何況倚闌人。」最後這兩句真是驚心動魄：月上當年倚靠的朱紅色欄杆現在都朽壞了，何況當年倚在這兒的那個人呢？在曲折深刻的角度上，厲鶚的詩和吳文英的詞有異曲同工之妙，感人的力量也相彷彿。

當文人遇上皇帝

寫時光，寫春天，寫愛情，我們已經舉了三個例子。再來看一首寫鄉愁的小詩，作者是明初詩壇的傳奇人物袁凱。為什麼說袁凱「傳奇」呢？這後面有一段傳奇故事，我們要從洪武皇帝朱元璋說起。

被迫害妄想症

朱元璋是中國歷代皇帝中家庭出身低微，小時候沒有受過好的教育，用他自己的話講，是「淮右布衣」。朱元璋憑藉自己的智慧，在元末亂世中脫穎而出，趕走了蒙元統治者，建立了大明朝。打天下的時候，朱元璋還是比較英明果斷的，但坐天下的時候，早年的貧苦經歷在他內心裡積聚的自卑，漸漸釀成了一種變態的心理。特別到了執政的晚年，面對著誰來繼承江山的難題，朱元璋的變態行為愈演愈烈，一直隱藏得很深的流氓惡棍本質完全煥發出來，從而在洪武王朝演出了一場驚悚的歷史大戲，其矛頭指向的就是知識份子。

我們都知道「文字獄」的說法，文字獄清代居多，其實朱元璋洪武王朝的文字獄也非常嚴重，而且非理性的程度遠遠超過清朝。比如說，有一位府學教授上奏章歌功頌德，其中有「光天之下，乃生聖人，為世做則」之語。按正常人的思維，這都是好得不能再好的吉祥話，但朱元璋勃然大怒。首先，「光天」的「光」他不喜歡，因為朱元璋當過和尚，這就是諷刺我剃過光頭；其次，「生」和「聖」他都不喜歡，因為這兩個字和「僧」諧音，還是諷刺我當過和尚；再次，「則」與「賊」是同音字，諷刺我當過強盜。十二個字裡有四個字朱元璋看了不高興，把這位府學教授就地斬首。這是我看過的最慘的拍馬屁拍到馬蹄子上的事了。

還有一個例子：有一位法號來復的印度和尚，元朝來到中國傳播佛教，朱元璋對他也很敬仰，經常邀他進宮講說佛法。有一天，來復上人向朱元璋辭行，準備回國。朱元璋大張筵宴，為來復送行，非常隆重。這位大和尚一激動，說：「皇上，我給你寫首詩吧！」大家看，會寫詩有什麼好？你蔫溜兒走了不完了嗎？非要寫首詩惹禍。來復惹禍的詩是這麼兩句：「金盤蘇合來殊域」，「自慚無德頌陶唐」。詩中的「金盤蘇合」指的是外國出產的器具和香料，「來殊域」是指從異國他鄉來到中國，「殊域」就是「異域、異鄉」的意思；「自慚無德頌陶唐」是說我受到大皇帝這麼隆重的禮遇，自慚沒有什麼美德可以配得上大皇帝的英明仁厚。這話沒問題吧？當然沒問題，因為我們是正常人，在朱元璋的眼光裡就覺得有問題。他認為，「殊」字拆開，就變成「歹」、「朱」兩個字，這不是辱罵我嗎？一道聖旨下來，來復和尚從座上客變成階下囚，不久就死在監獄之中。

類似花樣百出的文字獄還有很多，常有人莫名其妙地被殺。後來很多高級官員聯合上書，要求朱元璋「頒定楷式」：哪些字能用，哪些字不能用，您給個標準，我們遵照執行總行了吧？朱元璋給不出標準，看不順眼的還是照殺不誤。

這些事情是足以當成精神病理學的典型個案來對待的。事實上，我確實就此種表現諮詢過精神病科的醫生朋友，他們很乾脆地給出診斷——被迫害妄想症！

在這樣的變態心理作用下，不僅同時代的活人遭遇不幸，連跟他相距將近兩千年的孟子也受到波及。朱元璋當了皇帝，需要文官給自己講聖賢之道。講著講著，就說到了《孟子》的「民為貴，社稷次之，君為輕」。朱元璋一聽之下勃然大怒，憤憤地說：「此非臣子所宜言！」氣憤地把《孟子》「啪」的摔在地上。文官們趕緊把書撿起來，放在皇帝手裡，跟皇帝苦口婆心地講：「皇上！人家孟子是大聖人，人家講這個東西是不會錯的，你應該好好聽。」勸了半天，朱元璋終於妥協了。

又講了幾天，講到「君有大過則諫，反覆之而不聽，則易位」。怎麼換君主呢？不排除暴力革命的可能性。聽到這話，朱元璋更火了，「啪」的一下把《孟子》摔在地上，講了一句狠話：「使此老今日尚在，寧可免耶？」——這個老傢伙，如果今天還活著的話，我非宰了他不可！文官們又一次撿起書，苦口婆心勸了半天，朱元璋終於摁住自己的暴脾氣，接著往下聽。又聽了幾天，聽到「君之視臣如土芥，則臣視君如寇仇」這句了，朱元璋這次大火而特火，第三次把《孟子》摔在地上，這一次誰勸都不撿了。不僅不撿，而且連續下發兩道聖旨。第一道聖旨：把孟子塑像從文廟中給我搬出來，取消孟子的聖人資格；第二道聖旨緊跟著第一道聖旨發出去，他說：我知道我取消孟子的聖人資格會有許多人求情，但是我警告你們，剛才那道聖旨不是一時衝動，是深思熟慮的結果。我已經忍孟子很久了！誰敢為孟子求情，殺無赦！

氣勢洶洶，鋒芒畢露，這說明朱元璋對孟子的影響力是有比較充分的估計的，但他畢竟還是低估了孟子的影響力。聖旨明明發出去了，但是以刑部尚書錢唐為首的一百多位官員齊刷刷地跪在朝堂之上為孟子求情。史書記載，這些人「袒胸受箭」：「皇上，我們就是要為孟子求情，你可以隨時讓弓箭手放箭射死我們，我們為孟子而死，死得光榮！」朱元璋是什麼人呢？心特狠，手特辣，殺人不眨眼，柏楊先生說他極度冷血，平生最大的快樂就是看著別人跪在地下向自己求饒，而自己還絕不饒恕[83]。但是這一次，在如此強大的輿論壓力之下，他破例收回成命，保留了孟子在文廟陪孔老先生享受香火的位置。

但是朱元璋也沒饒了孟子。他回頭跟這些文官談判：我不取消孟子的聖人資格，但是孟子文章中有很多大逆不道的言論得刪除掉，不能讓它傳播天下，流毒無窮。他讓文官刪掉了八十五條自己覺得不滿意的孟子言論，形成了《孟子》的刪節本。我們只知道《金瓶梅》有刪節本，可能想不到《孟子》也有刪節本吧？這個刪節本叫做《孟子節文》，將其頒佈天下，作為讀書人的標準化教材，被刪掉的部分老師不許講，學生不許聽。這個版本的《孟子》使用了一百年上下，直到明武宗正德年間才恢復全貌。

／自古聰明上海人

袁凱正是生活在這位暴君橫掃天下、當者披靡的時代，而且還跟他正面交鋒，並全身而退。在洪武朝著名文人中，這是唯一一個全身而退的案例。

袁凱在元朝時候已經成名，因在詩壇盟主楊維楨座上賦〈白燕〉詩，得了一個美稱「袁白燕」。大明朝初建的時候，袁凱年紀已經不輕了，六十歲上下[84]，因為名聲在外，朱元璋徵召他出來做官。袁凱雖然不願意來，但在朱元璋嚴厲的督促、甚至威脅之下，還是被迫出山。朱元璋授予他五品監察御史的職位，品級不是很高，但地位很重要，經常在朱元璋身邊從事秘書工作。袁凱小心翼翼地伺候，雖然伴君如伴虎，但還是很平靜地度過了一段時間。就在他冷不防的時候，突然大禍臨頭。

有一天，朱元璋正在勾決死刑犯的名單。什麼叫「勾決」呢？古代司法制度規定，刑部每年把準備處以死刑的犯人名單交給皇帝最終審閱，皇帝審閱的時候筆蘸朱砂，覺得這個人應該執行死刑，就在這個名字上打個勾，這個人今年秋天就會被處決。如果看到案件還有一些疑點或者可以從輕的情節，就把這個案卷放在底下，今年先不勾，這個人還可以再活一年。這一年可能趕上老爺子心情不好，拿起紅筆從頭到尾幾百份案卷一個不漏，全都打上勾了。當時袁凱正好在身邊伺候，朱元璋回頭交給袁凱一個工作：「你去把這個案卷送到太子朱標那兒，讓太子再勾一遍，以太子的決定為最後決定。」

朱標這個人比較善良，跟他爸爸性格很不相同。他審查了這些案卷以後，覺得有一些可以從輕的，就勾回來了，袁凱又捧著這些案卷回來向朱元璋交差。大家看得出來，在整個事件當中，袁凱就是一個跑腿的，沒有他任何責任，也沒有他參與的任何意見。但是，朱元璋冷不防地給袁凱出了一道生死攸關的選擇題。選擇題很簡單，只有兩個選項，但怎麼答都錯。朱元璋問：「袁凱，你說這件事情是我做得對，還是太子做得對呢？」

只有兩個選擇，但你回答哪一個都不對。你說太子對，那就說明皇上不對，皇上現在就可以翻臉處置你；你說皇上對，那就是太子不對，太子明天就可能當皇帝，照樣可以處置你。我對袁凱有過一個評價——袁凱是大明洪武朝智商最高的人。袁凱是哪兒的人呢？明朝叫做華亭，就是今天的上海人。我還開過一個玩笑，上海人不是從今天才開始聰明的，古代就聰明。袁凱面對這樣的難題，他即興回答得非常精彩，我們想了幾百年了，都沒有想出來比他當時更好的答案。袁凱說：「陛下執法之正，太子乃心之慈。」這話越琢磨越有意思：陛下你沒有錯，因為你是以事實為依據，以法律為準繩；太子也沒錯，太子是法外開恩哪！

聽了這麼一個回答，一個正常人會怎麼看待袁凱呢？我會認為袁凱是個人才，現在給五品官太小了，應該大力提拔。這是正常人的反應，但朱元璋不是正常人，他給了袁凱八個字的評語：「老奸巨猾，首鼠兩端」，當即把袁凱下了大牢。

／將裝瘋進行到底

過了幾個月，可能趕上有一天心情好，又想想人家袁凱確實沒犯什麼錯，朱元璋把袁凱放出來了，將他官復原職。袁凱本來就不樂仕進，經歷這次無妄之災，更是體會到了伴君如伴虎的滋味。怎麼能夠從朱元璋的魔掌中逃脫出來呢？我們說遠一點，袁凱所面對的困境不是他一個人的困境，而是無數文人在面對險惡政治漩渦的時候共有的困境。這種困境用李國文先生的一本書名來概括，叫做「當文人遇上皇帝」。當文人與權力狹路相逢的時候，你能憑藉的有什麼呢？無錢無權，無兵無勇，你能憑藉的只有智慧。所以，無數文人遇到這種險惡的政治漩渦的時候。大家都英雄所見略同地選擇同一個方案——裝瘋！我還開過一個玩笑，有機會可以研究一下文人裝瘋史。為什麼裝瘋？怎麼裝瘋？裝瘋以後又怎樣了？那會是非常有趣的一個課題。

袁凱是「文人裝瘋史」中非常傑出的一個。怎麼裝呢？袁凱一定有過精心的設計。首先要選擇眾目睽睽的場合，你自己在家裝得再好也沒有用，皇上看不見；其次是要算好跟朱元璋的距離，太近了不行，容易被看出破綻，太遠了也不行，看不清楚就白裝了。所以，他選擇了所有官員上朝的時候，走到離朱元璋幾十米的距離，突然倒在地上，四肢抽搐，口吐白沫。這叫羊角風，學名癲癇症。袁凱躺在地上抽風，朱元璋神色不動，站在臺階上看了袁凱半個小時，然後告訴身邊的衛士：「我聽說羊角風病人都沒有痛感，你們拿錐給我去扎幾下。」這裡說的「錐」不是我們日常用的錐子，而是武士佩戴的匕首。衛士奉旨，到袁凱身上就捅了幾刀。裝瘋不是件簡單的事情，你光有智慧還不行，還得有毅力。袁凱意識到這是生死關頭，以絕大的毅力忍痛不動，做出完全沒有疼痛的樣子。捅完了以後，朱元璋又站那兒看了袁凱半個小時，真的沒看出什麼問題，不得不相信袁凱已經瘋了，只好批准袁凱退休，放他回了老家。

就這樣，袁凱從朱元璋的魔掌裡逃出去了，但真的逃出去了嗎？恐怕還沒有。袁凱離開朝廷以後，朱元璋老惦記他。惦記什麼呢？惦記袁凱是不是騙我，怎麼能讓袁凱跑了呢？於是，朱元璋派一個欽差到華亭，給袁凱傳了一道「溫情脈脈」的聖旨。確實是溫情脈脈，聖旨開頭就說：「袁愛卿啊！

自從你離開以後，朕經常惦記你」——這話倒沒錯，確實是惦記袁凱來著——「惦記你什麼呢？惦記你的身體是不是痊癒了。如果你身體好一點兒的話，還歡迎你回到朝廷裡面來做官，我這兒虛席以待；如果你身體還沒有完全恢復，那就在地方上做個教官，替朝廷作養一點人才。」確實是溫情脈脈，非常動聽。但前面我們說過，袁凱是大明洪武朝智商最高的人，他對朱元璋這點兒小心思洞若觀火：這哪裡是關心我呀，不就是看我瘋沒瘋，是否欺騙了皇上嗎？

袁凱現在只剩下一個選擇——將裝瘋進行到底。問題是欽差進了門，你還像上次一樣發羊角風，不一定騙得過去了。不僅要把裝瘋進行到底，還得拿出裝瘋系列的必殺技，升級二．〇版。於是，袁凱弄了一盆麵粉，加上紅糖或者什麼其他染料拌和到一起，和了一盆粘乎乎、黑乎乎的東西，又把它捏得一段一段的，做了一盆假的狗屎，灑得滿院子都是。欽差來袁凱家裡傳聖旨的時候，看到的是這樣一個場景：袁凱蓬頭垢面，衣衫襤褸，趴在地上撿這個東西吃呢！欽差差點沒吐出來，他哪兒敢揀一個嘗一嘗啊？只好回去跟朱元璋稟報，說袁凱的確瘋了，比原來瘋的還厲害，這才最終騙過了朱元璋。

袁凱憑藉裝瘋「必殺技」最終逃出生天，可能連他自己也沒想到，他付出的這些代價是非常「超值」的。根據我的考證，袁凱最終騙過朱元璋的時候是六十多歲，他自己肯定沒想到，此後他又多活了三十年上下。袁凱是明朝最長壽的詩人，也可能是中國古代最長壽的詩人，一直活到九十四歲以後才去世，那時候已經是永樂年間了[85]。看來有時候不必計較和別人的恩怨，只要你比他活得長，你就贏了。正如李國文先生在〈司馬遷之死〉中所說的那樣：

後來，我明白了，這固然是中國文人之弱，但也可能正是中國知識份子之強。

連我這等小八臘子，在那不堪回首的「右派」歲月裡，還曾有過數度憤而自殺的念頭呢！因為那些王八蛋作踐得你實在不想活了。那麼，司馬遷，這個關西硬漢，能忍受這種度日如年，生不如死的苟活日子嗎？他顯然不止一次考慮過「引決自裁」，但是，真是到了打算結束生命的那一刻，他還是選擇了中國大多數知識份子在無以為生時所走的那條路，寧可含垢忍辱地活下去，也不追求那死亡的剎那壯烈。一時的轟轟烈烈，管個屁用？

因此，我想：

第一，他不死，「所以隱忍苟活，函糞土之中而不辭者，恨私心有所不盡，鄙沒世而文采不表於後也」（按：〈報任少卿書〉，下同），他相信，權力的盛宴，只是暫時的輝煌，不朽的才華，才具有永遠的生命力。

第二，他不死，一切都要等待到「死日然後是非乃定」。活著，哪怕像孫子，像臭狗屎那樣活著，也要堅持下去。勝負輸贏，不到最後一刻，是不見分曉的。你有一口氣在，就意味著你擁有百分之五十的勝出機率，幹嗎那樣便宜了對手，就退出競技場，使他獲得百分之百呢？

第三，他不死，他要將這部書寫出來，「藏之名山，傳之其人，通邑大都，則僕償前辱之責，雖萬被戮，豈有悔哉」，很明顯，他早預計到，只要這部書在，他就是史之王，他就是史之聖；他更清楚，在歷史的長河裡，漢武帝劉徹者也，充其量，不過是眾多帝王中並不出色的一位。而寫出「史家之絕唱，無韻之〈離騷〉」（魯迅語）的他，在歷史和文學中的永恆地位，是那個「宮」他的劉徹，再投胎十次也休想企及的。

所以，他之不死，實際是在和漢武帝比賽誰更活得長久。

這就是袁凱令人唏噓的傳奇故事。袁凱不僅智商為洪武朝之冠，作為詩人也是非常優秀的。元末明初有一個名聲很大的群體叫「吳中四子」，也叫「吳中四傑」，指的是高啟、楊基、張羽、徐賁四位，現在看來，袁凱的成就應該在楊、張、徐三位之上，與高啟並稱為明初詩壇的「雙子星座」。他的這首〈京師得家書〉篇幅雖短，但堪稱平生傑作：

江水三千里，家書十五行。行行無別語，只道早還鄉。

首句的「三千里」也作「二千里」，從南京與上海的距離看，「二千里」更近乎實際，但作「三千里」也不算錯，誇張手法而已。「家書十五行」常常沒有很好的解釋，其實古代信紙常常印成八行格式，也稱「八行書」，這裡說「十五行」，大概是表示區別於一般虛文客套的兩張八行書的意思。十五行家信字字含情，但也無非說了「早還鄉」三個字而已！寫鄉愁，全用白描筆法，不加修飾，是很動人心絃的。如果聯想到袁凱日後的遭遇，這份「鄉愁」其實又多了一種沉甸甸的內涵。

友情詩「准」絕唱

友情，也是古典詩歌永恆的母題之一。清代詩詞裡寫友情的句子很多，也很感人。比如清初一位名不見經傳的詩人張文光[86]。他的〈重過識舟亭〉中有「偶得故人天上句，如懷明月夜中行」兩句，我讀了頗感震撼。一位多年沒有音信的老朋友，給自己大老遠寄來一封信，那種開心我們可能都有體會。張文光先用了「天上句」三個字，不管是「天上掉餡餅」還是「天上掉下個林妹妹」，都是一種強烈的欣喜，但更重要的在後面：把這封信揣在懷裡是什麼感受呢？「如懷明月夜中行」！你能想像在黑燈瞎火的曠野中，周圍虎吼狼嚎，而你懷裡揣著一輪月亮，那會是什麼樣的感受？友情寫到這種程度，也可以算是翻新出奇了。

龔自珍〈投宋于庭翔鳳〉中的友情也很讓人感動。宋翔鳳字于庭，是常州學派的中堅人物，與龔自珍的老師劉逢祿同為常州今文經學鼎盛期之代表。同時又與林則徐、鄧廷楨交往頻密，於時世動蕩多有閱歷，是晚清一位高才無命、經世致用情懷無所施展的傑出文人。龔自珍是當世有名的「狂士」，能被他看得上眼的人微乎其微，但只要遇到宋翔鳳這般他真心欽敬的才士，龔自珍又是絕不吝惜真摯的讚美的：

遊山五嶽東道主，擁書百城南面王。
萬人叢中一握手，使我衣袖三年香。

前兩句寫宋翔鳳的閱歷學問，目的在於為後兩句做鋪墊。「萬人叢中一握手，使我衣袖三年香」，「衣袖」這兩個字很考究，衣袖可以香三年，手能香多久？對宋翔鳳景仰激賞到了何等地步？這七個字包含著好幾層意思，愈轉愈深，與張文光的「如懷明月夜中行」各極其美，各有千秋。

上面的詩句都夠「絕」了，但距離「絕唱」還有差距。在我心目中，幾千年來寫友情的冠軍作品，毫無爭議要頒給顧貞觀的〈金縷曲．寄吳漢槎寧古塔，以詞代書〉。吳漢槎是誰？寧古塔是哪兒？顧貞觀為什麼要以詞的方式給他寫信呢？凡此種種，背後又隱埋著一大段令人驚悚、詭譎變幻的歷史風雲。

／薙髮令與科場案

漢槎即吳兆騫的字，吳江人，這是明末清初一位著名的大才子。「大才子」這三個字在我這兒不是輕易許人的，吳兆騫夠得上。順治十年（一六五三），江浙文社在蘇州虎丘、嘉興鴛鴦湖舉行了幾次大型聚會，每次參與者多達上千。二十二歲的吳兆騫在會上大出風頭，被文壇盟主吳偉業點為「江左三鳳凰」之一[87]，從此名震江南。本來有著大好前途，結果命數弄人。順治十四年吳兆騫參加江南行省舉行的鄉試，順利考中了舉人，也因此開始了自己一生的大悲劇。

順治十四年的干支是丁酉，這一年發生在江南的「科場案」是此後一系列大型案獄的開端。為什麼這樣說？我們要從明亡清興說起。

當年盤踞在關外的滿清辮子軍其實本來沒有入主中原的野心，在山海關一片石大戰李自成，他們恐怕也沒有想到看起來戰鬥力那麼強的大順軍隊，摧枯拉朽般被自己迅速擊潰，徹底崩盤。從這開始，樹立了信心的滿清軍事集團高歌猛進，在整個北方地區都沒有遇到強有力的抵抗。從地域文化性格的角度看起來，這樣的局面未免有點讓人詫異。

北方一向是以陽剛氣質著稱的，所謂「燕趙之地，多慷慨悲歌之士」，所謂「山東大漢」，所謂「天下武功出少林」，按理說不應該出現望風披靡的情況。反而是到了溫文爾雅、煙水迷離的江南地區，風起雲湧、前赴後繼的鐵血抵抗一浪高過一浪，這尤其讓我們覺得不可思議。

我是東北人，在蘇州生活過幾年，感性體會很多。比如說，我在蘇州的住所附近有兩間小超市，兩個老闆不知道因為什麼吵架了，兩人都站在自己門口，隔著幾十米吵，從早晨八點多吵到中午吃午飯，誰也不會往前走一步，就在那兒「乾吵」。我們東北哪有這事兒啊？東北人吵架一般不超過三句話：「你瞅啥？」「瞅你咋地？」第三句就動手了，弄不好幾分鐘就出人命了。

前些年周立波有個小段子也很好玩。他說：我給咱們上海爭了一口氣。一個瀋陽的朋友說：你們上海男人一點兒都不像男人，吵架好幾個小時都不動手，你看我們東北怎麼怎麼樣。周立波說：我跟你講上海是怎麼回事兒。上海灘不是出打手的地方，是出流氓的地方。流氓和打手有什麼區別？上海灘的大流氓，比如黃金榮、張嘯林、杜月笙，他們看誰不順眼的話，自己不會動手的，而是告訴手下人：「內伊組特！」這是上海話，翻譯過來就是「把他做掉」！誰去做呢？都是你們東北人去做呀！

這些閒話裡的確反映出地域文化性格的差異，但我們提醒一句，為什麼在江南出現鐵血鬥爭的情況？有一個非常重要的因素必須考慮進來：清兵在順治二年南下長江，頒布了著名的「薙髮令」。「薙」字現在常常被寫成「剃」字，其實這兩字有很大差異。「剃髮」是剪去頭髮，「薙」是斬草除根，力度完全不同。剃髮令的核心是十個字：「留頭不留髮，留髮不留頭」，頭髮、腦袋選擇一個！

頭髮是小事兒，剃成什麼髮型都不會影響身體健康，但頭髮又是大事兒，所謂「身體髮膚，受之父母，不可毀傷」，頭髮背後是文化傳統！大明衣冠我們早就習慣了，現在要逼迫大家把前半截頭髮剃掉，後半截梳個辮子，這是禽獸之裝！這不僅是審美品位的大滑坡，更是對漢文化法統的全面摧毀。從南宋以來，江南就是漢文化積澱最厚的地區，於是，就在這個「乾吵」地帶出現了拋頭顱、灑熱血的抗爭。

揚州十日、嘉定三屠、江陰保衛戰、四明山游擊戰……雖然最後都以失敗告終，但是可歌可泣，氣壯山河，在滿清統治層心裡留下了長久的驚慌和疑忌。局勢稍稍穩定一點，就要啟動一系列必要手段，打擊江南地區的知識階層、士紳階層，拔除自己的眼中釘，肉中刺。順治十四年丁酉科場案就是在這樣的背景下登臺亮相的。

／順治的帝王心術

丁酉科場案其實是一個全國範圍的案件，在順天（俗稱北闈）、河南、江南（俗稱南闈）的鄉試中都有違規現象，也都有人受到懲處，但是，我們比照一下，就能明顯感覺到朝廷對南闈科場案重拳出擊，後果最嚴重，處刑最嚴厲。

如同每一次鄉試一樣，錄取結果出來了，幾家歡樂幾家愁，有上榜的，就有落榜的，每一次也都會有落榜秀才「找茬兒」以各種方式表達自己的牢騷和不滿。這一科考試的「茬兒」在什麼地方呢？

有人注意到，這一科的主考叫做方猷，而他錄取的一個舉人叫方章鉞。這兩人肯定是同宗近親，明顯是營私舞弊、暗箱操作！於是一傳十、十傳百，輿論沸騰，甚至有位落榜的才子尤侗寫了一齣時事活報劇《鈞天樂》，又有人寫了一齣《萬金記》，由戲班搬上舞臺，引起巨大轟動。《萬金記》的名字取得很有講究，「万」字加上「、」就是「方」，指主考方猷；「金」字是「錢」字的偏旁，指的是副主考錢開宗；「萬金」合在一起又暗示他們收受賄賂。這樣的輿論造勢很快引起強烈關注，京城有一位監察官員陰應節「風聞奏事」，把這件事情報告了順治皇帝。

那麼，到底應不應該同宗回避？主考官是否違規操作呢？其實真相很容易查清楚。因為當事舉子方章鉞也不是沒來歷的人物。他是安徽桐城方氏望族出身，父親方拱乾現在朝廷擔任詹事府右少詹事兼內翰林國史院侍講學士的要職，他大哥方玄成擔任內弘文院侍讀學士，品級也不低，而且頗受皇帝賞識[88]，把他們叫來問問不就知道了？方拱乾回奏得很明白了：「臣籍江南，與主考方猷從未同宗，故臣子章鉞不在回避之例，有丁亥、己酉、甲午三科齒錄可據」，這就是說，我們同姓不同宗，歷史上從來沒有回避過！

這個證據是堅實的，但問題在於，如果皇帝採信了你的說法，認為沒有舞弊情節，下一步的戲要怎麼唱？那將置皇帝體面於何地？將置皇帝打擊整治遲遲不肯歸心的南方士子的算計於何地？

接下來的事件與其說是「千古奇冤」抑或「一場鬧劇」，不如說是一次蓄意已久的陰謀。一般情況下，皇帝聽到了這樣的舉報以後，應該怎麼處理這個事情呢？應該表態說：「我高度重視江南考場舞弊的事情，馬上調派一批幹員，組織一個專案組，一查到底，把真相搞清楚，如有違法違規情節，我們堅決處置，嚴懲不貸！」這是正常程序，但是順治皇帝這一次的反應很不正常。他貌似憤怒其實很開心地下了一道聖旨。開頭就說：「方猷、錢開宗離開京師去主持南闈考試的時候，朕曾經當面訓諭，一定要秉持公心，千萬別出問題，哪知道這兩個傢伙陽奉陰違，辜負朕的一片苦心，實屬可惡」，然後再說：「派人下去，一查到底！」

大家看出來哪裡不對了嗎？他已經先給案件定了性，然後再去查，你能查出什麼來？你能唱反調，查出兩位主考官沒舞弊嗎？把皇帝的聖旨往哪兒放、臉面往哪兒擺？還要注意一點：順治皇帝對方拱乾提供的證據完全「選擇性失明」，視而不見，提都沒提。他是不是因為憤怒而忽視了有力證據呢？我認為不是，順治皇帝既不是昏君，也不是暴君，相反，他是奠定大清朝江山的「三祖」之一[89]，是非常英明而有算計的！這是他故意走的一步大棋！所以我說他「貌似憤怒其實很開心」，這簡直是雪中送炭嘛！

專案組的調查結果不用說了，移交到審判機關，結果也不用說了：方、錢二人舞弊證據確鑿，擬處絞刑。十六房同考官也負有連帶責任，處以流刑。大家會覺得這個刑罰太重了，但這裡我們要說明兩點：第一，古代科場案是驚天大案，懲處是非常重的，清朝後期曾經因為科場案殺過大學士[90]。

不像現在，什麼什麼考試漏題作弊，當事人給個記大過、撤職處分就算了。按照這樣的規矩，這個「擬刑」並不算重。

第二，這個擬刑不僅不算重，其實還有點輕呢！司法部門的目的是為了救方、錢二人的命。為什麼？這裡面有一個古代司法制度通行的「潛規則」，叫做「殺之三，宥之三」。什麼意思呢？傳說上古堯帝時期大法官叫做皋陶，鐵面無私，有人犯了死罪，他稟報堯帝說要殺。堯帝心存悲憫，說：「饒他一條命吧！」皋陶堅持說：「不行啊！要殺！」如是者三[91]。這條「潛規則」的意思就是要彰顯帝王的仁慈，所以一般都是司法部門把刑罰定得重一點，留給皇帝「法外開恩」的餘地。現在司法部門擬的是絞刑，也就是最低一等死刑，皇帝一「加恩」，減一等吧！這兩人的命就保住了。這就可見，司法部門知道這些人是冤枉的，他們不敢駁皇帝的意思，又想玩一點法律手段。

打算得挺美，但誰也沒想到，順治皇帝按照自己的戰略思想又一次給予了非常態處置。他沒有遵照「殺之三，宥之三」的原則法外開恩，反而「特旨改重」，把方、錢兩位主考的絞刑升格為斬刑，十六房同考官升兩格，一起斬首。於是，這一科十八位考官全部被殺，其中只有一位叫盧鑄鼎的比較幸運，先死在監獄裡面了。他們的家產被沒收，妻子兒女流放到黑龍江，給披甲人為奴。

／心理素質沒過關

對考官如此出格嚴懲，對考生怎麼辦？順治傳下聖旨：所有已錄取舉人從南京到京城瀛臺，一體複試！我們能想像，瀛臺複試的場面、氣氛和在南京考試肯定大不一樣了。大家有機會可以去南京看看江南貢院，它是中國古代規模最大的考場，鼎盛時期僅考試的號舍就有超過兩萬間，加上官、膳、庫、雜役兵等數百間房，占地超過三十萬平方米。當然，號舍的條件也很艱苦，幾平方米而已，沒有床，搭個木板當書桌，困了就蜷縮在上面睡覺。但是那畢竟是個獨立空間，心情還是相對放鬆的。到了瀛臺是什麼樣子呢？為了防止再一次出現舞弊行為，每個考生身邊站著兩個全副武裝的士兵，甲冑鮮明，刀槍鋥亮，肌肉發達，目露凶光，膽子稍小一點的考生，誰還能安心寫文章？害怕還害怕不過來呢，腿肚子可能都抽筋了！那點才華早就丟到爪哇國去了！

我們要講的這兩首詞裡的主角吳兆騫就是這麼一位心理素質不過關的考生。他是名震江南的大才子，誰都得承認，他考這個舉人小菜一碟，絕不會存在什麼賄賂、舞弊之類的問題。可偏偏就是他，複試考砸了！

為什麼呢？有一種說法認為吳兆騫對這種複試形式非常不滿，說：「豈有堂堂舉人而為盜賊之事者？」為了表示抗議，他交了白卷。這種說法恐怕是後人的一廂情願，我們沒有找到相關的文獻證據。從現有文獻來看，吳兆騫是被這種劍拔弩張的場面嚇破了膽，那些「江左三鳳凰」的才學連一成也沒發揮出來，所以「未能終卷」，考了個不及格[92]。

跟吳兆騫命運類似的還有另外七個人，其中就包括引發這起科場案的方章鉞。我們知道，這次複試誰都能合格，但方章鉞不可能合格，另外七位是給方章鉞陪綁的。於是，吳兆騫、方章鉞等八位「前舉人」全家被處以流放之刑。流放到哪兒呢？寧古塔。

／東北文化的三處穴道

我們要多解釋幾句。流放，自古有之，流放地肯定都是老少邊窮、苦寒之地。全國算下來，哪裡最理想？東北地區！清初開始，大批官員、文人被陸續流放到東北，沒有這些流人的拓荒，東北不可能有現在這樣成色不錯的文化成就。具體流放到哪裡呢？第一個離京師三千里，叫做尚陽堡，就是現在千山腳下的遼寧省遼陽市。

那時候的東北不是現在的東北，不僅「層冰積雪，非復人境」，而且常常有意外的「驚喜」。有位杭州文人叫丁澎的被流放到了尚陽堡，半夜在茅草房裡看書，忽然聽見有人敲門。趴門縫一看，沒有人。回來接著看書，又有人敲門，趴門縫一看，還沒人！我們不是講鬼故事啊！第三次再敲門，丁澎趴門縫看了半天，結果看見一隻斑斕猛虎，圍著茅草房直轉，鋼鞭似的虎尾把門打得啪啪作響。

這就是當年的遼陽，生態系統保存得多麼完好！按說這樣的地方已經夠恐怖了，可是據流放到寧古塔的人說，他們「望尚陽堡，如在天上」！

如果覺得流放到尚陽堡還不解恨，那就會從這裡再往北數三千里，那就是第二個流放地——寧古塔，滿語「六個」的意思，現在的黑龍江省牡丹江地區寧安縣。到了康熙後期，這兩個流放地不夠用了，又開拓了第三個地點，卜魁城，就是現在黑龍江省齊齊哈爾市。這三個地方是東北漢文化的三處穴道，把它們點准了，就能解決東北文化發祥的問題。

還要注意的是「全家流放」。既不是一個人上路，也不是三口、五口之家，而是整個家族，可能幾百上千口人，因為這個也許不太熟悉的家族成員的錯誤，就被流放到萬里之外，苦寒絕域。那真是呼天不應、叫地不靈的人間悲劇！

吳兆騫家族人口不太多，方章鉞就不一樣了。他父親方拱乾、大哥方玄成全都丟了官，連同其他幾位兄弟亨咸、育盛、膏茂，一起以罪犯身分流放到了寧古塔。順便一說，這裡面有一個有意思的小掌故：方拱乾的幾個兒子沒有用統一的範字命名，但有一個統一的特點：「文頭武腳」。玄、亨、育、膏、章，都是「文頭」，成、咸、盛、茂、鉞，都是「武腳」。所以有人開玩笑說：再生兒子就叫「哀哉」吧，也是文頭武腳啊！

絕塞生還吳季子

93

家庭教師顧貞觀

順治十六年（一六五九）閏三月初三，吳兆騫啟程赴寧古塔，從江南的煙水迷離進入了東北的冰雪摧殘。他的恩師吳偉業長歌一首〈悲歌贈吳季子〉，與自己的得意弟子作生死之別。這首詩我們在前文講聶紺弩時引過，這裡還應該看一看：

人生千里與萬里，黯然銷魂別而已。君獨何為至於此？
山非山兮水非水，生非生兮死非死。
十三學經並學史，生在江南長紈綺。
詞賦翩翩眾莫比，白璧青蠅見排抵。
一朝束縛去，上書難自理，絕塞千里斷行李。

送吏淚不止，流人復何倚。
彼尚愁不歸，我行定已矣。
八月龍沙雪花起，槖駝垂腰馬沒耳。
白骨磑磑經戰壘，黑河無船渡者幾。
前憂猛虎後蒼兕，土穴偷生若螻蟻。
大魚如山不見尾，張鬐為風沫為雨。
日月倒行入海底，白晝相逢半人鬼。
噫嘻乎悲哉！生男聰明慎勿喜，倉頡夜哭良有以。
受患只從讀書始，君不見，吳季子！

「山非山兮水非水，生非生兮死非死」、「受患只從讀書始，君不見，吳季子」，這樣的句子出自蒼老憔悴的詩壇盟主筆下，足以催人淚下。在送行的人群裡，有一個人沒有掉一滴淚，也沒有說太多話，他只是暗暗攥緊了拳頭：漢槎兄！不管付出什麼代價，不管要花費多少時間，我都會把你救回來！這個人就是——顧貞觀。

顧貞觀是無錫人，家世比吳兆騫顯赫得多。他的曾祖就是晚明東林黨的黨魁顧憲成，顧氏家族與大明朝休戚與共，感情深厚，積極投身抗清事業，付出了非常慘重的代價。家仇國恨驅使之下，顧氏子弟出仕新朝的少之又少，但凡跟新朝靠近的都被視為一種背叛，飽受輿論譴責。顧貞觀就成了這樣的不肖子弟，順治十八年（一六六一）初，顧貞觀即啟程赴京，奔走權門，仰人鼻息，總算熬得一點文書之類的小官，但對於營救吳兆騫毫無幫助。

一晃兒十多年過去了，直到康熙十五年（一六七六），顧貞觀終於謀得了一個有希望的差事——到大學士明珠府上任家庭教師，更重要的是，他和明珠的大公子納蘭性德惺惺相惜，結成了莫逆之交。

怎麼能夠深深打動納蘭性德，讓他向明珠強力推動「營救行動」呢？納蘭是至情至性的詞人，那就寫一點至情至性的詞吧！這一年冬天，顧貞觀寓居千佛寺，眼看漫天冰雪，寒意侵骨，遙想六千里外的吳兆騫又會是怎樣的苦寒難熬？一腔積鬱熱望難以宣洩，於是揮筆寫下〈金縷曲．寄吳漢槎寧古塔以詞代書，丙辰冬寓京師千佛寺冰雪中作〉：

季子平安否？便歸來、平生萬事，那堪回首。行路悠悠誰慰藉，母老家貧子幼。記不起、從前杯酒。魑魅搏人應見慣，總輸他、覆雨翻雲手，冰與雪，周旋久。

淚痕莫滴牛衣透，數天涯，依然骨肉，幾家能夠？比似紅顏多命薄，更不如今還有。只絕塞、苦寒難受。廿載包胥承一諾，盼烏頭、馬角終相救。置此札，兄懷袖。

我亦飄零久。十年來、深恩負盡，死生師友。宿昔齊名非忝竊，只看杜陵窮瘦，曾不減、夜郎僝僽，薄命長辭知己別，問人生、到此淒涼否？千萬恨，為兄剖。

兄生辛未吾丁丑，共些時，冰霜摧折，早衰蒲柳。詩賦從今須少作，留取心魂相守。但願得、河清人壽。歸日急翻行戍稿，把空名、料理傳身後。言不盡，觀頓首。

／和血和淚的「以詞代書」

要特別注意「以詞代書」四個字。之前也有人說「以詩代書」、「以詞代書」，都是泛泛而已，都沒有嚴格按照書信的格式，但是顧貞觀做到了「詞」與「書」的高度吻合。我們給人寫信，第一句都問平安，顧貞觀第一句也是這樣：「季子平安否」。同樣問平安，他這一問力量非同小可，那是十幾年的惦念、擔憂、努力凝結成的這一句，五個字背後其實是有千言萬語的！接下來一句沒有按照慣常思路打聽吳兆騫的近況，而是直接宕開，接入「便歸來」三個字，可見「歸來」是無時無刻不縈繞牽掛在顧貞觀心頭的。這一轉，筆力千鈞，下面「平生萬事，那堪回首」，再轉回來：假設你能回來，想想自己這一輩子，怎堪回首？這樣，開篇兩句就構成了「現在——未來——過去（現在）」的時間線，筆法騰躍，矯若神龍。

「行路悠悠誰慰藉，母老家貧子幼」，這是寫吳兆騫的「現在」，要注意「母老家貧子幼」的六字句，掰開了是三個二字句，「母老」、「家貧」、「子幼」，這都是人心深處最痛楚的地方。面對這樣殘酷的現實，所以才「記不起，從前杯酒」，寧可忘卻、不敢想起早年詩酒風流的情景，那離現在的自己太遙遠了！

「魑魅搏人應見慣，總輸他、覆雨翻雲手」，這兩句背後是有著極其深沉的感慨的。吳兆騫流放寧古塔背後有仇家陷害的因素，但顧貞觀筆下的「覆雨翻雲」的「魑魅」哪裡只是指一般的仇家呢？那不是指這個群魔亂舞的世界嗎？在後文顧貞觀還說：「數天涯，依然骨肉，幾家能夠」，他的這種眼光很難得。他沒有拘於一人一事、一家一姓，而是放眼到整個時代，這樣一寫，詞的境界和意義就都不一樣了，「冰與雪，周旋久」六個字也就顯得格外沉痛。

上片的情感洶湧澎湃，一浪高過一浪，下片前半部分就要平靜一些，大都是勸慰之辭：「淚痕莫滴牛衣透，數天涯，依然骨肉，幾家能夠？比似紅顏多命薄，更不如今還有」，這是強忍內心激憤與痛楚的安慰，但真的能安慰到吳兆騫嗎？不管你怎樣開解自己，「只絕塞、苦寒難受」！反覆的勸慰、體諒，反覆拿自己和吳兆騫形成同頻共振，可是真能抵得上飛雪胡天、捲地北風中的苦熬嗎？

由此過渡到煞拍部分：「廿載包胥承一諾，盼烏頭、馬角終相救」，這裡用了兩個典故。一是申包胥哭秦庭。《左傳》記載，伍子胥率吳兵破楚，申包胥乞師於秦，秦王不許。申包胥「立依於庭牆而哭，日夜不絕聲，勺飲不入口七日」，秦王感動，最終答應出兵救楚。二是用燕太子丹的典故。燕太子丹在秦為人質，問：「什麼時候放我回去？」人家回答得很簡單：「烏白頭，馬生角。」燕太子丹回國之後，派荊軻行刺秦王。這兩個典故並不生僻，而且非常恰當地表達了顧貞觀的堅決心性。「置此札，兄懷袖」，「此札」是我許下的誓言，吳兄你好好珍藏，立此為據吧！

寫到這兒，一首詞結束，一個完整的意思表達完了，但還遠遠不是全部。第一首詞相當於一封信的前兩段，我們還要看看信的後半部分寫了什麼。

第二首的開頭不容易，要承上啟下不說，還要夠分量，壓得住上一首洶湧浩蕩的情感洪流，「我亦飄零久」五個字是做到了上面那些要求的。一個「亦」字，不僅關合著吳兆騫的遭遇，更領起了第二階段汪洋恣肆的情感噴發。「十年來、深恩負盡，死生師友」，這兩句背後也有一篇大文章，但是不暇說，也不能說。因為目的不是要炫耀、市恩，而是為了解說「飄零」二字，點到為止即可。所以下面話鋒一轉，追溯往事：「夙昔齊名非忝竊，只看杜陵窮瘦。曾不減、夜郎僝僽」，我們嘔心瀝血，磨礪志節學問，那一點小小虛名都是我們辛勤博得的呀！

關於「夙昔齊名」，我們可以加一點注解。吳、顧確有才子之並稱，但吳兆騫的風頭比顧貞觀要尖銳一些。他個性張揚，做事不依常規，留下了不少掌故軼事。讀私塾的時候，他把別的小同學帽子偷走了，還往裡面撒了一泡尿。老師批評他，他卻說：「與其戴在俗人頭上，還不如給我當個尿盆的好！」這位私塾先生叫計東，也是一位名士，很有識人的眼光，他給吳兆騫「算了一個命」：「此子必定成名，但是露才揚己，不能免禍。」

長大以後，吳兆騫與一位大名士汪琬一起散步，忽然跟汪琬說：「江東無我，卿當獨秀！」路人為之側目。這是南朝時袁淑見了謝莊〈鸚鵡賦〉以後的感嘆語，袁淑後面還有一句：「我若無卿，亦一時之傑也。」於是把自己寫的〈鸚鵡賦〉收了起來，秘不示人。袁淑雖然很自負，但還是自認不如謝莊的，其實是惺惺相惜。吳兆騫引用這句話意思可就不對了，他有點像相聲〈對春聯〉的開頭：「整個相聲界你的文化水準最高，數你了……當然了，比起我你還差一點兒！」如此狂傲，勢必會引人嫉恨，惹來大禍也與這個性格特點有關。

「夙昔齊名」的風華轉瞬即逝，自從你獲罪流放，我們天各一方，無緣再見，人生到此地步，那可真是太淒涼了！「問人生、到此淒涼否」，這八個字裡包涵的人生況味實在令人難復為言。其實又何止一個吳兆騫呢？屈原的人生、司馬遷的人生、杜甫的人生、柳永的人生、蘇軾的人生、黃景仁的人生、龔自珍的人生、沈祖棻的人生、聶紺弩的人生……哪一個不值得我們問上這麼一句呢？所以我多次強調，顧貞觀這兩首詞有他極其廣闊的「超越性」，超越了一時一事、一家一姓，甚至也超越了時空阻隔，鋒利地扎進我們心裡。這才能稱之為千古絕唱！

過片遙接「人生」二字，轉入家常叮嚀。「兄生辛未吾丁丑。共些時，冰霜摧折，早衰蒲柳」，算算自己的年紀，也到了「保溫杯裡泡枸杞」的油膩中年了，何況又經歷了那樣有形無形的摧殘？「詞賦從今須少作，留取心魂相守」，熬心血的詞賦要少寫一點，多保重一點，但願能盼到河清人壽那一天。「歸日急翻行戍稿，把空名、料理傳身後」兩句照應的是第一首開頭「便歸來、平生萬事，那堪回首」那兩句，而意思又有所不同。所謂「空名」，在那空蕩蕩裡邊難道不是包涵著無比濃郁的歷史感和生命感嗎？寫到這裡，應該煞尾了，「言不盡，觀頓首」，最後六個字是標準的書信格式，但如同「季子平安否」一樣，這也不是套語。「言不盡」是真的有千言萬語沒有說盡，「觀頓首」也充滿著莊嚴的儀式感和友情的沸騰溫度。

／太息梅村今宿草

兩首和血和淚凝成的千古絕唱，拿給納蘭性德看了以後發生了什麼事呢？顧貞觀有記載，他說：「容若見之泲下，曰『河梁生別之詩，山陽死友之傳，得此而三』。」「河梁生別之詩」是指蘇武、李陵，「山陽死友之傳」是指向秀悼念嵇康、呂安的〈聞笛賦〉。納蘭性德說，這是千古第三個友情佳話，自己深受感動，決意承擔這個 Mission Impossible，並許諾以十年為期。

要知道，這是「先帝」親手定下的鐵案，納蘭性德敢應允十年已經非常不容易了，但顧貞觀一聽就急了：「人壽幾何？吳兆騫已經流放塞外十幾年了，他還能不能熬過十年呢？」再三懇請，納蘭把期限縮短到了五年。

儘管納蘭性德也很受康熙皇帝欣賞，但營救吳兆騫，他的能量還不夠，只能找個合適機會去跟他父親明珠懇求。明珠明白這事情的難度，沉吟許久，跟顧貞觀說：「顧先生，我知道你滴酒不沾，今天你喝下兩大碗公烈酒，我就答應你救吳兆騫回來。」顧貞觀二話沒說，將兩大碗公烈酒一飲而盡，頹然醉倒[94]。明珠也被顧貞觀所打動，通過自己的得力幹將徐乾學出面籌措了一筆錢，以納贖城門的名義把吳兆騫「買」了回來。那時正是康熙二十年（一六八一），納蘭性德兌現了「五年之諾」，而吳兆騫在塞外整整流放了二十多年，回到山海關內已經是半百老人！無辜遭難，流放半生，萬般掙扎，得以生還，還得感謝謳歌聖上的英明偉大，這是一個什麼樣的世界！

吳兆騫康熙二十年十一月中到達北京，徐乾學在歡迎宴會上寫了一首〈喜吳漢槎南還〉詩，詩壇唱和者有上百人之多，其中大詩人王士禛有兩句「太息梅村今宿草，不留老眼待君還」——可惜你的恩師吳偉業先生去世多年，沒有看到你生還的這一天。這兩句最為沉痛，也最為人傳誦，是對「吳兆騫事件」的絕好概括。

吳兆騫終於回來了，但一介罪囚，生計無著，納蘭性德又推薦他在自己府裡做了塾師。所謂「生館而死恤之」，作為滿洲貴冑的納蘭在漢族文人中贏得廣泛認可和尊重，跟他這樣的義舉有著莫大關係。按說此事已經非常圓滿了，但是還有一個小枝節不能不提。

顧貞觀沒有講過自己如何營救吳兆騫，吳兆騫以為自己回來都是徐乾學出的力，不僅沒領顧貞觀的情，反而因為小事與顧貞觀翻了臉，到明珠那兒說了一堆顧貞觀的壞話。明珠也沒動聲色，而是安排了一天，請吳兆騫到自己書房飲酒。吳兆騫來到明珠書房，看見牆上掛了一個木牌，上寫「顧某為吳某飲酒處」一行大字。聽明珠講了當時的情形，吳兆騫痛哭失聲，這才找到顧貞觀百般致歉，兩個人和好如初。我們乍聽起來會覺得吳兆騫太不像話了，但是，這樣的小插曲恰恰是人生的本真面貌，也更豐富了顧、吳千古友情佳話的色彩。

康熙二十三年（一六八四），五十四歲的吳兆騫一病不起，臨終之前他跟兒子說：「現在想起在長白山腳下射野雞，在松花江畔釣大馬哈魚的時候，真是讓人留戀哪！」這位江南才子最終是在對白山黑水的鄉愁中落下人生帷幕的[95]！

吳兆騫的故事講完了，顧貞觀的詞也講完了，但我還有些想法要說。論事也好，論詞也好，我們都應該能承認，這是三千年詩歌史、文學史上罕見的寶貴財富。但是，出於「宋以後無詞」的僵化理念，我們長久以來對這樣的千古絕唱都是視而不見，或者一帶而過。即便是近年撰寫的文學史中，包括現在各大學最通用的高教版《中國文學史》，講到宋詞，二、三流的詞人都不吝篇幅，徵引繁多，到了清詞、到了顧貞觀這裡，三言兩語，惜墨如金，連原文都捨不得引一下就略過去了。這不正是我們在「古今融通」部分批評的「厚古薄今」的思維的典型表現嗎？像這樣的「千古不可無一，不能有二」之佳作，我們是應該好好審視評價、給它應有的文學史地位的！

／讀詩：一種活法

在「情理融通」部分，我們講了不少詩詞作品，有韶華遷流、思古幽情，也有淒美的愛情、飄蕩的鄉愁、高貴的友誼。閱讀這些作品的時候，我們的眼光常常是超出了技術層面的。我們會忘掉背景、本事、流變、審美寬度那些概念，把自己浸泡在單純的感動之中。某種意義上說，這才是「讀詩」。只有感動了，與作者的心靈發生碰撞了，迸出火花了，才是最好的「讀詩」。

這樣的讀詩與自己的生命感有關，再舉個小例子。大概二〇〇四年底，我應《中華活頁文選》的邀請，給他們做一個很小規模的龔自珍選本，只能選入十幾首詩。我在如此有限的篇幅裡選了別人不會選的一首，《己亥雜詩》第八十首：

夜思師友淚滂沱，光影猶存急網羅。
言行較詳官閥略，報恩如此疚心多。
（近撰〈平生師友小記〉百六十一則）

為什麼選這一首呢？二〇〇三年八月，我的導師嚴迪昌先生逝世。對我來說，那是一棵大樹倒下、無可蔭庇的痛切感，很難用言語表達。從二〇〇三年底到二〇〇四年初，我花了不少精力總結嚴先生的治學理路，寫成了一篇〈不傍古人著心史——嚴迪昌先生古典文學研究述評〉的文章，發表在《文學遺產》二〇〇四年第五期上。

那篇文章我寫得很投入，通過系統總結，對嚴先生的學問也有了不少新認識，再加上回憶多年的師生感情，所以沉溺在懷念心境中久久不能自拔。在這種心情下重讀龔自珍詩，忽然被這首詩擊中了。《己亥雜詩》我看過很多遍，幾乎從來沒有注意過這首詩，但這一次不同——這就是我想說的話！在「講解」部分，我只寫了這樣幾句話：

詩有多種讀法，其中一種與年齡和閱歷有關。如以上這一首大家不太熟悉的詩，以前我讀不懂，大概也是不會選的，但近日先師嚴迪昌先生遽歸道山，在寫完一篇紀念他的文章之後，讀到這篇作品則如中雷擊，轟然而有共鳴，剎那間體會到了定盦寫下這二十八個字時內心的沉痛和悲涼。

所以我說，從事文學研究不能沒有理性，但尤其不能沒有感情。要「情理融通」，讀詩就不再是一種鑑賞、研究行為，而是上升成為一種生命方式、一種活法。讀詩，說到底是讀人、讀人生，能讀到這種境界是一種幸福。當然，也可遇而不可求。

78 包世臣《齊民四術》。

79 李賀生於七九一年，卒於八一七年，可參周尚義《李賀生卒年新考》。

80 王勃生於六四九年，卒於六七六年，可參王天海《王勃生卒年與籍貫考辨》。

81 這裡只排古代詩人，如果加入二十五歲早逝的海子，所有人都要後退一名。

82 這首詞歷來解說者都當成一般的懷人之作，我以為「聽風聽雨過清明，愁草瘞花銘」兩句已經點出悼亡之意，煞拍「惆悵雙鴛不到，幽階一夜苔生」也是哀悼語，故歸為悼亡詞。至於所悼者是妾是妓，還不能定論。

83 《中國人史綱》。

84 袁凱生年很多文獻作「不詳」，賀聖遂在其點校的《海叟集》中說袁凱生於元至大三年（一三一〇）或稍前，並注曰：「楊維楨《東維子集》卷十九《改過齋記》謂其於至正九年晤袁凱，凱自稱『今年歲已強矣』。古者『四十曰強』，則凱於至正九年（一三四九）至少已四十歲。」其說可信。

85 賀聖遂在袁凱詩集卷五〈一覽樓和韻〉後賀氏注曰：「《海叟集外詩》於此詩後附有《松江府志》所收『夏忠靖公原韻並小序』……知此詩和夏原吉者。據夏詩小序，知其作於永樂甲申。倘《府志》所載無誤，則凱享年當在百歲高低也。」

86 張文光（一五九三～一六六一）字譙明，河南祥符人，崇禎元年（一六二八）進士，官山西知縣，久無遷升，入清知錢塘，又不升。順治十年（一六五三）前後始調入京師任給事中，遷主事。順治末年出為江南池太道副使，未幾卒。其詩作今僅傳《詩刻》中《斗齋詩選》一卷。

87 另外兩位是陽羨詞派宗師陳維崧、華亭才子彭師度。

88 順治十一年（一六五四）詔舉詞臣優品學者十一人，侍帷幄，備顧問，順治親簡其七，方玄成與焉。翌年選經筵講官，例用大臣，玄成又以學士入選。野史記載，順治帝對玄成「呼為樓岡（其字）而不名」，又說「方學士面冷，可作吏部尚書」。

89 努爾哈赤廟號為「太祖」，順治廟號為「世祖」，康熙廟號為「聖祖」。

90 咸豐朝戊午科場案，大學士柏葰以主考責任斬首。此案有黨爭因素，但也可見科場案之重大程度。

91 蘇軾〈刑賞忠厚之至論〉：「當堯之時，皋陶為士，將殺人。皋陶曰：殺之三，堯曰宥之三。故天下畏皋陶執法之堅，而樂堯用刑之寬。」龔煒《巢林筆談》卷一：「《王制》：『大司寇以獄之成告於王，王命三公參聽之。三公以獄之成告於王，王三宥，然後制刑。』《周禮》：『一宥曰不識，再宥曰過失，三宥曰遺忘』，謂行刑之時，天子猶欲以此三者免其罪也。東坡『殺之三，宥之三』本此。」

92 兆騫瀛臺複試被除名之原因，李興盛先生《江南才子塞北流人吳兆騫年譜》（黑龍江人民出版社二〇〇〇年版）頁五九～六〇有詳盡考證，遂錄如下：瀛臺複試，兆騫除名之原因有三種說法：因病曳白；戰慄失次不能終卷；故意不完成試卷。茲引史料數則，以供參證：劉禹生《世載堂雜憶》：「吳漢槎兆騫，驚才絕豔，江南名士也，猶交白卷而出。或曰漢槎驚魂不定，不能執筆，查初白所謂『書生膽小當前破』也。或曰漢槎恃才傲物，故意為此。」戴璐《石鼓齋雜錄》：「殿廷複試之日，不完卷者鋃鐺下獄。吳漢槎兆騫，本知名士，戰慄不能握筆」……又，許嗣茅《緒南隨筆》亦同此：「同年中名士如吳漢槎、陸子元，皆戰慄不能終卷。」徐珂《清稗類鈔》第二十冊〈顧貞觀救吳漢槎〉：「吳因病曳白，除名，遣塞外。」《寧安縣誌》卷四：「複試南北舉人於瀛臺……與試者皆震懼失次，則嘆曰：『焉有吳兆騫而以一舉人行賄者？』遂不復為。」按：上述三說，平心而論，以戰慄失次、不能終卷一說近於情理。蓋吳兆騫身處厄境，惴惴不能自保，有此複試機會，必然會全力與試，企圖以一己之才華，證實自己之無辜。然與試之際，考場甲仗森嚴，人皆股栗，兆騫戰慄不能終卷，實屬可能，此種結果並不能證明兆騫沒有才華。

勇按：李先生所說甚是，可再略作補充：第一，如因病曳白為事實，則其運氣之不濟，必見諸記載或吟詠，今無蹤跡可循，可見是無根遊談。第二，《歸來草堂尺牘》家書第一兆騫戊戌夏上父母書：「兒於三月九日赴禮部點名，即拘送刑部。兒此時即口占二詩，厲聲哀誦，以伸冤憤。」其二詩見之《秋笳集》卷四，其一句云：「自許文章堪報主，那知羅網已摧肝。冤如精衛難填海，哀比啼鵑血未乾。」其二句云：「銜冤已分關三木，無罪何人叫九閽。」「應知聖澤如天大，白日還能照覆盆。」從這些詞句分析，兆騫努力雪冤之意極為顯豁，必無恃才傲物、故意不終卷之舉。

93 姚椿〈金縷曲．題國初諸公寄吳漢槎塞外尺牘〉。

94 事見袁枚《隨園詩話》卷三、徐珂《清稗類鈔．義俠類》「顧貞觀救吳兆騫」條。

95 徐珂《清稗類鈔》第二十七冊〈吳漢槎為師於塞外〉：（吳）臨歿語其子曰：「吾欲與汝射雉白山之麓，釣尺鯉松花江，挈歸供膳，付汝母作羹，以佐晚餐，豈可得耶？」

第五章

知行融通

如魚飲水，冷暖自知

我從二〇〇四年開始提出「四個融通」，即上面所述之「內外」、「古今」、「雅俗」、「情理」。當時也提出，還應該有兩個「融通」，那就是「中外融通」與「知行融通」。

所謂「中外融通」，強調的是比較文學的視野，把中國文學的發展放在世界文學發展的大框架裡去觀察。作為世界文學的一個有機組成部分，中國文學在自己的文化背景下是這樣表達的，類似的思考、體悟在另外一種文化背景、文明類型下，他們是怎樣表達的呢？與我們的表達有何異同？這就要求我們具備一個世界文學的基本知識架構。

這方面我們最熟悉的典範著作是錢鍾書先生的《管錐編》和《談藝錄》。每講到一個哲學、文化、文學、詩歌現象，錢先生都保持著「比較意識」，以他淵博的腹笥告訴我們古希臘、古羅馬是什麼情況，印度、波斯、義大利文化是什麼情況，雪萊、叔本華是怎麼說的，英國俚語是怎麼說的，那真正是做到了文史哲打通，古今中外打通。為什麼說錢先生是文化崑崙？這個「崑崙」的高度確乎令人高山仰止、難以企及。這樣一種境界很理想，但是「心嚮往之而不能至」，我們不能陳義太高，反而弄成空中樓閣，最後只好提到「雖不能至而心嚮往之」的程度。

與之情況類似的是「知行融通」。我當時覺得自己也沒做到、沒做好，還是不作長篇大論的好，但十餘年過去，我也逐漸意識到：雖然依舊沒做好，但已經形成的看法應該講一講，也值得講一講了。這個「融通」對於我們的詩詞研究、詩詞人生是一個非常有意義的組成部分。

「知行融通」與「情理融通」存在著一定的邏輯關係。當我們的心靈去和古人強力對撞的時候，我們也不一定只是「感動」，說不定還會產生一點兒創作的「衝動」。如果能夠在「知」——也就是掌握了閱讀、鑑賞、進行學術研究的基本法門——的同時，還能夠「行」——也就是捉起筆來進行創作，那麼，這首先是更有深度的生命方式，更有魅力的活法。退到第二義來說，對我們自己的學術研究也是非常有好處的。

禪宗語錄《五燈會元》中有句名言，叫做「如魚飲水，冷暖自知」。納蘭性德的詞集叫〈飲水詞〉，就是取自這個典故。我們閱讀、鑑賞或研究詩詞，如果你有一點創作的甘苦體驗，感受就會大不相同。這就好像你學游泳，不能說游泳理論我都會了，跑到草地上去蝶式、仰式、自由式，像郭德綱相聲《我這一輩子》裡頭說的那樣，最後「遭到了園林部門的阻撓」。你必須下水撲騰，嗆過水也不要緊，那才能真正學會本事，看別人怎麼游泳也能看出門道。這是個不難理解的道理。

另外一個層面來說，在現代學術得以成立的晚清民國時代，詩詞學者幾乎沒有不能創作的。以詞學界為例，吳梅、夏承燾、龍榆生、唐圭璋、詹安泰、劉永濟、盧前、沈祖棻、顧隨、繆鉞、葉嘉瑩……哪一個不是優秀的詞人？吳、夏、詹、沈、劉、顧幾位更是可以稱為大家，在千年詞史占據一席之地。據我知道，現代學術史上的詞學家只有一位是不填詞的，那就是胡雲翼。我們甚至可以這樣講：作為一位詩詞研究者，自己不能寫一點詩詞的話，很可能你就沒有達到及格線，你所從事的就很可能是隔靴搔癢、言不及義的研究。在這個意義上，我們提出「知行融通」並不是一個多高的要求，只是由於這根文脈在近幾十年大幅斷裂，如今的詩詞研究者能夠創作的已經相當少，所以大家也不好意思提出來要求學生而已。

嚴羽《滄浪詩話》中有一句帶點兒神秘主義色彩的話：「詩有別材，非關書也；詩有別趣，非關理也。」很對，詩歌寫作是有一點兒神秘色彩的，需要一定的天資和稟賦，但是，能寫比不寫好，能寫好一點兒比寫得差一點兒好。時間長了，發現自己的潛質，說不定慢慢會寫好的；即使寫不好，那也算飲過水、游過泳，比站在乾岸上要好得多。

／百年下性靈弟子

我說說自己的體驗。我從高中時候學著寫詩詞，那時候確實是「學」，而且是自學，很不成樣子，屬於清代大詞人陳維崧說的那樣，後來聽到有人誦少年之作，「頭頸輒為之赤」。從保存記憶的角度出發，我從一九九〇年底，也就是大二的時候，開始敝帚自珍式地保存自己的詩詞習作。到現在近三十年，大概寫了三百首左右，統稱為《佳谷齋詩詞稿》。「佳谷齋」是我的齋號，取「半雅半俗」之意，我認為，這兩個字最簡潔地勾勒了自己的生命狀態。

幾十年寫下來，不敢說好，但想法頗多，其中最應該交代的是格律問題。我的所謂「詩詞」格律上毛病不少，也常常得到同道師友的指教批評。有的時候我也分辯幾句，更多時候則是低頭認錯。二〇一五年夏天，我隨意寫了一篇〈我之格律觀〉的小文章，作為一個不很嚴肅的小結，我們就以此為基礎來說一說：

性好詩詞，偶有所觸，東塗西抹，雖不以詩人自命，而篋中不覺半盈，積數百篇矣。友生輩叫好者多，諛厚我也，我不多說，聽之而已。長老則勉勵之餘，更以格律多病見教，我亦不多辯，遜謝而已。然格律事終需一談，稍有興致，隨想隨寫於下。

這是一段「小帽兒」，或曰「引言」，下面分論幾點：

一、古之論詩者多，而我最服膺隨園老人，以百年下性靈弟子自命。又最愛《隨園詩話》此一則：「楊誠齋曰：『從來天分低拙之人，好談格調，而不解風趣，何也？格調是空架子，有腔口易描；風趣專寫性靈，非天才不辦。』余深愛其言。須知有性情，便有格律，格律不在性情外。《三百篇》半是勞人思婦率意言情之事，誰為之格，誰為之律？而今之談格調者，能出其範圍否？況皋、禹之歌，不同乎《三百篇》；國風之格，不同乎雅、頌，格豈有一定哉？許渾云：『吟詩好似成仙骨，骨裡無詩莫浪吟』，詩在骨不在格也。」

袁枚是我最喜愛的古代詩論家，沒有「之一」。他的「性靈說」與其說是詩學概念，不如說是一個閃光的哲學概念，很有思想史的意義和價值。在形而上的層面，袁枚對人性有著非常通達的理解，他看重個體生命的意義，以自由作為生命存在的最高目標。在形而下的層面，「性靈說」又可以成為袁枚對待現實世界的一種態度、立場。

／袁枚、楊潮觀的「誹謗官司」

我們可以來說一件事，那就是袁枚和他的朋友楊潮觀之間的一場「誹謗官司」。這兩位都是乾隆文壇的重量級人物，袁枚不用說了，楊潮觀也是當時成就最高的戲劇作家之一。兩個人本來是好朋友，袁枚甚至將女兒一度寄養在楊潮觀家裡，但是，晚年這對交好幾十年的朋友卻翻了臉，為什麼呢？

起因在於袁枚寫了一部志怪小說《子不語》，裡面記述了楊潮觀給他講過的一個怪夢。楊潮觀在做鄉試考官的時候，夢見一個女子給自己推薦了一張考卷，醒了以後，發現這個考卷作者是侯方域的後人，所以認為這個托夢的女子是李香君。這篇小說就叫〈李香君薦卷〉。袁枚把這件事寫在了《子不語》裡，書出版以後，很高興地寄給了老朋友楊潮觀一本，但楊潮觀看到這一篇〈李香君薦卷〉的時候，非常不高興，他寫了一封很不短的信斥罵袁枚，說他輕薄下流，並且說李香君是「婊子」。

如此義正詞嚴，劍拔弩張，並加以「佻達下流」的定讞，已足見楊氏心中憤怒之不可遏止了。可他仍以為不足，最後竟要求袁枚「務即為劈板削去」，以收斬草除根之效。總之，楊潮觀認定袁枚是在嚴重地「誹謗」自己名譽！如果在法制健全的今天，他可能會不惜對簿公堂，並索取精神損害賠償若干的。

面對這樣激烈的譴責，我相信袁枚一定是出乎意料之外，並受到了劇烈的觸動的。他大概沒有料到這位情意深篤的故人會為此事動這樣大的肝火，也想不到才華豔發、見地頗高的楊潮觀會表達出如此不堪的意見來，更何況，袁枚一生致力開掘性靈，解放純真，楊氏主動來撞自己的槍口，來信中字字句句皆與自己的思路背道而馳，他又豈能不一展妙絕天下之辯才，回應楊氏的「炮轟」乎？於是，在楊潮觀的「挑釁」之下，兩位古稀老人、文壇泰斗的筆墨官司正式上演。

袁枚連續回了三封長信，其言辭之妙，無以復加。比如他說：「香君雖妓，豈可鄙薄哉？」李香君雖然是妓女，但當馬士英、阮大鋮勢力那麼龐大的時候，她能明辨正義邪惡，能夠抵受奸險小人的誘惑與威脅，這種風範士大夫裡頭有幾個呢？袁枚說：「行行出君子，妓女這一行中有俠妓，有義妓，還有忠於國家、大節凜然的妓女。史冊中記載下來的，不一而足。這些女孩子都是生來不幸，墮落到這個低賤行業，但是能夠出淤泥而不染，比那些口講孔孟仁義而暗為盜賊之行的那些人不是強多了嗎？」最終，袁枚得出了一個非常有意思的結論——「偽名儒不如真名妓」！

／偽名儒不如真名妓

我覺得袁枚的這些思想非常寶貴，這不是自矜口舌之利，不是賣弄小聰明，不是詭辯縱橫之術，也不是一般的風流習氣或「憐花」情懷。我一直覺得，袁枚是一個很地道的人文主義者，起碼比今天某些滿口人文關懷而心裡和某些低賤者劃清界限的學者教授們要地道得多。袁枚是把妓女這些賤民當成與自己一樣平等的人來看待的。「偽名儒不如真名妓」，這八個字的意思儘管不是由他首創，但是能說得這麼明快通透，仍然讓人覺得振聾發聵。

基於這種發自內心的人文情懷，他對自己的老朋友楊潮觀已經把話說到了相當刻薄的程度：「就眼前而論，老兄你的地位比較高貴，李香君非常卑賤，恐怕再過個三五十年，天下人只知道有李香君，不知道有你楊潮觀吧？」其實這話不是袁枚第一次說。楊潮觀只是一個沒有什麼權勢的前市長，袁枚說這話談不上什麼風險，就是某些可能給自己帶來很大危險的權貴，其實袁枚也是自信十足，從來就沒退縮過。

他的《隨園詩話》中就記載過這樣一件事兒：我有一方閒章，上面刻著一句詩「錢塘蘇小是鄉親」。蘇小小是南朝名妓，杭州人，我也是杭州人，所以刻了這麼一個閒章，這是無傷大雅的玩笑話。這位有一次，趕上一個貴官到南京來，跟我要一本詩集，我一時隨意，就把這個印章蓋在詩集上面。這位貴官大發雷霆。我一開始知道自己錯了，不斷道歉，但是這位權貴不依不饒，我禁不住發火了，我說：「先生，你以為我這個印章用的不倫不類嗎？現在看，先生你官居一品，蘇小小是妓女而已，但恐怕百年之後，天下人但知有蘇小小，不再知道有大人你啊！」當時滿座哄笑，那位貴官想必也非常尷尬。這是袁枚平生的得意之見，所以一說再說。

袁枚還有一個問題也值得說，那就是「好色」。袁枚這人一生好色，而且好談色，不僅好談女色，還包括男色，他平時論詩的時候也常常用「色」來做比喻。比如說：「見書如見色，未近心已動」、「選詩如選色，總覺動心難」，都說得很有意思。如何認識袁枚好色的問題呢？我覺得，「好色」其實就是他高張的人性解放的大旗上最鮮明的色彩之一。比如說，他講過一段好玩兒的話：「好色不必諱，不好色尤不必諱」，人品高下哪在於好色、不好色呢？周文王有一百個兒子，肯定好色吧？而孔子把他當成聖君；衛靈公好色，娶了南子，孔子把他當小人。唐朝有一個奸相盧杞，這個人不好色，家裡連侍妾都沒有，但人稱「藍面鬼」，是很著名的小人；東晉的宰相謝安狎妓東山，整天帶著妓女喝花酒，最後成就一代功業，不也是君子嗎？

你看，袁枚這話說得多有力量，多麼通透！所以我才說，我們常常把袁枚當成詩人、文人來看待，但實際上，袁枚不是普通的詩人、文人，他是一個相當了不起的思想家，個性解放思潮在清代的傳承有很大一部分是落在袁枚肩上的。前些年南京大學組織了一套水準很高的《中國古代思想家評傳》，其中特別把袁枚列進去，寫了很厚的一本，這個選擇是非常有眼光的。

多說了一點袁枚的事情，目的是想表達我對袁枚的喜愛和景仰，所以才會以「百年下隨園弟子」自居。具體到論詩，袁枚也是一如既往地通透曠達，快人快語。在上面那則詩話裡，他引了楊萬里的一段話和許渾的詩，但我很懷疑那段話也是他自己說的，假託楊萬里和許渾來引起後面的議論而已，這是文人常見的「故弄狡獪」。接著楊萬里的話，他說：「有性情，便有格律，格律不在性情外」，這是他性靈說的綱領，可謂直擒要害，勢如破竹。為什麼？因為「《三百篇》半是勞人思婦率意言情之事，誰為之格，誰為之律？而今之談格調者，能出其範圍否？」這是袁枚很擅長的策略，對那些打著「復古」大旗的詩壇權力把持者、頭腦冬烘糊塗者，他總是拿出比對方更古老、更正宗的例子讓你無言以對。同時，這又不是詭辯術，「詩在骨不在格也」的結論當然是高明的，是對一班死守格律者的一聲棒喝。它也構成了我自己的格律觀的基礎。

／情所寄，有歡笑，有悲愁

冒廣生談詞云：「自萬紅友一言，誤盡學子。鄭叔問揚其波，朱古微承其緒，而天下盡受其桎梏矣……近二、三十年，人人夢窗，謂其守律之嚴也。夢窗時無詞律，其所守之律，非謂即清真之詞耶？然尚不如近人之死守，硜硜於平上去入之中，而無一首佳詞，甚至無一句佳句能上口者，真可憐蟲也……無論詞曲，是陶冶性情之事，非桎梏性靈之事……若於句中首字、三字，平仄亦不許移易，甚至通首平上去入，一字不許移易，何苦在高天厚地之中，日日披枷帶鎖做詞囚也？」

吳眉孫〈水調歌頭〉談詞云：「詞一大瀛海，容納萬方流。我身偶爾飄墜，芥子著虛舟。高調銅琶鐵板，低唱曉風殘月，遺響各千秋。雙管好齊下，何用介鴻溝。情所寄，有歡笑，有悲愁。花場酒國來往，神動與天遊。正要筆歌墨舞，怪底字荊句棘，肝腎苦雕鎪。我夢落煙水，浩蕩逐浮鷗。」

二氏語我皆喜歡。

這兩條都是我幾年來撰寫《近百年詞史》過程中的發現。冒廣生是繼晚清大詞人朱祖謀之後又一代詞壇盟主[96]，論詞通達，自己也寫得很好。他這裡說的「萬紅友」是指清初陽羨派詞人萬樹，萬樹所作《詞律》是第一部集大成式的詞律專書，有著重要的詞學史地位，但冒廣生認為他講求詞律過細，耽誤了後學，並且把晚清四大詞人裡的鄭文焯、朱祖謀也列入了「誤盡學子」的梯隊。這個評價不算公允，但他下面的話我很喜歡：第一，人人學吳文英的格律嚴謹，但吳文英不過是學周邦彥的；第二，吳文英學周邦彥也沒有死學，後人為什麼要講求那麼細呢，平上去入一字不差地糾纏呢？第三，死學也就罷了，問題在於平上去入都不錯，但卻寫不出好詞，甚至沒有好句子。「可憐蟲」三個字說得一針見血；第四，詞曲的目的是陶冶性情，不是桎梏性靈，每個字都戰戰兢兢，「何苦在高天厚地之中，日日披枷帶鎖做詞囚也」？這話說得真是一通到底。

吳眉孫是一位不大有名的詞人[97]，但這首論詞詞非同凡響。他開篇說「詞一大瀛海，容納萬方流」，這兩句就高屋建瓴，見地不凡。「情所寄，有歡笑，有悲愁」三句更是把一面「情」字大旗亮出來，與冒廣生異曲同工。他們二位的意見我都很贊成，所以我說：「相較格律之『解放派』與『保守派』，我算『折中派』。所寫為不古不今之詩詞，一如所治為不古不今之學問」。我同意有限度地解放格律，目的是解放「骨」、解放「性靈」、解放「情」。

詩在骨而不在格也

什麼是「骨」？「骨」的含義很豐富，我們不能面面俱到地說，我只說最值得強調的一點——那就是器識。

我們比較熟悉「士當以器識為先，一命為文人，便無足觀矣」的說法，這是宋代名臣劉摯教導子弟的話。劉摯在我們前文曾出現過一次，講蘇軾被貶儋州，我們說那是量身定做的。舉的例子除了蘇轍字子由、被貶雷州，還有一位就是劉摯字莘老，所以被貶新州。再往上追溯，劉摯此語是出於《舊唐書．王勃傳》，乃裴行儉的說法。幾經轉折，經由顧炎武《日知錄》的引用，更廣為人知[98]。

關於「器識」，每個人有每個人的講法，每個時代有每個時代的講法。我以為，「器」就是格局，「識」就是見地。所謂「格局」，那就是拓寬自己的胸襟懷抱。儘管寫詩大多是從自己出發，但應該儘量不局限於自身，把眼界放開到人生、社會、歷史，乃至自然、宇宙的層面。這種「拓寬」離不開「識」，如果只是泛泛地表皮性地「拓寬」，「老幹體」也大體能做到，所以還需要我們有「見地」

地去「拓寬」，那就是「器識」。清代大詩論家葉燮在《原詩》中提出「識才膽力」四要素，把「識」放在第一位，這本身就是很有見地的說法。他有一段話論四要素的關係，說得特別精彩：

大約才、膽、識、力，四者交相為濟。苟一有所歉，則不可登作者之壇。四者無緩急，而要在先之以識；使無識，則三者俱無所托。無識而有膽，則為妄，為鹵莽，為無知，其言背理、叛道，蔑如也。無識而有才，雖議論縱橫，思致揮霍，而是非淆亂，黑白顛倒，才反為累矣。無識而有力，則堅僻妄誕之辭，足以誤人而惑世，為害甚烈。若在騷壇，均為風雅之罪人。惟有識，則能知所從、知所奮、知所決，而後才與膽、力皆確然有以自信；舉世非之，舉世譽之，而不為其所搖。安有隨人之是非以為是非者哉！

那就是說，四要素「一個都不能少」，但「識」是「才」、「膽」、「力」的統帥。沒有了「識」的統帥，那三個要素就會亂來；有了「識」的領導，那三個要素才有用武之地，才能不做一味「文藝」的「不足觀」的小「文人」。這真是至理名言！當代優秀詩人、學者徐晉如的《大學詩詞寫作教程》開篇先講「器識與胸襟」，正是基於這樣的認識。

「器」與「識」都具備了，才能清醒、理性、寬容、冷靜地去看待社會、歷史、人生、自然、宇宙，不浮皮潦草，不蠅營狗苟，不依阿取容，不逢迎諂媚，那才能有打動人心的思想的魅力，此之謂「骨」，或者叫「風骨」。顯然，它比「格」，也就是所有外在的技巧要不知道重要多少倍。

當然，這樣說並不意味著「格」真的不重要。如果只追求「骨」而不在乎「格」，你為什麼要寫詩呢？散文、小說不也行嗎？既然是要以「詩」的形式來體現「骨」，「格」就不能不重視。我說「有限度」、「折中派」，正是希望在「骨」和「格」之間找到一個平衡點，能夠兩者兼顧，左右逢源。

什麼叫做「有限度」、「折中派」呢？我有幾條技術層面的看法：

詩詞用韻宜寬不宜窄，所謂詩當用平水韻、詞當用詞林正韻之說，吾不謂然。真想復古，該用《切韻》，至少用《廣韻》才算正宗，何必用從二百多部減到一百多部甚至更少的韻書才算標準？可見韻部應隨語音的實際運用情況而變動。現代人以現代共同語（普通話）為基礎、以十三轍韻書為基準大體可行。梁啟超致胡適書信中說：「韻固不必拘定什麼《佩文齋詩韻》、《詞林正韻》等，但取用普通話念去合腔好」，詹安泰《論填詞可不必嚴守聲韻》說詞韻「人各異說，說各有因，只求諧適，不必一律」。在此前提下，我個人比較嚴辨 ing（eng）與 ong 兩個韻部。

入聲字宜嚴不宜寬，不得押平聲韻。

押韻是個大問題，討論得非常多，各界爭論極其劇烈。比如，二〇〇八年，針對中國詩詞學會宣導的「聲韻改革」，伯昏子、徐晉如（胡馬）起草了〈關於傳承歷史文化、反對詩詞「聲韻改革」的聯合宣言〉，並徵求網路簽名，〈宣言〉聲稱：「這種短視的『改革』，把媚俗附勢當作與時俱進，以消解文化傳統為代價，並嚴重誤導詩詞初學者和一般愛好者……實踐證明，中華詩詞學會的『聲韻改革』只能導致劣詩泛濫、偽詩橫行，目前充斥報刊雜志的『老幹體』就是明證」，可謂聲色俱厲。

伯昏子、徐晉如都是我特別欣賞的當代詩人，但把問題提到這樣的高度我並不完全認同。「老幹體」的出現是文化現象，與大歷史背景有關，與風雅道喪、風骨銷蝕有關，與聲韻是否改革沒有必然聯繫。用新韻也可以寫出好詩，用「平水韻」、「詞林正韻」照樣可以寫出「老幹體」。在這個意義上，我不認同〈宣言〉的邏輯。還是袁枚那句話：「詩在骨而不在格也。」

提倡詩必用平水韻、詞必用詞林正韻也有邏輯上的問題，我在上文已經說得很清楚了。之所以補充梁啟超、詹安泰兩位的意見，是因為常常有人說「主張聲韻改革者皆淺學之士」，那麼我就舉兩個不「淺學」的人來給大家看看。其實還可以補充一位，那就是啟功。

啟功有一本書，《詩文聲律論稿》，篇幅不大，但啟功斟酌備至，為之傾注了大半生心血[99]。作為精通聲律的語言學家，啟功竟是反對死守聲律的。在《啟功叢稿．詩詞卷總序》裡，他以學理態度對陸法言、孫愐、楊萬里、魏了翁諸家關於聲律的說法進行剖析，結果是「讀了陸法言的一句和孫恫的半句話以後，我更放膽押韻，不再標舉什麽『十三轍』、什麽『詞曲韻』以為自己亂押韻的護身符了[100]」。與冒廣生、吳眉孫相比，啟功比他們更高一籌處在於：「放膽押韻」的結論乃是源於兩位制定韻書的祖師爺！這就更具有一種「以子之矛，攻子之盾」的邏輯力量。所以他明確宣稱：「我所理解的韻，並不專指陸法言『我輩數人，定則定矣』的框框，也不是後來各種韻書規定的部屬，只是北京人所說的『合轍押韻』的轍和韻，也就是念著順口、聽著順耳的『順』而已矣……『韻』（按：韵）字古既作『均』，應即從『均勻』之義命名的。聲調均勻，如揚調的與揚調的相隨，韻類均勻，如啊韻母的與啊韻母的相隨，豈不很均勻嗎[101]？」

從這些言論看，我是主張解放聲韻的，但我不主張完全解放入聲字，特別是入聲字作平聲字押在韻位上。一旦把入聲字當作平聲字用，平仄系統就會出現嚴重混亂，導致詩詞的音樂美大幅度喪失。在我看來，押韻不妨從寬，入聲字則要儘量從嚴，所以我說自己是「折中派」。

雜七雜八談了一點格律，但既不是學者的專業研究，也不算詩人的深切體會，一家之言而已，不必較真兒。

知行融通第二

那一場風花雪月的事

在上一講裡，我說自己近三十年來存下了三百首左右的詩詞習作，接下來就要跟大家說說這些習作中刻錄下的青春記憶與生命軌跡。再次強調，我不算詩人，只是一個詩詞愛好者；這些詩詞寫得不算好，也不大合規矩，之所以花篇幅講，無非是呈現自己「知行融通」的過程而已。正面的經驗不多，能汲取一點最好；反面的教訓不少，可引以為戒。

／輕寒輕暖總相關

就從一九九一年說起吧。那一年我十九歲，大二到大三。大學生活的主題之一肯定是愛情，好多時間都用來與一個同是十九歲的女孩「起膩」。十九歲的時候，覺得自己已經很大了，其實不過是兩個大孩子。女孩子又最容易喜怒無常，「翻臉比翻書還快」，那時候寫的詩詞很多都與這種情況有關。用當時流行的周治平的一首歌來說，就是〈那一場風花雪月的事〉。比如下面這兩首：

風花雪月天，西樓執手意闌珊。冰淚如雨蕭蕭落，可憐，最是情極易心酸。
擁君淺深談，輕寒輕暖總相關。莫道長夜無知覺，綿綿，一似三生石上緣。

——〈南鄉子〉（一九九一年九月十七日）

昨夜畫樓影裡，眼波一寸盈盈。輕愛輕憐柳病，驟寒驟暖蘭情。
今夜輾轉無夢，迷離望見孤燈。誰會淒涼消息，秋葉暗打窗櫺。

——〈謫仙怨〉（一九九一年九月廿五日）

相比之下，〈謫仙怨〉似乎更好一些，「昨夜」、「今夜」的對照略見章法。兩首詞相隔一周左右，所謂「冰淚如雨」、「輕寒輕暖」、「驟寒驟暖」，都是寫實，可見，大孩子愛情中的喜怒無常是主要書寫對象。值得慶幸的是，二、三十年的時光呼嘯而過，那個喜怒無常、說翻臉就翻臉的女孩現在還在我身邊。

轉眼間七年過去，那個女孩早做了我的新娘。我們的孩子兩歲的時候，我到蘇州大學師從嚴迪昌先生攻讀博士學位。九九年初，寒假將至，我接到妻子的信，信手寫下了這篇〈清平樂‧接內子書〉：

飛來小字，猶有香風繫。一片軟語輕輕地，不許愁人不起。

屈指計日還家，想像臉邊生霞。閒行忽忽看著，臘梅新開黃花。

這首〈清平樂〉是我迄今為止寫得最「順快」的詞，完全是心裡話，幾乎不假思索地記錄下來而已。如果說它有一點好處，大概就在於「真」吧。

／詩歌是一碗青春飯

婚姻沒有成為我們愛情的墳墓，但是，風花雪月必然要走到柴米油鹽。在給一個朋友詩集作序的時候，我說：「詩歌其實也是一碗青春飯，在粗糲的生存面前常常顯得過於奢侈……我自己在商海『嗆水』後能夠重回學苑，已經算是幸運者，可是不也被生存的尖石硌得遍體鱗傷[102]？」二〇〇〇年六月所作的〈端午前二日平居感懷〉三首正是柴米油鹽生活的一點寫照，可以略感安慰的是，粗糲的生存畢竟還沒有把詩意完全磨禿：

三椽僦近柳枝塘，萬蛙鼓奏芰荷香。饑來且啖山妻粟，飽後不羨大官羊。
雕蟲漸少空中語，療貧難傳肘後方。馬齒又增悲歡減，微餘豪氣到酒狂。

少時浩氣動風雲，此日濩落易銷魂。半世總延窮鬼坐，十年常遇錢神嗔。
飄零心事關妻子，明滅燈花照典墳。自料生無封侯骨，芰荷風起掩重門。

十年飄搖近中年，橫塘一雨五更寒。往夢醒轉雄心淡，新詩寫成鬢毛斑。
薄酒尚堪杯第六，眉痕喜見月初三。蝸廬粗營真草草，安坐賴有山妻賢。

關於第二首的頷聯「半世總延窮鬼坐，十年常遇錢神嗔」可以做一點說明。有詩兄指出這一聯是「合掌」，也就是上下聯同言一義。我在認同的前提下也給出一點解釋，寫了一條「詩話」：

《文心雕龍‧麗詞》談對偶云：「反對為優，正對為劣」。「正對」者，事異義同，後世所謂「合掌」，詩之大忌也。若「胡馬依北風，越鳥巢南枝」（《古詩十九首》）、「蟬噪林逾靜，鳥鳴山更幽」（王籍〈入若耶溪〉）、「吳宮花草埋幽徑，晉代衣冠成古丘」（李白〈登金陵鳳凰臺〉）等皆是。此雖為通例，乃不可一概而論。即如「胡馬」一聯，非以兩事作引，不能蓄足氣勢，導出思鄉之情，然則此中或有「言之不足故長言之」之理也。余舊有「半世總延窮鬼坐，十年常遇錢神嗔」之句，亦犯合掌之病，然此際正困頓之極，寥寥七字，不能發抒鬱懣也。

我覺得自己的解釋是有一點合理性的。這說明有些「詩病」不能一概而論，自己有甘苦，才會去思考某些「不得不然」的情況，「知」與「行」的關係也就在其中了。

／調侃：中年情味

再一轉眼，又是十餘年過去。二〇一一年的愚人節是我們相戀二十周年紀念日，四十歲的人了，早過了風花雪月的年紀，那些戀情或許沉澱成了更加濃郁醇厚的親情，如同陳年的老酒或者普洱茶，別有一種悠長的回味：

轉睛廿年矣。憶當初，愚人甘作，青蔥心事。忽涼忽熱小兒女，像煞一場遊戲。驀回首、歲華迤邐。潦倒艱難都挺住（里爾克詩：挺住意味著一切），只今日、執手味如蜜。管門外，風吹雨。

人海中我找到你（八三無線版《射雕英雄傳》歌詞，黃霑作）。同度過、虎眼黑眉，春風桃李（某日戲改黃山谷詩作「桃李春風一杯酒，黑眉虎眼十年燈」贈曉秋）。天南地北熬生計，小康六分之一（晚清小康標準有六：天棚假山石榴樹，金魚肥狗胖丫頭）。須看取、飛蓬兒子（維維中考辛苦，久未理髮，日前引「首如飛蓬」句嘲之）。琉璃杯斟琥珀酒，叮噹碰、一笑軒窗底。兩相看（李白詩：相看兩不厭），猶旖旎。

——〈金縷曲．時值愚人節，與曉秋相戀二十周年紀念日，不能無詞，因綴連口語以贈。其間多寓調侃，蓋結習之難除也〉

這裡值得注意的是「調侃」二字。我覺得，寫到這個時候，我開始形成了一點自己的風格特徵，那就是「調侃」。調侃，古語也稱為俳諧，向來不被視為詩詞的正道，但我的理解不同。我覺得調侃是中年人的境界，一方面身心俱老，不允許、也不願意像年輕人一樣正兒八經、聲嘶力竭地說話，需要選擇一種新的表達方式，笑著說或反著說；另一方面，「調侃」其實並不容易做到，除了自己天性相近，還要經歷憤懣憂傷、看過生老病死之後才能逐漸釀成特殊的味道。小而言之，調侃用於妻兒師友，可增喜樂；大而言之，調侃用於世態人情，愈顯鋒芒。我讀一些「調侃大師」如聶紺弩、啟功等很投脾氣，自己也越來越多走上這條路數。

下一年給妻子的「元旦賀詞」，我寫了四首〈西江月〉，當時正讀沈尹默、馬敘倫等人的「金魚唱和詞[103]」，非常喜歡，於是學寫了這樣幾首。在小序中我有幾句話：「其中戲語頗多，時近打油，蓋〈西江月〉聲情便俗，加之結習難空也」，這裡可以提出一個小問題：詞牌的聲色情感有一些微妙的不同，〈西江月〉可能是所有詞牌中最通俗的一個，近世說書人的「定場詩」如果用詞的話，〈西江月〉會以數量上的絕對優勢勝出，甚至還專門有相聲〈西江月〉，我說它「聲情便俗」應該不錯。領悟到這一點，也與自己的創作經驗有關：

猶多少小時夢，轉睛四十年華。蠹魚為伴冷生涯，幾許誤人聲價（嘗與諸生戲言曰：「本無甚虛名，然為虛名所誤不少」）。

新我寧如故我，看她日益憐她。一笑依然臉上霞（十四年前在蘇州，寄〈清平樂〉云：「想像臉邊生霞」），忘卻三五白髮。

眼底無涯歲月，心頭剎那芳華。仍是嬌憨小女娃，教人割捨不下。

嫣笑和風細雨，盛怒走石飛沙。偶如灶君孩他媽（常笑曉秋家居如灶王奶奶），粗服還兼亂髮。

高臥髀裡生肉，近視霧邊看花。閒把一杯觀音茶，靜聽鶯叱燕吒。
四十年光過了，前途漫漫正賒。牽手不嫌肉兒麻，更況甜甜情話。

青春逝去杳渺，鬚鬢添來槎枒。飯餘飽啖東門瓜，萬事尖風吹瓦。
人生一盤棋局，世相幾部嗚蛙。昏昏燈底將正麻，街鼓忽然三打。

這四首詞用了同一韻部，當然是新韻，從中可見我解放聲韻的基本立場，遵從了啟功先生「順」與「均」的原則，同時也證明我說的新舊韻與「老幹體」之間沒有必然聯繫的觀點。四首詞裡前三首依舊是調侃，第二首的「盛怒走石飛沙」、「偶如灶君孩他媽」很是寫實，曾得到作為第一讀者的兒子的深度認同。最末一首略顯蒼涼，但「將正麻」作為「正麻將」的拆解拼裝說法，還延續了一點「調侃味」，我自己也有點小得意。

二〇一四年的紀念日與平常不同，那一年，我們的兒子將要上大學了，確乎感慨良多，於是有〈臨江仙．二首贈曉秋，時訂情廿三年紀念日，數日後維維將赴南京大學面試〉，只看第一首：

驀想廿三年前事，情訂恰在今宵。蘋紅臉與草綠袍。有風輕吹過，那叢美人蕉。

轉眼雛鷹將飛了，剩下卿我空巢。一片春愁待酒澆。人生幻魔法，歲月柳葉刀。

這一首的調侃成分也比較少，摻雜進一點淡淡的失落感。「一片春愁待酒澆」是蔣捷的名句，鑲嵌進來，感覺還算渾成。

再過一年，仍用原韻寫了兩首〈臨江仙〉，但是「韻雖同而心境頗異」，因為二〇一四年深秋老父親去世，這樣的凶年能夠互相支撐過來，慶幸之餘，心情難免激楚一些。「世路百千浪」、「生死路與短長橋」云云，都是由此而來：

廿四年光如過翼，轉睛又此涼宵。老我依舊草青袍。世路百千浪（《上海灘》歌詞，黃霑作），且飲酒三蕉（東坡不善飲，晚年方能盡三蕉葉）。

誰分蒼涼過凶歲，感卿撐拄危巢。心苗總需心血澆（顧隨語意）。同佩長生劍，共掌多情刀（古龍小說標目）。

無涯往夢都化作，滔滔一片狂潮。生死路與短長橋。滄桑也看遍，激風掠林梢。

小樓豈真能成統，樓外拍岸驚濤。不如葫蘆照畫瓢。長安推俊物，啜魚態最嬌。

（龔定盦詩詠獅子貓：「繾綣依人慧有餘，長安俊物最推渠。故侯門第歌鐘歇，猶辦晨餐二寸魚」，魯迅以為叭兒狗「折中調和平允之態可掬」）

至此，那一場風花雪月的事已經隨著歲月漸變成中年的顏色。青春自有青春的好，中年況味也有它自己的斑斕。梁實秋說：「中年的妙趣，在於相當的認識人生，認識自己，從而作自己所能作的事，享受自己所能享受的生活。科班的童伶宜於唱全本的大武戲，中年的演員才能擔得起大軸的軸子戲，只因他到中年才能真懂得戲的內容。」真是至理名言。「真懂得戲的內容」以後，風花雪月就會一直「風花雪月」下去，而且香氣撲鼻。

知行融通第三

我和我追逐的夢

／一笑吳門竟有緣

一九九三年畢業於吉林大學中文系以後，我進入某銀行工作，但僅僅五個月就辭了職，放棄了這個「金飯碗」。在某權威媒體工作了短短四個月，又一次辭了職，放棄了這個「銀飯碗」。這些舉動讓我成為系裡教育師弟師妹的「突出典型」，當然是反面的。

回頭來看，我的兩次辭職（以至於後來「墮落」成為「無業遊民」）既大有背水一戰的味道，也讓我更明確地知道了那些看似光鮮的職業並不適合自己。那時候我才開始真正考慮自己將來的道路，並最終選擇了自己的「初心」——學術研究。

一九九四年春，我斗膽給後來的博士導師、蘇州大學嚴迪昌先生寫了一封萬言長信。信中不但談了自己閱讀《清詞史》的感想體會，還更「斗膽」地提了一點意見，認為某幾個章節段落有所不足。嚴先生不僅沒見怪這個毛頭小子的魯莽狂妄，寫了熱情洋溢的回信給我，而且還賜下了一份正在某出版社等待付梓的《清詩史》校樣，我有幸成為了名著《清詩史》最早的讀者之一。四月某夜，讀《清詩史》至清晨，寫了三首絕句寄給嚴先生：

江湖百轉衣尚白，魚雁一至眼同青。
慚愧先生相憐意，清宵費盡讀書燈。（時先生為購《文苑叢書》一套）

讀到先生椎鑿篇，想見風華傾江南。
不傍古人著心史，魂驚此編三十年。

為誰飛去為誰還，鳳凰巢穩人卷簾。
廿年躍馬幽燕北，一笑吳門竟有緣。（用陳堯佐〈踏莎行〉詞意）

詩不算好，但心意表達得肯定真摯，特別是「不傍古人著心史」一句，從我當時的眼界而言，還算抓住了嚴先生學術著述的核心特徵，所以十年後嚴先生去世，我寫了一篇總結他學術研究的文章，也就用了這一句做標題。

一九九五年初冬，嚴先生六十初度，我敬呈〈滿江紅〉一首，用了《清詞史》著力書寫的清初詞壇三大唱和之一的「江村唱和」的「漲」字韻。前面我們講過用韻的問題，我為什麼去思考「用韻」的合理性問題呢？顯然跟自己的一點創作實踐有關：

卅年江南，回首處，心潮應漲。近花甲，才人懷抱，可能無恙。片紙飛傳吳江下，先生居在梅花上。秋風後，蓴鱸依然肥，誰堪餉。

萬斛愁，須輕漾；洞仙歌，須高唱。看此夕何夕，須傾佳釀。銅琶鐵琵猶在耳，拍板紅牙尚堪杖。出閶門，冷香拂拂來，橫斜狀。

這些詩詞都是學步之作，不可能入嚴先生的法眼，但可能是看在我好學的份上，嚴先生還是很給了幾句背後的嘉勉。這是多年以後從「掌門師兄」張仲謀教授為我所作的一篇序文中知道的：

在「嚴門弟子」中，大勇頗以創作見長。他多年前曾經寫過一陣子武俠小說，據說還曾想以創作為生，這使我與他未謀面時就覺得他有幾分豪俠之氣。後來就不斷地在業師嚴迪昌先生那裡讀到他寄來的舊體詩詞，居然也寫得像模像樣，不禁令我刮目相看。雖然還未入「嚴門」，詩詞中已常常涉及清代文壇掌故了。他與嚴先生詩詞往還多年，直到一九九八年才襆被南下，由其妻陪伴一起到吳門就讀。打個不恰當的比方，他的那些詩詞也許頗有「溫卷」之作用，雖然大勇決不會這麼想；而當嚴老師在他的書房裡，微笑著點上一枝煙，把大勇的詩札拿給我看時，他對這個遠在東北而從未謀面的小夥子，顯然已經有幾分喜愛了。記得我當時還有一些杞憂，以為一個著迷於寫武俠小說的人，能耐得住寂寞來讀清詩嗎[104]？

帶著嚴先生這樣的獎勉栽培，我終於在一九九八年「襆被南下」，正式拜入先生門下攻讀博士學位，「廿年躍馬幽燕北，一笑吳門竟有緣」，當然是感慨良多，於是有兩首詞：

春愁彷彿山近遠，吳醪清絕，不辭紅心碗。又到流華五月半，芳草乍迷歌衫亂。
故園昨宵忽夢見，似水浮生，淡淡思量遍。漸漸千江涼月滿，照人獨嘯溪橋畔。

——鵲踏枝（一九九八年五月十三日）

奇花新雨卷。但殘春、茫茫百事，誰驅誰遣。先生高臥復高談，一笑溫然破泫。語細細、抽絲剝繭。我亦生涯磨坷慣，與湍揚、肯較當年淺。酒正醇，眉應展。

哀哀浮世誰通顯。吾但眠，林間牖下，隨人圓扁。遊戲文章謀粱稻，一半空中蒼犬。偶狂言、師其寬免。先生定知敝意久，只微醺、閒閒翻墳典。「香奩句，何須剪。」

＊此日談及拙作武俠說部《劍聖風清揚》，向先生解釋風清揚一夫三妻非出所願，先生以為無妨。故末句云云。

——金縷曲・五月十一日與迪昌師談用秋水軒韻（一九九八年五月十三日）

〈清平樂〉一時感觸而已，沒有什麼可解釋的，「秋水軒韻」值得做一點說明。「秋水軒唱和」是清初詞壇規模最大、影響最深遠的一次唱和活動，對清初詞風的轉變具有相當重大的作用。嚴先生在《清詞史》中首次揭櫫這次唱和活動的過程和意義，是全書特別的亮點之一。我一九九八年五月十一日第二次與先生面談，長達數小時，於是用了「秋水軒剪字韻」記述整個過程，其中也含有向嚴先生致敬的意思。「秋水軒剪字韻」難度比較大，險韻很多，「遣」字、「泫」字、「繭」字、「扁」字、「犬」字、「典」字等等都不容易押得穩妥，我這首只能算是完成了基本要求而已。

／戒酒・祭詞・財迷

通信四年，至此正式拜入嚴先生門下，「我和我追逐的夢」之間距離更近了。興奮滿足之餘，接下來要面對的是很現實的生活壓力。一點點微薄的助學金，加上妻子不太高的收入，難免入不敷出，捉襟見肘，對「錢」字格外敏感。二〇〇〇年夏天，我寫了組詞〈沁園春．與錢問答〉：

錢汝來前，汝聽我歌，我歌蕭騷。想吹笙挾瑟，天下袞袞；纏金跨鶴，世上滔滔。且逐功名，莫論學問，五車未敵一羽毛。惟餘我，伴青燈墨卷，伊鬱無聊。

古今多少人豪，笑書生、到此意氣消。縱苦寒讀書，都成雲散；長楊作賦，只等萍飄。五柳先生，使於今日，三斗也折乞米腰。袖手看，君呼風呼雨，為蜃為妖。

錢曰咄咄，何物腐儒，口吻輕囂？便酒臭朱門，非我差錯；寒充陋室，怪汝清高。天道無親，能者探驪，何必辭鋒冷若刀？須知我，早銅皮鉛骨，久歷詼嘲。

勸爾齒頰休刁，將經卷、文章一火燒。即屠龍難就，尚可屠狗；畫虎不成，無妨畫貓。紙醉金迷，釵橫鬢亂，一笑且拈琥珀醪。歸來罷，正酒闌歌散，月冷秋霄。

我拍錢肩，笑曰孔兄，斯言得之。使凜凜檄文，散為霞綺；泠泠鬱氣，暖作雲霓。何必短長，且安本分，一枕春夢幾多時。糊塗甚，只瞇目趺坐，心飛神馳。

轉笑世人都迷，但矻矻、為君白鬢絲。想海市成樓，皆歸荒幻；蕉葉覆鹿，總是離披。不如築茅，江濱嶺表，與白鷗盟便忘機。雄心斂，好持螯縱酒，遁於卑辭。

這一組詞的寫法是有點來歷的。辛棄疾有一首不太有名但非常有意思的詞，叫做〈沁園春・將止酒，戒酒杯使勿近〉：

杯汝來前！老子今朝，點檢形骸。甚長年抱渴，咽如焦釜；於今喜睡，氣似奔雷。汝說劉伶，古今達者，醉後何妨死便埋。渾如此，嘆汝於知己，真少恩哉！

更憑歌舞為媒。算合作、人間鴆毒猜。況怨無小大，生於所愛；物無美惡，過則為災。與汝成言，勿留亟退，吾力猶能肆汝杯。杯再拜，道麾之即去，招則須來。

他要戒酒，於是警告酒杯：你以後離我遠一點！開頭四個字就是「杯汝來前」：你站好了，我跟你好好說一說這些年你是怎麼誘惑我、怎麼害我的，巴拉巴拉說了很多，一直到煞拍才住嘴。這意味著什麼呢？杯子一直老實巴交聽主人的訓斥埋怨，現在它只剩下三個短句、十二個字的機會可以「表態」了，像小品裡說的：「就剩一句啦？」這一句可以說點什麼呢？

第一句：「杯再拜」，禮數很周到，但用掉了三個字，還有九個字了；再加一個字：「道」，那就剩下八個字了，這八個字是「麾之即去，招則須來」。酒杯心裡是很有底氣的：我知道你現在心情不好，拿我出氣，要趕我走。沒關係，我就老老實實地走，但我有把握，你還會招我回來的！你看，酒杯的表現多有風度，多聰明！

這首詞要注意以下幾點：第一，這是一首「俳諧詞」，但是「俳諧」背後有悲憤，滑稽背後是鬱怒。這首詞作於宋寧宗慶元二年（一一九六）辛棄疾家居上饒、鉛山之際，此前兩年之中，辛棄疾四掛彈章，一切職務，褫奪淨盡，這是又一個「老子頗堪哀」的閒散鬱憤時期[105]。這種情況下，辛棄疾借詞陶寫懷抱，怪怪奇奇，滑稽雄偉，乃是他不可多得的平生傑作。

其次，這是辛棄疾「以文為詞」的頂尖作品。往遠裡說，其擬人式的寓言手法源自莊子，主客問難的手法來自漢賦，如東方朔的〈答客難〉、揚雄的〈解嘲〉、班固的〈答賓戲〉等；往近裡說，則最接近韓愈的奇文〈毛穎傳〉與〈送窮文〉[106]。

再次，這首「止酒」詞雖稱不上辛棄疾的名作，但「以文／賦為詞」，具有極大的開拓意義，從而為後代詞人開啟了無數法門。我在二〇〇八年曾寫過一篇長文，專談這首詞的接受，統計出受影響的作品多達五十餘篇[107]。其中成就最高的是晚清四大家之一王鵬運的「祭詞」二首：

（島佛祭詩，豔傳千古。八百年來，未有為詞修祀事者。今年辛峰來京度歲，倡酬之樂，雅擅一時。因於除夕，陳詞以祭，譜此迎神，而以送神之曲屬吾弟焉）

詞汝來前，酹汝一杯，汝敬聽之。念百年歌哭，誰知我者；千秋沉瀣，若有人兮。芒角撐腸，清寒入骨，底事窮人獨坐詩。空中語，問綺情懺否，幾度然疑。

玉梅冷綴苔枝，似笑我、吟魂蕩不支。嘆春江花月，競傳宮體；楚山雲雨，枉託微詞。畫虎文章，屠龍事業，淒絕商歌入破時。長安陌，聽喧闐簫鼓，良夜何其。

詞告主人，釂君一觴，吾言滑稽。嘆壯夫有志，雕蟲豈屑；小言無用，芻狗同嗤。搗麝塵香，贈蘭服媚，煙月文章格本低。平生意，便俳優帝畜，臣職奚辭。

無端驚聽還疑，道詞亦、窮人大類詩。笑聲偷花外，何關著作；情移笛裡，聊寄相思。誰遣方心，自成沓舌，翻訝金荃不入時。今而後，倘相從未已，論少卑之。

這兩首是晚清詞苑名篇，也是王鵬運一生治詞心得的夫子自道。所謂「百年歌哭」、「千秋沆瀣」，其實質在於推尊詞體。詞之發源既古（千秋），功用亦大（歌哭），那麼，就不應被視之為「懺」、

「綺情」的「空中語」。在鄙薄哀嘆「春江花月」、「楚山雲雨」的世風的同時，他特別強調「芒角撐腸，清寒入骨」這樣「有為而作」的「大題目」與「大意義」，而「畫虎文章，屠龍事業」的「淒絕商歌」心態則又是清季衰頹大勢的反映。

「詞告主人」一篇亦饒有趣味，詞本自居「雕蟲」、「小言」之列，俳優帝畜，安之若素，卻忽然聽說「詞亦窮人大類詩」。驚疑之下，更分辨道：我是「煙月文章格本低」，又「何關著作」？只能「聊寄相思」罷了。此後若想讓我「相從未已」，還請「論少卑之」，不要把我抬得太高了吧！二詞皆有滑稽之態，牢騷滿腹，而內蘊著一系列重大嚴肅的主題，是學「止酒」系列作品的翹楚之作。

更值得注意的是，辛棄疾與酒杯的對話是在一首詞的容量中完成的，王鵬運則把它擴展到了兩首詞的容量，「控辯雙方」機會均等，那就更有利於深化自己要表達的情感和思想。我對辛棄疾、王鵬運的創作激賞不已，所以又一次「學步」，但把王鵬運的兩首擴展成了三首。除了「控辯雙方」唇槍舌戰，還加了一首「結案陳詞」。論水準，我當然無法企及辛、王兩位大師，但略有發展，也算自己的一點菲薄貢獻。

／與先生訣別

窮困潦倒也是「追夢」的一部分，待我獲得博士學位，回到母校吉林大學執教，僅僅一年半的時間，就驚聞嚴迪昌先生罹患重病的噩耗。○三年非典肆虐，一直遷延到七月中旬，警報解除，我才能來到蘇州探望先生。七月十四日晚，我在先生書房裡徘徊四顧，黯然神傷，夜過丑時而不能寐，寫成五絕句：

吳門重見淚零絲，
猶記前年筋力健，
（前年夏先生數過楊枝塘寓所，談笑風生。）

瘡心痛骨兩支離。
雨夜一傘過楊枝。

重到吳門意闌珊，
夜分獨坐瀟瀟雨，

欲笑欲淚兩艱難。
看得清減倍心酸。

對此驟驚歲月遷，
我痛先生身心痛，

滄桑人世豈舊觀。
一樣今夜不成眠。

先生春日涵詠地，我今來見案凝塵。
已殘圖書未乾墨，撫看般般總傷神。

坐臥書城歲月新，心香一脈跡前塵。
人生患苦能多少，枯枕空堂嚼草根。
（先生晚號書齋曰「草根堂」，取范伯子「草根無淚不能肥」詩意也。）

我與妻子在蘇州陪伴了先生十天左右，離開蘇州的時候那種黯然神傷難以言表，因為知道這次已經是訣別了。八月五日晚接到消息，先生已於二十時二十二分溘然長逝。我翌日動身前往蘇州，八月八日夜為先生守靈，因有〈金縷曲〉用秋水軒剪字韻之作：

驀地驚飆卷。立中宵、荒茫萬緒，誰能揚遣？憶到楊枝塘外雨，淚同舊雨急泫。平生事，枯蠶縛繭。蝶夢布衿徒自苦，想可能、苦海回頭淺。眉間鎖，幾回展？
傷心全藉奇文顯。憑腕下、鳳起蛟騰，月豐雲扁。卅年橫簫複說劍，輕他琦琮豚犬。只在劫、失意難免。七百餘日別未久，竟重來、與此斷腸典。天人痛，若刀剪。

當年與先生初見面的時候，我就用了秋水軒韻，五年後再用居然已是悼念，「天人痛，若刀剪」絕非虛言。先生的去世對我是非常巨大的精神打擊，感覺精神上的大樹轟然倒塌，此後不再有涼蔭的庇佑，也不再有方向的指引。三年之後，我受同門的委託，主持《嚴迪昌先生紀念文集》的編纂工作，大功告成之前，我南下拜祭先生，感賦六首〈望江南〉：

誰能信，先生已長眠。我來哭拜遲十日（先生忌日在八月五日），墓邊草青竟三年。一別千餘天。

常夢見，夢醒最情酸。那日雙淚如落雨，混茫心緒一燈懸。可憐已三年。

先生好，含淚訊平安。倘或成仙事真有，可能天上勝人間。騎鶴復驂鸞。

幽燕北，夜夜夢江南。猶是草根堂上客，縹緲菊香與茶煙。醒處淚闌干。

無限事，只好夢追攀。老仙已乘黃鶴去，再無咳唾到人寰。風雨颯生寒。

三年矣，人事暗流遷。每從醉酣追往夢，聊憑文字證因緣（時正編先生紀念文集）。天意總難言。

大約是在《嚴迪昌先生紀念文集》編纂完成出版以後，我才逐漸覺得心理上接受了與先生永別的事實，終於無奈地平靜下來了。「每從醉酣追往夢，聊憑文字證因緣，天意總難言」，這就是人生況味吧！佛家講「愛別離苦」，那真是深刻的哲學！

／夢原是，心頭想

對嚴先生的懷念當然一直持續，但隨著時光的流逝，夢見他的時候越來越少了。想不到一四年元月二日夜，我又夢見了嚴先生。在夢裡，我與先生久久擁抱，促膝而談，熱淚長流。半夜醒來，疑真疑幻，寫了這首〈金縷曲〉：

醒來倍惆悵。飛雲車、清飆引去，半空猶響。早知再拜除非夢，夢也支離惝恍。做西爪、東鱗模樣。可能真有神仙境，瓊樓宇、築成九天上。偶惦念，人間訪。

午夜心魂難安放。那夢中、深躬緊抱，熱淚奔淌。先生一去十年久，我亦鬢白添兩。尚學步、引吭高唱。熒熒一燈對冰雪，笑不覺、曙色貼窗亮。夢原是，心頭想。

這一首雖然是長調，但也寫得很「順」，幾乎不用什麼雕琢錘煉，剪裁一些心裡話就足夠了。如果說可以做點藝術分析的話，我覺得題為「夢見」，但從「醒來」開篇，到下片才寫到「深躬緊抱，熱淚奔淌」的夢境，到煞拍又以「夢原是，心頭想」六個字解構了「夢」字。這些地方的感情曲線是有點曲折的，雖然那不是很刻意經營的結果。

在「我和我追逐的夢」裡，沒有人能代替嚴先生的位置。弟子愛戴老師是正常的、應該的，但嚴先生對我的意義可能有點不一樣。一四年的這首〈金縷曲〉看似畫上了這段師生因緣的句號，但其實我知道：並沒有。嚴先生對我的影響會持續終生，而且會越來越深刻，越來越醇厚。比如一八年十月，我收得嚴先生一九七五年所著兩篇文章的手稿，有感作〈臨江仙・意外收得迪昌先師手稿兩份，皆七五年作，故起用東坡弔歐公〈木蘭花〉句〉一首：

四十三年如電抹，小字依舊崚嶒。人世間事百無憑。何限塵土夢，迸作一燈青。
嶺上閒雲都看遍，歸來逸氣軒騰。茶煙閣子記學經。同是識翁者，波底月淵澄。

詞題中所謂「東坡弔歐公〈木蘭花〉」是指這一首詞：「霜餘已失長淮闊，空聽潺潺清潁咽。佳人猶唱醉翁詞，四十三年如電抹。　草頭秋露流珠滑，三五盈盈還二八。與余同是識翁人，惟有西湖波底月。」一九七五年至二〇一八年正好四十三年，所以用了東坡成句，一個字都不用改，而煞拍兩句也用了東坡的語意。這種襲用也是有意為之，取兩段師生情之相似也。

再比如一九年深秋，緊鑼密鼓地與弟子趙郁飛合作《納蘭詞全注詳評》之際[108]，又不由自主懷念起嚴先生筆下的納蘭和他的議論風采，因有〈浣溪沙〉之作：

那年花下鈔納蘭，我亦花枝壓帽偏。忽然雙鬢竟白毿。
嚴派燈傳詩格重，極邊雪落葉聲乾。平生制淚到崇川。（迪昌師墓在南通）

我在本書〈前言〉中有這樣的表述：「本書其實是在先師嚴迪昌先生指導影響下得以完成的。嚴先生不僅在《清詞史》中對納蘭諸多關注表彰，其後更有〈一日心期千劫在——納蘭早逝與一個詞派之夭折〉之宏文，對納蘭與彼時詞壇風會做了探驪得珠式的研判，我嘗稱之為『清詞史上哥德巴赫猜想式的問題』。新世紀初，嚴先生應人民文學出版社之邀，編撰十八萬字之《納蘭詞選》，由於種種原因未克付梓，多年後由我整理，轉交中華書局出版。其間曲折，我在該書〈整理後記〉中早有述說。這一次我與郁飛再度操刀『人民文學版』，思路、文字都不免留有迪昌師的諸多印跡，所以，這是一份跨越三十年時光、嚴門三代學人與納蘭結下的不解緣分。作為執筆者，能儘量做到不給迪昌師抹黑，我們也同樣感到滿足」。詞中「嚴派燈傳詩格重……平生制淚到崇川」云云，無非是同樣的意思，惟詞之情長耳。

／有些鳥的羽翼

我在一九九九年曾寫下一篇〈先生賜法書記〉的小文，也錄在下面，作為與恩師這一段緣份的小結：

余自塞北遷吳，迢迢四千餘里，飄蕩轉輾，寄身葑門橋外。自春徂夏，三閱月矣。

大凡人之奇窮，無非二端：一曰謀生計拙；二曰守節而不辱胸中所思。余雖不才，竟兼二者而有之，亦大不快中一快事。余既遭奇窮之厄，百無聊賴，日與妻愁眉相對，不知所以。嘻！斯亦盛世中之奇觀也。

余落落居吳門，無可慰藉，唯數日至迪昌師府上一行。淡淡言語，以破岑寂憂悶。先生足跡，十年不至葑門，以余近鷦棲於此，兩月間凡四、五至，至則微飲酒，飲酒則閒閒說話，夜深方歸。先生自言平生皆苦中作樂，余亦以得先生教誨為樂，解我目下之苦也。

因憶元旦日拜見先生，攜杜鵑花一盆，知先生見此微物亦喜也。是夕先生果然喜甚，因請教先生「霜紅簃」、「枯魚齋」命號之來歷，並云日後有暇名齋，當取「佳谷」二字為說，蓋半雅半俗之意也。先生不言，但微頷而已。余因乘興求先生法書，為題此額。噫！彼時余雖無復去春意氣風發之致，亦頗覺豪放，初未料及此日之摧頹也，思之憮然。

近日玉蘭師姊畢業，將之金華執教。先生乃擇日為書二手卷，以當恩師所頒之文憑。寫畢，意未盡，因憶余當日懇求，復為書二卷，今日乃手賜之。

卷一右上角鈐朱文閒章，乃「老樹春深更著花」七字，是顧亭林詩，先生甚珍愛，曾取之以喻清詞在詞史上狀況。自左至右，書三字曰「佳谷齋」，隸體，筆致波峭，真力彌滿。再左有數行小字題款云：「大勇以佳谷名齋，非祈年豐，亦非謀山水窟，吳門實亦無佳丘壑。其之所以取此，別有意也。賢伉儷僑葑門橋外，已閱春秋。索三字題額，緣目半盲，難即應，因循至今。久不作隸，聊寫其意耳。」落「嚴迪昌書於己卯孟夏枯魚齋南窗下」字，末鈐二印，師諱及齋名也。

卷二右上角鈐朱文「更能消幾番風雨」七字，辛稼軒〈摸魚兒〉中句也。余讀此已閱十數年，然未知因何，見先生此印仍覺中心淒惻，愴然傷神。以左書四絕句云：「破屋三間自授書，日長天闊興何如。私憐老去無多力，偷得工夫學灌圃。少年裘馬日輕肥，笑我臨風未奮飛。技癢愧無長袖舞，金門四謁已知非。漸漸秋風老被欺，閒中歌笑倍淒其。人生各有傷懷處，不為蓴鱸結遠思。雅難入俗何曾雅，狂到容人不厭狂。識得廬山真面目，穠纖何必襲時裝。」再左題款云：「錄清人李道南自題小像詩四首為大勇秋麗寓齋補壁」，落「嚴迪昌己卯重五前日」數字，下鈐諱章、齋名章。

此四絕句不入能品、逸品之目，非不能也，蓋以自寫自心，殊無意且不屑也。先生法書，亦猶此意。其一未嘗非自寫懷抱，其二則直指我心，其三雖有自況之意，亦自有我中宵長嘆之因由也。「各有傷懷處」云云，豈正是耶？其四是先生勉勵語，亦未嘗非悲切語也。去歲入門第一課，先生即舉此詩示之，其間自有靈犀暗通之處。

嗚呼！師恩厚重，其栽培期冀，猶小焉者也。解我心，知我懷抱，使我中宵讀之，淚欲盈睫，此真隨園引蔣士銓所稱之「知己從來勝感恩」者也。因為之記。一九九九年六月十四日。

一九九九年是我最困頓的時候，所以文章裡有幾分淒惻，但是，我常常想起在此四年前看過的一部美國電影。那時候還是錄影帶時代，那部電影的畫質很差，全程黑白，還滿是跳動的雪花，但是電影本身震撼了我，特別是有一句臺詞震撼了我：

有些鳥畢竟是關不住的，因為它們的羽翼太光輝了。

這部電影就是《肖申克的救贖》，當年的譯名極其不知所云，叫做《刺激一九九五》。

我想，這部電影和這句臺詞也是讓我一直追夢的動力之一。其實每個人都不同程度地被「關在」不同的地方，有時候被窮困關住，有時候被健康關住，有時候被欲望關住、有時候被智商關住……但只要你的羽翼足夠光輝，意志足夠堅定，心靈足夠強大，最後，你肯定能飛出來，飛到高遠的天空裡自由翱翔。

再寫「財迷詞」

夢，永遠值得追；人間事，也要永遠面對。所謂「生老病死」、「求不得」、「怨憎會」、「愛別離」，人生七苦，「一個都不能少」，那些感慨，也必然要形諸筆墨。二〇一〇年初，我一度被足病所困擾，所以寫了一首〈減字木蘭花〉：

并刀割痛，長夜苦呻難成夢。細數五更，斯痛差可語人生。
蹣跚雙足，從此要津難先踞。世路茫茫，便緩緩行也何妨。
（西哲語云：「未經長夜痛哭者，未可與語人生。」）

言病說痛，嗟老嘆卑，都屬於格調不高的一類，非要寫的話，就需要有點「超越性」，彈出一點「紘外之音」。「蹣跚雙足，從此要津難先踞。世路茫茫，便緩緩行也何妨」，這幾句就多少有一點的。稍後我第二次寫了〈沁園春．與錢問答〉三首，與「止酒」、「祭詞」相比，詠阿堵物當然是大俗事，寫三首不夠，十年後再寫三首，更是俗上加俗，但是一來根骨鄙俗，沒有辦法；二來也想看看能不能在「俗」中發掘寄寓一點「雅」的東西。與十年前相比，這三首調侃愈濃，所謂中年心境，略見於斯：

哎呀孔兄，久不相逢，盍興乎來。嘆十載前見，臣年尚少；世事曼衍，恣意推排。富貴功名，翻掌可致，侯萬戶何足道哉。初未料，料半生寂寂，白鬚盈頦。

到今百計全乖，剩昏黃、燈底幾局牌。對南面書城，居然王者；西窗筆墨，往復徘徊。鏡裡鵠形，袖中赤手，依舊與兄隔天涯。問大哥，弟何處開罪，願言之賅。

孔兄聞言，瞥然哂之，嘴幾乎歪。想前度逢君，苦心訓教；雖云正色，頗雜嘲詼。以汝ＩＱ，當有所悟，詎料仍然一書呆。這十年，竟略無出息，其真可哀。

還須閉口乾杯，免聽君、胡扯復瞎掰。數助教飄蓬，司勛落拓；耆卿淪謫，伯虎摧頹。古而及今，才人坎壈，矧君駔儈屬下材。從此後，且安神度日，莫鳴喈喈。

（溫庭筠詩：「曾於青史見遺文，今日飄蓬過此墳」，杜牧詩：「落拓江湖載酒行」。李清照文：「猥以桑榆之晚景，配茲駔儈之下材」）

如是我聞，起而長揖，先盡一罍。恰微中閒談，豁焉軒敞；不煩要語，絕棄嫌猜。冷淡生涯，從今日可，此揖聊謝孔兄臺。微斯人，竟吾歸誰與，亂了心懷。

望兄許我追陪，好聆聽、舌底綻風雷。令射影陽謀，輕輕放下；摶沙伎倆，穩穩推開。紙醉紅塵，金迷世界，盡作荒唐一夢槐。說不定，兄今宵別去，異日還來。

——〈沁園春‧庚辰之夏，余鷦棲吳門，生涯濩落，因仿辛老子「止酒」塗「與錢問答」三首。恍焉十年，今又逢庚，雖較昔之困窘略為可觀，而濩落之感，大體無異，因更作前題三首，聊以遣興，用九佳十灰之韻，蓋辛老子元韻也〉

基本思路與十年前一致，還是「控辯雙方＋結案陳詞」，其中「哎呀」兩字的開頭也可以做點說明。就我所見，詞中第一個用口語「哎呀」的是毛澤東，他的〈念奴嬌‧鳥兒問答〉是一首奇作，寫小麻雀「哎呀我要飛躍」更是神來之筆；第二個用「哎呀」的是啟功。他的手書〈論書絕句〉一百首「為友人攜去」，其實是偷去，結果自己又花大價錢從商人手裡買回來，於是他寫了〈南鄉子〉以抒憤懣無奈之情：

小筆細塗鴉，百首歪詩哪足誇。老友攜歸籌旅費，搬家，短冊移居海一涯。
轉瞬入京華，拍賣行中又見它。舊跡有情如識我，哎呀，紙價騰飛一倍加。

到我，大概是第三次用「哎呀」。這幾首詞應該說比十年前好一些，十年之間，兩次與錢問答，〈沁園春〉長調寫了六首之多，看來是「財迷」的典型表徵，但誰能說這不是人生況味呢？如果若干年後有人研究我的詩詞創作，我倒以為這六首「大俗事」〈沁園春〉沒準兒能成為自己的代表作呢！

／歲月凋零小夥伴

白居易的〈悲歌〉有兩句寫中年最為警策：「耳裡頻聞故人死，眼前唯覺少年多。」人到中年，同輩朋友的離去居然不知不覺中已經開始了。二〇一二年三月，我的好友、傑出詩人馬波心臟病突發病逝，享年僅四十三歲。驚痛之下，我寫了兩首〈水調歌頭〉以致悼念之情：

兄弟你走了，去天際翱翔。沒有留下言語，一點不張揚。你用奇特方式，如此殘酷展現，什麼是死亡。玩笑開太大，令我摧肝腸。

從故土，到異國，上天堂。四十三年電抹，剩照片泛黃。也許塵世無味，或者彼岸太美，總之已無妨。窗外太刺眼，正午的陽光。（馬波有〈陽光二十行〉）

我再得醇酒，與誰共捧觴。兄弟你的笑臉，在腦海飛翔。恍若輕塵一片，又如射線強烈，令我們目盲。你究竟咋想，走得恁匆忙。

只餘下，好日子，舊時光。命運深不可測，最常是無常。靜悄悄地墜落，赤條條地離去，意味太悠長。大家都一樣，只你先啟航。

馬波是個快樂的人，好玩兒的人，是朋友圈裡的開心果。如今他突然離去，我也不願哭天抹淚地悼念他，而是用了一種他一定會喜歡的方式。非要用古人之語來概括，或許這就是「以樂寫哀，其哀倍之」吧！當年把這兩首詞發布於博客，有位網名「上元齋主」的先生留言說：

先生的兩首詞寫得平實，平則平中見情見奇，實則實實在在，實心實意。娓娓道來，如泣如訴，難捨難分的兄弟之情歷歷在目。讀詞如見詞人與老朋友嘮家常，道知心話，難能可貴，內美藏之。歷來弔祭詩、詞、文難寫，真正寫得好的如鳳毛麟角，而多見誇贊亡者功德、頌揚生平貢獻者，詞句寡味少情，四海皆準，表面文章，甚而作秀者亦有之……然先生之詞蹊徑獨闢，學養與襟抱可見，人生哲理存其內。把死亡看作為人生的一部分去寫，沒有把死亡寫得恐怖、可怕，有了這一思想前提，詞的字裡行間就自然少了些悲悲切切，多了些瀟瀟灑灑的人生態度。由此，讀者那怕是不經意的誦讀或默念，都會被感動。而靜下心來細品時，細思時，卻又發人深省，若靈性好者或能在深思中頓悟，得以超脫，也未可知。真是難得一見的好詞……

這位先生的評價太過溢美了，我不敢當，但其中說得中肯的部分，我也不敢辭。作為第一個離開的朋友，馬波成了此後較長一段時間的主題，我又寫了下面兩首：

難得紓愁抱。相逢處，意氣猶昔，真薄雲表。略似少時舊夢影，狂言尚堪絕倒。渾忘卻、中年料峭。畢竟大有蕭條感，三日來、三祝活著好（接連三日為活著乾杯）。滄桑事，看過了。

某處墓已生長草。向南天、一杯遙奠，空想音笑。當筵一曲將進酒（紅雨高歌〈將進酒〉陳湧海版），人與江山俱老。聽來是、蒼茫律調。江南江北拍天水，者良辰、高會能多少。秋深矣，送歸鳥。

——〈金縷曲．贈紅雨、阿蘭、振濤諸兄，兼懷馬波〉

又是嬌花開滿眼，者般繁華，看過N多遍。忽憶春燈紅酒面，後街那座咖啡店。
歲月凋零小夥伴，那些花兒，漸都飄花瓣。時光悄悄地走遠，咱們好久沒相見。
——〈蝶戀花・聽陳奕迅〈好久不見〉，致早逝的馬波及青春時代所有老友〉

〈蝶戀花〉裡用了「N多」的流行語，好幾位朋友都不以為然。英文字母能否寫入詩詞？平仄怎麼算？這樣的問題爭論也很多。我的意見很明確：完全沒有必要拘泥，應該放膽使用。啟功先生曾有「一堆符號A加B」之妙句[109]，那是遵從了他「順」與「均」的原則，我們也不妨亦步亦趨，照葫蘆畫瓢。更加重要的是，用英文入詩詞絕非獵奇或革命，我們只是要通過這樣的方式寫出我們是誰、我們在哪裡而已。在這一點上，我特別贊同噓堂的一段話：「如果我們的文言詩不能說出我們是誰，我們居住在哪裡，我們生活在一個怎樣的世界中並如何真切地體驗著這些情境，那麼，任何經營都無意義[110]」。

與〈蝶戀花〉相比，〈金縷曲〉是我的「難得正經」之作。有朋友說「大有陳維崧風味」，我心竊喜，古代詞人中，陳維崧差不多是我的第一偶像，但自己才力遠所不及，不能走他「霸悍」的路數。這首能稍得其「沉鬱」，我已經很開心了。從「雅正」一點的眼光看，這首〈金縷曲〉或許也可以成為我的「代表作」。

／世道人心滋味長

「人世間有百媚千紅」，世界當然是斑斕奪目的。我性情不近山水，但二〇一三年秋有機緣遊新疆可哥托海，仍然被童話般的美景所打動，寫下兩首〈浣溪沙〉：

群峰攢劍刺青冥，鳥道千盤未肯平。肥羊俊駝逐隊行。
絢黃葉飛秋訊號，白樺林眨黑眼睛。蒼穹上定有精靈。

誰將千林遍染黃，為秋天換靚衣裳。再添幾筆小山羊。
掬寒冷泉消塵熱，看駱駝隊走夕陽。哈薩克歌蘊憂傷。

兩首詞都只有一半還好，算是一點寫山水的實踐印記而已。我感觸最多的還是天心永悶、世道靡常，據說詩人有「憂生」、「憂世」兩種，我不算詩人，所以兩種都占一點。每逢歲末，檢點哀樂，常有不由自主的吁嘆。比如二〇一五年初這一組〈西江月．歲暮雜感〉：

又是長蛇赴壑，依然飛雪重樓。世事於我風馬牛，消磨幾盅黃酒。

悟道尋花迷路，學問逆水行舟。閒來看取陳秋秋，眼角眉梢笑皺。

（紅雨寄曉秋黃酒一壇，並媵五絕句，言語佳妙，不徒情真意摯也。）

生丁紅羊劫運，將過甲午凶年。新春已屆四十三，謝了春風一半。
案頭氤氳茶氣，閣子繚繞香煙。來來去去者人間，興亡司空慣見。

（時值賤辰，將及老父百日祭。）

行路南轅北轍，經天東雨西風。誰能世界股掌中，正多癡人說夢。
長笑叢碧詼詭，苦想蠲叟音容。三更燈火五更鐘，起看星河影動。

（高層表態，排擯西學，余撰百年詞史，正及張伯駒、馬一浮一章。）

題目叫「雜感」，寫起來也「雜」，東一榔頭，西一棒子，貫穿其間的主題則一直是世道人生的滋味。第三首中「叢碧詼詭」的「叢碧」是張伯駒的號，我們在前文談詩鐘的部分已經引過他的「詼詭」之作，很令人解頤。二〇一六年歲末，又寫一首〈賀新郎．應邀總結我的二〇一六〉：

日子照常過。無非是、蠹書碼字，嘶聲上課。偶入牌局捉麻雀，輸得七竅煙火。少有閒、新詞吟妥。隱身一片樹葉後，障眼法、誰能看見我。莫憑闌，罡風大。

祖國開滿小花朵。欣欣然、排排位次，吃些果果。山人老去添白髮，懶與群英爭座。且遁向、華胥夢躲。不妨乘桴浮於海，任雷狂、雨橫多顛簸。大航向，抓穩舵。

這種私人化的「總結」照例會比較多自嘲、調侃的成分，但也有「明志」的意思。明志，不一定都要高亢嘹亮、悲壯慷慨，也可以嬉皮笑臉、舉重若輕。「隱身一片樹葉後，障眼法、誰能看見我」、「不妨乘桴浮於海，任雷狂、雨橫多顛簸。大航向，抓穩舵」，這不都是「志」嗎？誰能說這種方式下表達的「志」就不「明」呢？順便一說，我寫完這首詞，又邀請好友姜紅雨兄為同調同題之作，他的唱和快人快語，生機躍動，給了我極大的驚喜：

假裝沒煩惱。這一刻、茶煙輕揚，光陰飛跑。去年人五今人六，只個數字換了。天底下、無非渺小。老鴰添堵鵲添笑，論物種、都掛鴉科號。人有病，別賴鳥。

雪打寒窗風料峭。暖生涯、燙酒醃蝦，拈花惹草。大寶歡騰小寶怒，因為神仙爭吵。到三更，齊齊睡了。良夜漫如螢光海，有誰在、流雲間垂釣。大月亮，懸樹杪。

二〇一八於我是個凶年，好在渡過了這一小劫，看見了希望和曙光。值一八、一九年歲末，頗有感慨，於是寫了兩首〈賀新郎〉，分別總結「渡劫」的兩年：

災年也撐過。難逆料、月球背面，犬牙丘壑。穠春麗夏多少夜，聽風聽雨愁坐。看煙蒂、明滅星火。中年滋味知何似，似波浪、兼天一輕舸。誰懂我，黎爾克。

差喜艱虞都平妥。安排就、讀書閣暖，摩卡香涴。北窗雪霜縱嚴凜，南窗新葉斜亸。重有興、高歌入破。天下輸贏能底事，但小女、小兒關情可。他們笑，如花朵。

（里爾克云：「挺住意味著一切」。里改黎，用一平聲。）

又一年將過。盤點下、幾分辛勤，幾分收穫。首先小女笑盈盈，其次樂觀小夥。更攢了、薄書兩冊。桃李春風橫鐵笛，聽江湖、夜雨從天落。且亂談，詩詞課。

正經學問沒咋做。時時向、酒國方城、尋些娛樂。如此世界清涼好，免得驕陽毒射。不妨學、簡齋高臥（袁枚號簡齋）。手持一片隱身葉，念咒語、你看不見我。明年還，這樣可。

「天下輸贏能底事，但小女、小兒關情可。他們笑，如花朵」，「手持一片隱身葉，念咒語、你看不見我。明年還，這樣可」，我覺得這是自己內心很真誠的聲音。

／詞牌「新寵」〈鷓鴣天〉

〈賀新郎〉是我最喜歡的長調詞牌，所作也最多。近一、兩年，我又有了一個詞牌「新寵」——〈鷓鴣天〉，有幾首還差強人意，比如一六年所作〈忽念及廿年前著武俠說部，感塗二首〉：

誰記當時道路窮，欲從紙端問英雄。三更月色燈慘綠，百樣風流面桃紅。

蛇吞象，虎鬥龍，天時人事苦崢嶸。廿年一夢江湖遠，劍氣猶寒到夢中。

飛鏑射月總無能，濫竽談劍聊以鳴。吹笛杏花疏影下，曲到恩仇酒先傾。

花摘葉，水登萍（武俠說部有「飛花摘葉」、「渡水登萍」之說），萍花散聚最關情。爾時未識人間險，漫說江湖路不平。

當年寫武俠小說，純粹為稻粱謀，二十年後回顧起來，總成一笑，也有對光陰、人世的一點感慨，兩個過片「蛇吞象，虎鬥龍」、「花摘葉，水登萍」的對仗都還有點新意。有了創作經驗就能明白，過片兩個三字句其實是〈鷓鴣天〉的「詞眼」，值得認真經營。

二〇一七年夏，我用五年半時間寫成的《近百年詞史》初稿殺青，凡一百一十多萬字。這是我個人學術生涯的「標誌性工程」，不能無詞，於是也寫了兩首〈鷓鴣天〉：

忍向蕭齋耐冷寒，著書況味減枯禪。架上塵編未三絕，湖湄紅杏看五年。
新世界，舊詞篇，拍案講史當桃源。含情欲說人間事，總付吟邊與酒邊。

忽來蕙風潛北窗，摩挲小字欲生涼。不朽功讓諸公立，無聊事須我輩忙。
新打扮，舊聲腔，天人格鬥兩蒼茫。腐儒那有名山業，付與時人冷笑場。
（近百年詞史殺青，狂慧兄以為名山事業，賦此答之）

這兩首〈鷓鴣天〉在微信朋友圈發出來以後，得到了中山大學彭玉平教授、廣州大學曾大興教授等先生的稱讚。這裡或許有一個小原因：兩首詞的過片三字對句我都用了「新口口」、「舊口口」的格式，「新」、「舊」的對照與糾葛是我做「二十世紀詩詞史」的主題詞、核心思路，作為「詞眼」

也很有意思，所以稍後又寫了一些。幾年下來一查，居然有十幾首之多，儼然成了我個人化的一個符號：

湖畔闌干紫蓼花，風送暖香過桑麻。初涼節候宜縱酒，暑熱心情且端茶。
新口號，舊鳴蛙，枝頭啼煞紅嘴鴉。不知秋意濃多少，埋頭多吃兩片瓜。

——〈初秋薄夜散步校園〉

飽飯黃粱百未能，捫腹湖瀕看野藤。聒噪蛙群風也熱，崎嶇世態酒能平。
新箝口，舊收聲，填成小詞字字冰。澆潦心緒托秋意，預作寒蟬高樹鳴。

——〈初秋薄夜散步校園〉（其二）

樂事難逢歲易徂（元稹句），得錢沽酒且呼盧。有題不書好閉嘴[111]，無話可說惟看圖。
新懵懂，舊迷糊，未必今吾勝故吾。寒天最宜加餐飯，灶頭紅火正蒸鱸。

——〈二〇一七歲末總結〉

年來憂集鬢逾華，不覺春深綠意加。詩能掃愁聊當酒，酒易傷心轉覓茶。
新痛楚，舊瘡疤，如風往事也紛拏。臨岐最愛嬌小女，一笑粲如解語花。

——〈掃愁〉

秋心似共海潮生，明明明月竟不明。鐘簴蒼涼行色晚（定盦句），談鋒磊砢老猿驚。
新謠諑，舊風聲，秘晦狂言謝時名。可憐江上兼天浪，猶自嘵嘵說太平。

——〈重讀《己亥雜詩》有感〉

築成閣子未曾名，綠牆粉筆漫縱橫。從雅從俗談何易，欲屈欲伸兩不能。
舊齋號，新感情，廿年生計付塵羹。老仙早乘黃鶴去，摩挲手澤尚清泠。

（迪昌師九九年賜「佳谷齋」隸體法書）

——〈戲以粉筆書佳谷齋三字於閣樓上〉 112

高閣薄秋暑熱殘，紫蒲紅蓼競便妍。冰酒長談供斫地，秦功莽過欲籲天。
新困惑，舊周旋，對坐冷風也無言。何當壘塊蠲除盡，好將劍氣改歌絃。

——〈八月九日夜與狂慧兄飲酒深談至曉，數年未有之樂也〉

雲北山南水稽天，荻草荊花也知寒。幾曾頓悟燈前酒，無可銷憂飯後禪。
新心苦，舊腦殘，欲摶世界作泥丸。堪笑一霎槐國夢，忘卻哀涼史數篇。

——〈秋雨聯綿，偶感近事〉

冰雪穹蓋伏加河，又看年光赴壑蛇。醉裡頻憶五陵少，人間厭聽三套車。
新態勢，舊風波，憂鬱歌罷意如何。笑問華髮增多少，未抵閒愁一半多。

——〈某兄云：「某 KTV 歌姬見我等，鄙曰：『這班老厭物，又來唱〈三套車〉矣！』」，為之大笑不已，戲作〉

這幾首裡都有著一點現實的感觸，看來隨著馬齒徒增，二毛叢生，「憂生」、「憂世」的濃度也有所加強，滋味也稍稍厚實了一些。

／謝先生、奇文枕邊書

二〇一八年去世的文化名人比較多，朋友圈裡滿目哀思，其中最觸動我的還是單田芳與金庸二位先生的去世，分別有詞云：

嗓似公鴨叟。偏渲染、神道魔怪，龍虎雞狗。也歷桑田滄海劫，也看樓塌客走。老花眼、醉乜良久。何限往事蒼涼甚，但婆娑、一指田頭柳。芳溆氣，懸河口。

倏然我亦中年後。數十載、苜蓿生涯，較升量斗。隋唐豪傑明英烈，三杯兩盞淡酒。偶聽起、如逢故友。聲聲醒木猶清越，問下回、尚能分解否？翁不應，但搖首。

——〈賀新涼·單田芳先生辭世，用清初贈柳敬亭韻悼之〉

嗚呼金翁，竟辭人間，我失江湖。記東海桃萼，三春眉嫵；北溟冰火，九劍獨孤。清眸若星，浮生馳電，降龍掌能降得無？冥冥月，看寒窗雪夜，天外飛狐。

世界漫漫迷途，謝先生、奇文枕邊書。將渾淪萬象，果因加減；慈悲千手，緣分乘除。夢裡河山，刀頭人欲，摶作魔幻小拼圖。公歸矣，剩蒼莽煙水，一望模糊。

——〈沁園春·別金庸先生〉

柳敬亭是一代評書宗師，也是身繫一部南明痛史的風塵奇士。當年他以近八旬的高齡北上京師獻藝訪友，曾引起無數「粉絲」劇烈的情感激蕩，「贈柳」詩詞數以十計，蔚為大觀[113]。其中寫得最好的是曹貞吉與龔鼎孳兩首〈賀新郎〉（亦名〈賀新涼〉、〈金縷曲〉）：

咄汝青衫叟。閱浮生、繁華蕭瑟，白衣蒼狗。六代風流歸抵掌，舌下濤飛山走。似易水、歌聲聽久。試問於今真姓字，但回頭、笑指蕪城柳。休暫住，譚天口。

當年處仲東來後。斷江流、樓船鐵鎖，落星如斗。七十九年塵土夢，才向青門沽酒。更誰是、嘉榮舊友。天寶琵琶宮監在，訴江潭、憔悴人知否？今昔恨，一搔首。

鶴髮開元叟。也來看、荊高市上，賣漿屠狗。萬里風霜吹短褐，遊戲侯門趨走。卿與我、周旋良久。綠鬢舊顏今改盡，嘆婆娑、人似桓公柳。空擊碎，唾壺口。

江東折戟沉沙後。過青溪、笛床煙月，淚珠盈斗。老矣耐煩如許事，且坐旗亭呼灑。判殘臘、消磨紅友。花壓城南韋社曲，問球場、馬矟還能否？斜日外，一回首。

單田芳先生在評書史上的地位與柳敬亭幾堪抗衡，同時他也是「閱浮生、繁華蕭瑟，白衣蒼狗」

的一個，所以我應門下諸生之請，用曹、龔等公原韻寫了這首悼念之詞，其中的「老花眼、醉乜良久」、「隋唐豪傑明英烈，三杯兩盞淡酒」等句尚可稱自然，而「但婆娑、一指田頭柳。芳激氣，懸河口」則嵌入「田芳」二字，也是有意為之，比之泛泛而言似乎更能表達一點悲悼之情。

至於金庸先生以九十四歲高齡辭世，對我又是一次心靈的衝擊。九十四歲堪稱人瑞，在北方民間稱之為「老喜喪」，是當成喜事來辦的，所以談不上多麼悲傷，但我不僅是讀了三十多年金庸的「骨灰粉」，也曾多年四處講金庸，算是半個「吃金庸飯」的人，老先生揮別江湖，不可以沒有一點表示。

這首〈沁園春〉我自己並沒有多滿意，平平而已，但有一點是我與大多數悼念金庸者不同的：別人常常把著眼點放在「英雄俠義」上面，而我心目中，金庸筆下的江湖更多指向的是「人性」與「悲憫」。「清眸若星，浮生馳電，降龍掌能降得無」，這說的是命運靡常的無力與無奈。蕭峰以降龍十八掌縱橫天下，所向披靡，但他還是被命運無情地捉弄於股掌之間，不僅從武林中人人景仰的大英雄「墮落」成了殺父母、殺師父、殺朋友的「大惡人」，連「雙眸粲粲如星」的心上人阿朱也被他一掌打死了[114]，演出了一場伊底帕斯式的悲劇。讀到「塞上牛羊空許約」那一段，我們的心頭又會翻起怎樣的波瀾！後面所謂「世界漫漫迷途」、「夢裡河山，刀頭人欲」等等，指向的無非都是悲憫與人性的主題。這是我多年讀講金庸的感悟與體會，那就會不自覺地形諸詞章，從而在立意方面「略深一籌」。「謝先生、奇文枕邊書」，這只是我個人對金庸先生的致敬與告別，本心裡並沒有湊熱鬧、蹭流量的想法。

／梨花驛路，五馬長槍

還值得一說的是，二〇一九年秋，多年老友兼「詩兄」郭力家榮休，準備遷居雲南。弟子趙郁飛與郭兄亦有交往，以〈蝶戀花〉二首為之餞行。詞云：

此軀十年天不管。又二十年，高加詩王冕。當筵咀吐千機變，海內拜倒無虛算。
鄉心但逐雲涯遠。種樹湖湄，留伴春孌婉。反覆蓋章成硬漢，怕他人生如霧電。

去去行人家萬里。楚尾吳頭，又隔一篙地。翠煙迤邐蒼煙起，往來湖山皆美意。
天南福蔭王不易。茶暖滇紅，酒傾瀾滄水。雪月風花供睥睨，誰能詩人兼浪子。

我感動於郁飛此舉的古意與情致，也欣賞她的好詞，於是取其中幾句作為〈沁園春〉的開篇，以詞當酒，為郭兄壯行：

樹種湖湄，茶暖滇紅，酒傾瀾滄。想楚中山鬼，目成水畔（老家籍貫湖南）；關東漢子，酣醉道旁（成名作《遠東男子》）。血稱第一，兵號特種（八六年深圳現代主義詩群大展，老家以「特種兵」應之，代表作〈第一滴血〉）閒倚七舍石頭牆。風流事，記呢衣飄灑，圍脖軟香（皆女粉絲所織）。

轉睛鬢也蒼蒼，喜談鋒、不減劍如霜。將舊夢蘧蘧，揮去要渺；畫皮種種，剝來精光。語笑已溫，髮量漸少，白眼依然侯與王。今而後，且梨花驛路，五馬長槍。

郭兄是當代著名先鋒詩人，可稱東北詩界的「扛把子」，故詞的上片對其青年時傾動一時的風采多有描述（雖然是調侃的描述），煞拍處用了句東北方言，那是因為郭兄自己對東北方言特別鍾愛的緣故，有點「投其所好」的意思。「五馬長槍」本是貶義，略同於普通話的「張牙舞爪、比比劃劃」，這裡當然是做褒義用的，是對郭兄的禮讚與祝福。

死別也好，生離也好，無非把這些「含情欲說」的「人間事」都付與「吟邊酒邊」而已。作為教師、學者是如此，作為詩詞愛好者、習作者也是如此，這十四個字對自己的狀態還是有一定概括力的吧！

盤點二十多年的詩詞習作，詞比詩寫得多，水準也稍好一些，當然，話說回來，作為一個習作者，哪種體裁好一點、壞一點都不要緊，要緊的是：這是我以詩詞的方式對自己的生命軌跡的一點記錄。同時，它也必然對我的詩詞研究工作產生積極的，而且是重要的影響。

我花大篇幅講自己的詩詞習作，其實無非是想闡明上面的兩層意思。

96 冒廣生（一八七三～一九五九），字鶴亭，號疚翁，別署疚齋，江蘇如皋人，冒襄裔孫。光緒十七年（一八九一）以縣試、州試、院試第一中秀才，即俗所謂「小三元」者。二十年（一八九四）中舉人，戊戌（一八九八）參與保國會變法運動，二十九年（一九〇三）應經濟特科，因卷中引盧梭文字而遭首席讀卷大臣張之洞批語擯棄，名噪一時。歷任刑部郎中、農工商部掌印郎中。辛亥後任財政部顧問、經濟調查會會長、甌海關監督等，刻叢書方志甚多，有功文獻。一九三二年後任中山大學、太炎文學院等校教授、國史館纂修。新中國成立後被聘為上海文管會顧問、上海文史館館員。

97 吳眉孫（一八七八～一九六一），名庠，亦名清庠，江蘇丹徒人，曾任交通銀行總行文書主任，晚為上海文史館館員。眉孫為著名藏書家，數萬卷中頗多佳槧，後皆讓歸國家。晚歲病盲，寄身土室，畫地自牢，境遇頗為淒涼。

98 見黃永年〈「士先器識而後文藝」正義〉，《唐史論叢》第四輯。

99 啟功自述：「六十年代我還起草了……《詩文聲律論稿》，但在文革期間始終無法出版，直到文革後才得以問世。這是我的用力之作，化費了多年的思考與斟酌，直到本世紀初我還在不斷地修改，可謂耗費了我大半生的精力」，見《啟功口述歷史》第五章〈學術著作〉一節。

100 該書頁四，其中陸氏一句話指「欲廣文路，自可清濁皆通；若賞知音，即須輕重有異」，孫氏半句話指「若細分其條目，則令韻部繁碎，徒拘桎於文辭耳」。

101 《啟功叢稿．詩詞卷》，頁十九。

102 《誰在默默守望——非魚詩集序》。

103 民國七年（一九一八）五月七日為沈尹默生辰，他作有〈西江月〉四首。九年（一九二〇）五月十一日，北京大學同人宴集於城東金魚胡同海軍聯歡社，尹默出示組詞。越日，馬敘倫有繼作十二首，張爾田、倫哲如又分別和馬詞三首、六首，遂形成四人參加、總數二十五首的「金魚唱和詞」，馬敘倫《石屋餘瀋》

完整地記錄了全部作品。

104 張仲謀《馬大勇〈清初廟堂詩歌集群研究〉序》，吉林人民出版社二〇〇七年版。

105 辛棄疾〈水調歌頭〉。

106 劉體仁《七頌堂詞繹》指出此二篇即〈毛穎傳〉，頗為後人取資，其著眼點蓋在於「真少恩哉」一句。實則據我體會，此二篇得力於〈送窮文〉尤多，遠在〈毛穎〉之上。

107 我的統計口徑比較嚴格：必須用〈沁園春〉詞牌，一般要具有擬人、對話等特徵。

108 人民文學出版社即出。

109 詞為〈踏莎行〉，全文曰：「美譽流芳，臭名遺屁，千千萬萬書中記。張三李四是何人，一堆符號A加B。倘若當初，名非此字，流傳又或生歧異。問他誰假復誰真，骨灰也自難為計。」

110 噓堂〈時語入詩小議〉，「衡門之下」微信公眾號發佈。

111 「有題不書」來自我寫的一首〈蝶戀花·有題不書〉：「百種奇花競奔放，千囀燕鶯，萬般媚聲唱。馬屁能拍翻天響，樹葉過河全憑浪（郭德綱相聲中歇後語）。 官高可以學問長，何必寒窗，矻矻釀思想。不如采菊南山上，悠然學個陶元亮。」

112 佳谷齋，取「半雅半俗」之意，故詞中云：「從雅從俗談何易」，前文已提及。

113 我曾指導學生做〈清初文壇「贈柳」現象考論〉的碩士論文，其中統計「贈柳」詩詞文八十九篇（首）。

114 《天龍八部》第二十二回回目。

至此，「五個融通」都講完了。「五個融通」是我數十年愛好詩詞、研究詩詞所積累的一些心得的總結，我試圖在裡面講一些普及性的常識，也想兼顧、容納一些學術研究的新認識、新理念。這只是良好的願望，真的落實起來，可能既不「普及」，也不「學術」，又成了一種蝙蝠式的存在，水準所限，也只能如此了。同樣因為水準的原因，書中的舛錯謬誤必多，我也期待著讀者諸君的指教。同時，要向遼寧人民出版社艾明秋女士、祁雪芬女士、呂志學先生以及我的學生趙郁飛、王敏致謝，他們為本書之成付出了諸多辛勞。

詩詞，是漢語言文字中最氤氳縹緲的一部分，是中國文化中最芬馨醉人的一部分，也是我們人生中最甘香豐潤的一部分。它與我們的笑聲、喜悅相伴，也與我們的淚水、憂傷相伴，為人生的調色板塗抹出無數繽紛的色彩。但願越來越多的人走進、擁抱、沉浸在詩詞的世界裡，我誠懇地翹望著，一如在暗夜翹望白日，在嚴冬翹望暖陽。

馬大勇

戊戌元夕後二日於佳谷齋

己亥龍抬頭日改定於佳谷齋

臺灣版後記

二〇一九年秋冬之際，我交付遼寧人民出版社的兩冊講稿整理本《江湖夜雨讀金庸》與《詩詞課》（本書簡體中文版書名）陸續出版。半年後，出版社方面向我徵求意見，準備簽《江湖夜雨讀金庸》的臺灣版權合同。欣喜之餘，也略失落。出於敝帚自珍的常情，兩本書我當然都是有點自喜的，但如果非要軒輊一下，我更珍愛的還是《詩詞課》，那大概是更本色、其中內容原創性也更強的緣故。

好在沒失落多久，又傳來了《詩詞課》也準備在臺灣出版的消息。能在海峽彼岸多一條傳播管道，可以得到更多的審視與批評，作為作者，當然是高興事。又因疫情帶來的閒暇較多，還做了一點相對仔細的修訂。

修訂主要集中在最後一個「知行融通」上面，加入了一八、一九年的部分詩詞習作。我自知所寫未必入方家法眼，但作為愛好者和習作者，「在路上」的心氣則一直還保存著、澎湃著，工拙在所不計也。

總想起當年跟嚴迪昌師學詩詞的情景，二十多年後，這本「茶煙閣上老學生」再講給學生的《詩詞課》理當獻給嚴先生，種種心緒，本書正文已多有載記，不再贅冗。

馬大勇

庚子五月十九日於佳谷齋

如何閱讀一首詩詞

五種詩詞的最佳讀法

作　　者　馬大勇
裝幀設計　黃畇嘉
業　　務　王綬晨、邱紹溢
編輯企劃　劉文雅
總 編 輯　趙啟麟
發 行 人　蘇拾平

出　　版　啟動文化
台北市 105 松山區復興北路 333 號 11 樓之 4
電話：（02）2718-2001 傳真：（02）2718-1258
Email：onbooks@andbooks.com.tw

發　　行　大雁文化事業股份有限公司
台北市 105 松山區復興北路 333 號 11 樓之 4
24 小時傳真服務：（02）2718-1258
Email：andbooks@andbooks.com.tw
劃撥帳號：19983379
戶名：大雁文化事業股份有限公司

初版一刷　2020 年 10 月
定　　價　380 元
I S B N　978-986-493-122-4

國家圖書館出版品預行編目 (CIP) 資料

如何閱讀一首詩詞 / 馬大勇著 . -- 初版 . -- 臺北市
: 啟動文化出版 : 大雁文化發行 , 2020.10
面； 公分
ISBN 978-986-493-122-4(平裝)

1. 詩詞 2. 詩評

821.887　　109012899

圖書許可發行核准字號：文化部部版臺陸字第 109010 號
出版說明：本書係由簡體版圖書《詩詞課（詩詞的五種新讀法）》以正體字在臺灣重製發行，期能藉引進華文好書以饗臺灣讀者。